岩 波 文 庫

32-254-11

モーム短篇選

(上)

行方昭夫編訳

目　次

下巻目次

エドワード・バーナードの転落

ベイトマン・ハンターは夜熟睡できなかった。タヒチ島からサンフランシスコまでの二週間の船旅では、シカゴに戻ってからどういう報告をすべきかについて頭を悩ませていたし、さらにサンフランシスコからの三日の列車の中では、報告をどのような言葉で伝えるべきか、とつおいつ思案していたのだ。だが、もう数時間でシカゴに到着してしまう今となると、また疑念が襲いかかってきた。生まれつき潔癖な性質だったので、良心に照らして自分に恥ずべき点が全然ないとは、言えないような気がしてきた。出来るだけの努力はしました、と堂々と言えるかどうかも自信がなくなった。

出来るだけのことを、名誉にかけてもなそうと決心していたのだが、今回の役目は自分の利害にかかわることであったため、名誉よりもわが身の利益を優先させたような気がして落ち着かなかった。自己犠牲という徳目は彼にとって大事であったから、自分がこの徳目を十分に実行していないという思いは自信喪失につながるのであった。博愛心から貧民のために住居を建てた慈善家が、儲け仕事をする結果になったようなものだった。自己の利益など考えずに善行をなしたつもりなのに、結果として十パーセントの利益を得た。それを嬉しく思うのはやむをえない。だが、利益が生じたために、善行をなしたという満足感を十分に味わえないでいる。それと同じだった。

ベイトマン・ハンターは自分に疚《やま》しいところはないと確信していたけれど、イザベル・ロングスタフに報告をするときに彼女の冷静なグレイの目で探るように見つめられて、果たしてその信念が揺るがずにいられるかどうか、自信がなかった。彼女の目は洞察力に富む賢明な目である。他人の道徳基準を一部の隙もない彼女自身の高潔な基準で計るので、その厳密な尺度から外れる行為を非難するときに見せる冷ややかな沈黙ほど、厳しい非難はなかった。彼女は一旦判断を下したら、絶対に変えない。判断を緩めて欲しいと懇願しても無駄だった。とはいえ、彼女が態度を変えればいいのに、とはベイトマンは思っていなかった。

彼が愛したのは、彼女のすらりとした容姿、頭の誇らしげな動きなどの美しさだけでなく、心の美しさでもあったのだ。真実を尊び、厳格な名誉心を抱き、恐れを知らぬ物の見方をする彼女は、彼には、アメリカの女性たちの持つもっとも尊敬すべき特徴の全てを一身に集めているように思えた。だが、彼は彼女のうちに典型的なアメリカ女性という以上の何かを認めていた。すなわち、彼女の美点がその生まれ育った土地独特のものであるように彼には感じられたのだった。シカゴ以外のどんな都会も彼女を生み出せなかったと彼は確信していたのだ。そういう彼女の誇りに対してひどい打撃をこれから自分が与えねばならぬのを思い出し、彼は心が痛んだ。エドワード・バーナードを思い出すと、怒りが胸にこみあげてくるのだった。

だがようやく列車はシカゴ市内に入った。灰色の家の並ぶ長い大通りが見えてくると嬉しくなった。ステイト通りやウォーバッシュ通りを思い出すと、今すぐにそこを通りたくてたまらなくなった。あの人通りの多い歩道、先を急ぐ車の列、その騒音などを思うと、心が浮き浮きする。故郷に戻ったのだ。自分がアメリカ合衆国で一番重きをなす都市で生まれたのを彼は喜んだ。サンフランシスコはまだ地方都市だし、ニューヨークは衰退しつつある。アメリカの未来は経済力の向上にかかっており、シカゴこそ地理的にも市民の活力からも合衆国の実質上の首都となる運命にあるのだ。

「僕が生きているうちにシカゴが世界一の都市になるだろうな」ベイトマンはシカゴ駅のプラットフォームに降り立ったとき思った。

父が出迎えにきてくれていた。しっかりと握手を交わしてから、よく似た父子は駅から出ていった。共にすらりと背が高く、均整の取れた体型で、端正で禁欲的な目鼻立ちに、うすい唇をしていた。ハンター氏の車が待っていて、二人はそれに乗った。父は息子が大通りをさも誇らしげに、嬉しそうに眺めているのに気付いた。

「帰国して嬉しいかね？」

「まあ、そうですね」

ベイトマンは人や車がめまぐるしく行き交う情景をむさぼるように見つめた。

「南海の島に比べると、ここは一寸《ちょっと》ばかり混雑しているだろうな」ハンター氏が笑いながら言った。「タヒチはよかったかね？」

「シカゴの方がいいな、お父さん」

「エドワード・バーナードを連れて帰らなかったな」

「ええ、そうです」

「彼はどんな様子だった？」

息子はしばらく押し黙っていた。ハンサムで感性豊かな顔が曇った。

「彼のことは話したくないのですよ」ようやく言った。

「いや構わんよ。お母さんはお前が帰ってきて喜ぶぞ」

車は環状線内の混雑した大通りを抜け、湖に沿って進み、やがて豪邸に着いた。ロワール河沿いにある古城をそっくり真似たもので、ハンター氏が数年前に建てたものだった。ベイトマンは自分の部屋でひとりになるとすぐに電話を取り、通話を頼んだ。電話に出た声を聞くと、彼の心は弾んだ。

「おはよう、イザベル」彼は快活に言った。

「おはよう、ベイトマン」

「どうして僕の声だとわかりましたか？」

「前にお声を聞いてから、そんなに時間が経っていないし、それにお電話を待っていたのですもの」

「いつ会えますか？」

「他に予定がなければ、今晩、うちで食事なさいません？」

「他に予定なんかありませんよ。喜んで伺います」

「いろいろ聞かせていただけるのでしょ？」

そういうイザベルの声に、僅かな不安があるように思えた。

「もちろんですよ」と彼は答えた。

「じゃあ、今夜話してくださるわね。さようなら」

彼女は電話を切った。自分自身の幸せに限りなく影響するような報告を聞くのに、夜の食事の時まで、何時間でもいたずらに待てるというのは、いかにも彼女らしかった。そのような忍耐心はベイトマンには素晴らしい自制心だと思えた。

夕食のとき、そこには彼とイザベルとその両親しかいないのに、彼女は話題を巧みに上品な世間話の方向へと導くさまを彼は感心して観察した。フランス革命の時代に、侯爵夫人などが明日をも知れぬ運命であるのに、表向きはささいな雑談で気を紛らわせていたのかも知れないと、そんなことを思わず想像したのであった。イザベルの上品な顔立ち、貴族的な上唇の薄さ、豊かな金髪を眺めていると、これまた侯爵夫人を思った。さらに、これは一般に知られていないにしても、彼女の血筋にはシカゴ一の血が流れているのは明白だったのだ。食堂も彼女の繊細な美しさを引き立てる格好の背景であった。この邸は元来ヴェニスの大運河に面したある宮殿を模したものであったが、内部の装飾は、イザベルの発案でイギリス人の専門家にルイ十五世様式にするように依頼したのだった。ルイ十五世風の優美な装飾は、イザベルの美しさを一段と際立たせていた。同時に彼女がそこにいるお陰でこの部屋の華麗さは、一段と意義深いものとなっているようだった。というのもイザベルは内面も充実していて、話題は無尽蔵で、しかもどんなに軽い話題を取り上げても、決して軽薄にはならなかった。今も、その日の午後彼女が母上とともに聴きに行った内輪の音楽会のこと、あるイギリス詩人が講堂で催している講演会のこと、昨今の政治情勢のこと、父上が最近ニューヨークで購入したヨーロッパの古典絵画のこと、などあれやこれやについて縦横に語るのだった。耳を傾けていると、ベイトマンは気持が安らいできた。自分が文明社会に戻ってきて、洗練された文化の中心にいると感じた。心の奥から絶えず聞こえてきて彼を悩ませていた声は、意に反してどうしても抑えられなかったのだが、それも今はようやく聞こえなくなった。

「シカゴに戻ってきて、何ていい気分なんだろう」彼は思わず言った。

ようやく食事が終わり、食堂から出るとき、イザベルが母に言った。

「ベイトマンを私の部屋に連れてゆくわ。いろいろお話があるの」

「分かったわ。お話が済んだら、お父様と私はマダム・デュ・バリの部屋にいますからね」ミセス・ロングスタフが言った。

イザベルは彼を二階の自室へと案内した。そこは彼にとっていくつもの楽しい思い出のある素晴らしい部屋だった。見慣れた部屋なのだが、入るたびに思わず喜びの声を上げてしまうのだった。彼女は満足そうに部屋を見渡した。

「まあ、いい部屋になったと思うわ。装飾に統一が取れている、というのが大事ね。ここには同時代でない品は、灰皿ひとつだってないもの」彼女が言った。

「それでこんなに見事な印象を与えるのですね。あなたのなさることは皆そうだけど、本当によく統一が取れていますね」

二人は火の燃える暖炉の前に座った。イザベルは冷静で真面目な目で彼を見た。

「さあ、お話をどうぞ」彼女が言った。

「どこからお話ししていいか、困っています」

「エドワード・バーナードは戻ってくるのですか？」

「いいえ」

ベイトマンが再び口を開くまでに長い沈黙があった。その間に二人はそれぞれ頭を巡らせていた。これからの話には彼女の敏感な耳には不快な点があるので、彼としてはそれに触れるのは耐えがたかった。けれども彼女にたいしても、彼自身にたいしても、公正を期すためには、どうしても全ての真実を話さねばならないのだ。

三人の関係は、ずいぶん以前、ベイトマンとエドワードが共に大学生だった頃、イザベルを社交界にデビューさせるティー・パーティーで、彼女に再会したときにさかのぼる。彼らはイザベルを、彼女がまだ少女で彼らが半ズボンの少年だった頃から知ってはいた。彼女は教育の仕上げをするために二年間ヨーロッパで過ごしてきた。美しい淑女となって帰国した彼女に再会して、二人は大喜びした。二人ともすぐ彼女に強い愛情を抱いたが、ベイトマンはじきに彼女の目がもっぱらエドワードに向けられているのを知った。しかし彼はエドワードの親友であったから、自分は恋の相談相手の役で甘んじようと決心した。むろん辛かったけれど、エドワードがイザベルの愛に値するのを否定できなかったし、それに彼との大切な友情を傷つけないようにしたいと切望したので、自分のイザベルへの恋心は絶対に隠しておくように心掛けた。半年してエドワードとイザベルは婚約した。しかしまだとても若いというので、少なくともエドワードが大学を出るまでは結婚しないようにとイザベルの父が決めた。というわけで二人は一年間待たねばならなかった。ベイトマンは、あの冬、つまりその終わり頃に二人が結婚することになっていた冬のことをよく覚えていた。ダンス・パーティーや観劇会、内輪のお祭り騒ぎと盛り沢山だったが、ベイトマンは常に変わらぬ傍観者として出席した。イザベルがまもなく親友の妻になるからといって、ベイトマンの恋心は少しも弱まらなかった。彼女の微笑、彼に投げかける快活な言葉、婚約者への愛についての打ち明け話など、全て彼を喜ばせた。二人が幸福であるのを、自分が妬《ねた》まなかったのを、ベイトマンは、多少自己満足気に、誇りにしていた。

ところがやがて事件が起きた。ある大銀行がつぶれ、株式取引所に恐慌が生じ、エドワードの父は破産したのだ。父はある夜帰宅して妻に一文無しになったと告げ、夕食後に自室に入ると銃で自殺した。

その一週間後、エドワードが疲れきった蒼い顔をしてイザベルのもとに現れ、婚約解消を申し出た。その答として、彼女は彼の首に両腕を投げかけ、わっと泣き出すしかなかった。

「これじゃあ、別れづらくなるだけだな」

「あなたと別れるなんてできないわ。愛しているのですもの」

「でも、僕には結婚してくださいと頼む資格がもうない。すべてが絶望なのだよ。君の父上が許してくれないしね。だって僕は一文無しなのだから」

「構うものですか！　愛しているのですもの」

彼は彼女に自分の計画を話した。すぐにでも金を稼ぐ必要がある。一家の古くからの友人であるジョージ・ブラウンシュミットが僕を自分の会社で雇ってくれると言っている。この人は南海諸島で商《あきな》いをやっていて太平洋のいくつもの島に支店を持っている。もし僕が一、二年間タヒチに行き、有能な支店長の下で種々雑多な商売のコツを覚えるならば、見習い期間が終わればシカゴで相当の地位につかせてあげよう、と約束してくれた。これは素晴らしい機会であったから、この計画を聞き終わると、イザベルはすっかり微笑を取り戻した。

「いけない人ね。そんなお話があるのに私を惨めな気持にさせたりして！」

この言葉を聞くと彼の顔はぱっと明るくなり、目はきらきらと輝いた。

「じゃあ、待っていてくれるというの？」

「あなたは待つに値するって思わないの？」にっこりして彼女は言った。

「今は僕を笑わないで欲しい。本気で考えて欲しいのだよ。二年間あちらにいるかもしれないのだから」

「心配御無用だわ。エドワード、愛しているわ。帰国したら結婚しましょう」

ジョージ・ブラウンシュミットはせっかちな男で、もしエドワードが言われた仕事が気に入ったのなら、一週間後にサンフランシスコから出航せよと命じていた。エドワードは最後の夜をイザベルの家で過ごした。夕食後にロングスタフ氏がエドワードに話したいことがあると言い、青年を喫煙室に誘った。イザベルの父親は娘から聞いた婚約者の計画を親切に承認してくれたのに、今更、どんな話があるのだろうとエドワードは気がかりだった。喫煙室で向かい合うと、ロングスタフ氏がばつの悪そうな様子なので、エドワードは一寸戸惑《とまど》った。相手は口ごもった。取り留めない話をした。そしてようやく本題に入った

「アーノルド・ジャクソンという男のことを聞いていますかな？」彼は渋面を浮かべながらエドワードに聞いた。

エドワードは躊躇《ちゅうちょ》した。出来れば「いいえ」と答えたいところだったが、根が正直なので、嘘はつけなかった。

「はい、聞いています。でも随分前のことでして、あまり注意しませんでした」

「シカゴの人間でアーノルド・ジャクソンの名を聞いたことのない人は少ないのですよ。仮に知らない人がいたとしても、知っている人をすぐに紹介してくれるでしょうね。アーノルドが妻の兄だというのは知っていましたか？」ロングスタフ氏は不快そうに言った。

「ええ、知っていました」

「もちろん、もう何年もあの男と連絡はないのですよ。あの男はできる限りすばやく国を出て行きました。あの男がいなくなったのを残念がる者はここには誰もいなかった。今はタヒチで暮らしているそうです。君への忠告はタヒチであの男を敬遠するのがよいということです。でも、何か噂を耳にしたら、知らせていただければ、ありがたいですよ」

「分かりました」

「それだけです。さあ、あっちに行って、ご婦人方とお話しなさい」

どこの家族にも困り者がいるもので、世間の人がそんな者がいたのを忘れてくれれば、有難いと思うのだ。一世代か二世代を経るうちに、困り者の所業がロマンチックなものだと好意的に思い出されるようにでもなれば、残された親族は運がいい。しかし、困り者がまだ生きていて、しかも所業が、アル中とか浮気とかいうような、「自業自得で罰をうけただけさ」などと軽く片付けられるような類のものでない場合は、親族としては貝のように押し黙るしかない。ロングスタフ一家がアーノルド・ジャクソンに対してとったのはまさにこの方法だった。彼らはこの男のことは絶対に話題にしなかった。彼が以前住んでいた通りを通ることさえしなかった。彼の罪ゆえにその妻子まで苦労するのは可哀想だと思って、ロングスタフ夫妻は長年一家の生活費を出してやっていたが、それは一家がヨーロッパに移住するという条件を守らせてのことだった。アーノルド・ジャクソンのあらゆる記憶を拭い去ろうとあれこれ努力したわけだが、それでも人々の心の中には、あの恥ずべき事件が、初めて世間の耳目をあっと驚かせたときと同じく、まだ鮮明に記憶されているという事実を夫妻は知っていた。

アーノルド・ジャクソンくらい親族にとって厄介な困り者は他にいないだろう。彼は金持ちの銀行家で、所属教会で重きをなし、慈善家であり、家柄のよさ(シカゴの名門の血筋だった)だけでなく、高潔な人格の故に万人の尊敬を集めていた。それがある日、詐欺で逮捕されたのだ。裁判の過程で明るみにでたところでは、詐欺は出来心などという代物でなく、長年にわたる綿密な計画のもとになされたものだった。アーノルド・ジャクソンは悪《わる》だった。結局七年の懲役に処せられたが、罰が軽すぎると思わぬ者はいなかった。

最後の晩を過ごしたエドワードとイザベルがいよいよ別れるとき、変わらぬ愛を誓いあった。イザベルは涙にむせんだが、エドワードの強い愛情に確信がもてたので、少しは慰められる思いだった。不思議な気分だった。彼と離れ離れになるのは辛いのだが、彼が熱愛してくれるので幸福だったのだ。

これは二年以上前のことである。

それ以来彼は船便のたびに必ず手紙をよこした。船便は月一回しかないので、全部で二十四通届いたことになる。恋文としては理想的なもので、細やかな愛情にあふれ、優しく、時には――最近のは特にそうだったが――ユーモアを交えてもいた。最初の頃は、ホームシックにかかっているようで、一日も早くシカゴとイザベルのもとに帰りたいという願望にあふれていた。少し心配になったイザベルは、辛抱してくださいという返事を書いたものだった。さもないと、現地での地位を投げ出して、すぐ戻ってくるのではないかと不安だった。忍耐心に欠けるのは望ましくないので、彼女は十七世紀の恋愛詩の二行を引用した。

われ　かくも　御身を愛すること叶わず
名誉をば　さらに　愛することなかりせば

だが、しばらくすると彼も落ち着いたようで、彼がアメリカ流の方式を世界の果ての島に熱心に導入しようと頑張っているのを知り、イザベルも安心し喜んだ。しかし彼の愛情の深さが分かっているイザベルとしては、必ず留まるようにと命じられている最低限の一年が終わる頃には、彼に帰国を思い留まるように彼を説得しなければならないだろうと予想していた。この機会にビジネスをしっかりと学ぶほうがいい。一年我慢できたのなら、もう一年だって待てないこともない。このことについて、彼女はベイトマン・ハンターにも相談した。(ベイトマンくらい親切な相談相手はいない。エドワードの出発後の数日間、もし彼がそばにいてくれなかったなら、彼女は途方に暮れたところだった。) そして帰国の時期を決めるに際しては、まずエドワードの将来を優先して考えねばならないと意見が一致した。時が経つにつれて、エドワードが帰国を話題にしなくなってきたのを知り、彼女はほっとした。

「偉いじゃありません、彼って?」

「本当に偉いですよ」

「はっきりとは書いてないけど、あの人があちらにいるのがいやなのは、私には分かるのよ。でも我慢しているのは……」

彼女は少し赤面して言葉を言いよどんだので、ベイトマンは、そこがこの青年の魅力であるしかつめらしい微笑を浮かべながら、彼女に代わって残りを口にした。

「あなたへの愛のせいですね」

「私のためにだと思うと申し訳なくて」

「あなたも偉いなあ！　本当に偉い」

ところが、二年目が過ぎても、イザベルは毎月エドワードから手紙をもらうばかりで、帰国する様子がまるでないのが、不審に感じられ出した。まるでタヒチに定住したような言い方をしていたのだ。それも快適に定住しているような口吻《こうふん》なのであった。驚いた彼女は、これまでの手紙を何度も全部読み直してみた。すると、はっきりとは書いてないが、ある変化が見出されて彼女は意外に思った。これまで何故かそれに気付かないでいた。最近の手紙は、最初の頃のと変わらず、心のこもった優しく快活なものだけれど、どこか調子が違うのだった。前からユーモラスな調子があるにのには何となく気付いていたし、女性らしく本能的にユーモアという不可解なものに不信の念を抱いていたのだが、今突然軽薄な調子に気付いて困惑したのだった。最近手紙をくれるエドワードが以前彼女が知っていたエドワードと同一人物かどうか確信がもてなかった。ある午後、丁度郵便がタヒチから届いた日であったが、彼女がベイトマンと車でドライヴをしていた時、彼が言った。

「エドワードはいつ出発すると言ってきましたか？」

「いいえ、書いてありませんわ。あなたへのお便りに書いてあるんじゃないかと思っていましたのよ」

「一言も触れていません」

「いかにもあの人らしいわね」イザベルは笑いながら言った。「彼ったら、時間の観念がまるでないのだから！　今度彼に手紙を書くとき、もし忘れなかったら、帰国の時期を聞いてくださらない？」

表向き、彼女はあまり気にしていないような風を装っていたので、ベイトマンほど感覚が鋭敏でなかったなら、彼女の頼みが熱心な懇願らしいと推察できなかっただろう。彼は軽く笑った。

「ええ、聞いてみましょう。彼、一体なにを考えているんだろうな」

数日後彼に会ったとき、ベイトマンに何か心配事があるのに気付いた。エドワードがシカゴを出て行って以来、二人はいつも一緒にいた。二人ともエドワードがそばにいない寂しさから、彼のことを語りたいと願い、喜んで聞く耳を持った者がいて満足だった。その結果として、今では彼女はベイトマンの表情を細部まで読むことが出来た。彼が違うといっても、彼女の鋭い直感に敵わなかった。彼の心配がエドワードにかかわるというのが勘でわかった彼女は、相手が全部白状するまで許さなかった。

とうとう彼が言った。「実は、噂なのですが、エドワードが今ではブラウンシュミット商会で働いていないというのですよ。そこで、僕は直接ブラウンシュミットさんに聞いてみたのです」

「それで？」

「かれこれ一年前にやめたそうです」

「変ねえ、そのことに全然触れなかったなんて！」

ベイトマンはためらったが、ここまで話した以上残りを言わぬわけにはいかないと思った。でも言いにくくて困惑した。

「首になったのだそうです」

「一体どういうこと？」

「一、二回警告したのだが、改まらないので、遂に追い出したそうです。怠惰と無能が理由だったそうです」

「エドワードが？」

二人ともしばらく黙り込んだ。それから彼女が泣いているのに、ベイトマンは気付いた。彼は思わず手を取った。

「泣かないで。どうか泣かないで。あなたの涙を見るなんて、僕には耐えられません」

彼女はすっかり取り乱していたから、手を彼に預けたままにした。彼は何とか慰めようとした。

「理解できませんねえ。だってそんなのエドワードらしくないもの。きっと何かの間違いでしょうね」

彼女はしばらく答えなかったが、それからおずおずと言った。

「最近の彼からの手紙にどこか奇妙なところがあると思われませんでした？」涙できらきら光る目を彼に向けぬようにしながら彼女が聞いた。

彼はどう答えるべきか迷った。

「変化があったのには気付きました」そこまで言った。「彼の長所だった真面目さを無くしたみたいです。これまで大事だった事柄が、どうでもよくなっているようですね」

イザベルは返事をしなかった。彼女は漠然と不安感を覚えたのだ。それから「もしかすると、あなたの手紙への返事で、いつ帰るか話すかもしれませんわ。それを待つしかないのね」と言った。

エドワードからまた二人にそれぞれ手紙が来た。しかし帰国については触れていない。まだベイトマンからの問い合わせの手紙を受け取っていないのは明白だった。次の手紙には答が書いてあるだろう、と思うしかなかった。次の手紙が届くと、ベイトマンは受け取ったばかりの手紙をすぐイザベルに見せにきた。彼の顔を一目みて、失望しているのが分かった。彼女は注意深く一読し、それから口元を少しこわばらせながら再読した。

「とても変な手紙ね。私にはさっぱり理解できないわ」

「まるで僕をからかっているみたいです」ベイトマンは赤面して言った。

「そう読めますわね。でも本人にはそのつもりはないのでしょう。だってそんなのエドワードらしくないから」

「彼、帰国には触れていませんね」

「だから、彼の愛情を信じているからいいけど、さもなかったら、私……そうよ、理解に苦しむわ」

ベイトマンは午後からずっとある計画を思いつき、今それを持ち出すことにした。彼の父の会社は各種自動車の製造をしていて、彼も役員になっていたのだが、今度ホノルル、シドニー、ウェリントンの各地に代理店を作ることになっていた。ベイトマンの計画は、この仕事のために出張する予定の支配人に代わって自分が出張するというものだった。帰りはタヒチを経由してこられるというのだ。実際、ウェリントンからの帰り道ではタヒチに寄らざるをえないのである。それでエドワードに会ってくるというのであった。

「どうも納得できない点があるので、調べてきますすよ。現地に行くしかないですよ」

「まあ、ベイトマン、よくまあそこまでしてくださるわね！　本当に親切だわ」彼女は声を高めた。

「あなたが幸せになるのが僕にとって何よりも大切ですからね」

彼女は彼をじっと見て、両手を彼に預けた。

「あなたって、何て親切なのでしょう！　世の中にあなたのような人っていないわ。お礼のしようもありません」

「お礼なんて要《い》りません。少しでもお力になれれば、それが嬉しいのです」

彼女は目を伏せ、すこし顔を紅潮させた。彼に慣れっこになっていたので、どんなにハンサムかを忘れていた。彼はエドワードと同じぐらいの身長があり、体格もいい。エドワードは赤ら顔であるのに対して、彼はやや浅黒い点が違う。ベイトマンが私を愛しているのは、もちろん分かる。彼女は心が痛んだ。彼に対して優しい気持が生じた。

ベイトマン・ハンターは、今この旅からシカゴへと戻ってきたのだった。旅先での会社の仕事が意外に長くかかり、その間にエドワードとイザベルのことを考えることがよくあった。エドワードが帰国しないのには、格別深刻な理由があるのではない、という結論に以前に達していた。つまり、憧《あこが》れる花嫁の夫にふさわしい地位を得るまでは現地で頑張るという意地を張っているだけなのだ。だが、そんな意地を棄てるように僕が説得してやろう。イザベルは今悲しんでいるのだ。だからエドワードは即刻帰国し彼女と結婚せねばならない。働き口としては、ハンター自動車運輸会社の工場で見つかるだろう。ベイトマンはわが胸から血を流しながらも、自分を犠牲にして、この上なく愛する二人に幸福を与えることを考えて有頂天になった。自分は絶対に結婚しないぞ。エドワードとイザベルの間に生まれる子の名付け親になってやるのだ。そして何年も経ってあの二人があの世に行ってしまってから、イザベルの娘に自分がどんなに君のママを愛していたかを話すのだ。その場面を思い浮かべると、目が涙で霞んできた。

急に訪ねて驚かそうと思ったので、連絡の電報は打っておかなかった。タヒチに着くと、「花屋ホテル」の倅《せがれ》だという青年にホテルまで案内させた。僕が突然彼の事務所に現れたら、まったく予期していないだけに、さぞ彼はびっくりするだろうと思って、思わずにんまりした。

「ところで、エドワード・バーナードさんにはどこに行けば会えるだろうね？」ホテルまでの途中で聞いてみた。

「バーナードですか。名前は聞いたような気がします」

「アメリカ人でね。薄茶の髪、青い目をした背の高い青年だ。こっちにきて二年以上になる」

「ああそうだ。誰のことか分かります。ジャクソンさんの甥のことですね」

「誰の甥だって？」

「アーノルド・ジャクソンさんの甥ですよ」

「それじゃ違うな」ベイトマンは頑《かたく》なに言った。

彼ははっとしたのだった。どうやら誰もが知っているらしい。アーノルド・ジャクソンが、有罪になったときの恥ずべき名前のまま当地で暮らしているなんて不思議だった。しかしジャクソンが誰を自分の甥だと偽っているのか想像できなかった。ミセス・ロングスタフが彼の唯一の妹であり、他に兄弟はいない。側にいる若者は外国語訛りのある英語で立て続けに喋ったが、横目でみて、今はじめて気付いたのだが、原住民の血が相当入っている。僅かばかり見くびるような態度が自然にベイトマンに現れた。ホテルに着いた。チェックインが済むと、ブラウンシュミット商会の建物への道順を尋ねた。礁湖に面した海岸通りにあるというので、洋上の八日間の後で久しぶりに地面を歩くのを喜びながら、日当たりのよい道に沿って水辺まで歩いた。建物をみつけて、支配人に名刺を持って行かせると、売店と倉庫を兼ねたような部屋を通り、事務所に案内された。メガネを掛けた禿頭の肥った男が座っていた。

「エドワード・バーナード氏はどこに行けば会えましょうか。この会社にしばらくいたと聞いていますが」

「そうなのですが、今現在どこだか分かりませんな」

「しかし彼はブラウンシュミット氏の特別の配慮でここに来たのでしたね。わたしはブラウンシュミット氏と親しい者です」

肥った男はベイトマンをずるそうな、怪訝《けげん》な目で見た。そして倉庫にいる若者に声を掛けた。

「おい、ヘンリー、バーナードが今どこにいるか、お前知っているか?」

「キャメロンの店で働いていると思います」と誰かが仕事の手も休めずに答えた。

肥った男がうなずいた。

「ここを出たら左手に行きなさい。三分でキャメロンの店に着きます」

ベイトマンは躊躇した。

「こんなこと言ってなんですが、僕はエドワード・バーナードの親友なのです。彼がブラウンシュミット商会を辞めたと聞いて驚きましたよ」

肥った男の目が細くなり、とうとうピンの先のようになった。その目でじろじろ眺められるととても不愉快で、ベイトマンは顔が赤くなった。

「ブラウンシュミット商会とエドワード・バーナード氏がある事柄に関して意見が合わなくなったのでしょうな」それが彼の答だった。

ベイトマンは肥った男の態度が気に食わなかったので、少し威張った態度を見せて立ち上がり、面倒かけたことを詫び、その場を辞した。事務室から出ながら、肥った男は喋ることがいくらでもあるのだが、喋るつもりはないらしい、という奇妙な印象を受けた。教えられた方向に進むと、まもなくキャメロンの店に来た。途中にも数軒あったのと同じような一軒の店で、入っていって最初に目にした、上着なしで、小売用の木綿を一定の長さ分切っている男が、エドワードだった。彼がそんなしがない仕事をしているのを見て、ベイトマンはショックを受けた。しかしエドワードは、仕事から顔を上げて、友人の姿を見るやいなや驚いて嬉しそうに大声を出した。

「やあ、ベイトマンじゃないか！　一体何でこんなところに来たんだい？」

そう言って、カウンター越しに腕を差し伸べ、ベイトマンの手をきつく握った。その態度には恥じているようなところはまったくない。戸惑っていたのは、もっぱらベイトマンの方だった。

「これを包むまで、ちょっと待っていてくれ」

手馴れた様子で彼は布に鋏《はさみ》を走らせ、切った布を一まとめにして、黒い肌の客に渡した。

「支払いはあっちのカウンターで願います」

それからニコニコと目を輝かせてベイトマンの方を向いた。

「何で又、ここへ現れたのだい？　ああ、君に会えて嬉しいな。座ってくれ。楽にしてくれたまえ」

「ここじゃあ話せない。僕の泊まっているホテルに来ないか。席を外していてもいいのだろう？」最後はやや不安そうに聞いた。

「むろんさ、出られる。タヒチではのんびりしているんだよ」彼は反対側の売場にいる中国人に大声で言った。「アリン、ボスが来たら、おれはアメリカから友達がきたので飲みにいったと言ってくれ」

「分かった」と中国人はにやりとして言った。

エドワードは上着を引っ掛け、帽子をかぶるとベイトマンの後から店を出た。ベイトマンは事態を冗談めかそうとした。

「君が三ヤード半の木綿を汚い黒ん坊に売っているとは夢にも思わなかったよ」と笑いながら言った。

「ブラウンシュミット商会を首になったもんだから、どこで働いても同じだと思ってね」

首になったことをエドワードが平気で口にするのでベイトマンはひどく驚いたが、その話をあれこれ尋ねるのはまずいと思った。

「今の店で働いていたのじゃ財産はつくれまい」とやや素《そ》っ気《け》無く言った。

「そうだな。でも食って行くには十分だし、僕はそれで満足なのだ」

「二年前の君ならそんなことでは満足しなかったろう」

「年を取れば利口になるものだ」とエドワードは快活に答えた。

ベイトマンは相手をちらっと見やった。みすぼらしい白麻のスーツを着ていたが、とても清潔とはいえない代物だった。大きな麦わら帽子は現地のものだった。以前より痩せ、すっかり日焼けし、相変わらずハンサムだった。だが、その様子にはどこかベイトマンを落ち着かなくさせるものがあった。歩き方には以前なかった快活さがあり、物腰に無頓着なところがあり、何となく陽気さがあった。ベイトマンとしては、どこがいけないとは非難できないのだが、とても不可解であった。

「何だってこんなに陽気にしているのか、さっぱり分からないぞ」とベイトマンは心の中で思った。

ホテルに着き、ベランダで椅子に座った。中国人のボーイがカクテルを運んできた。エドワードはシカゴのあらゆるニュースを聞きたがり、熱心に質問攻めにした。あれこれ聞きたがるのは無理もないし、本気で関心を寄せているのだが、あらゆるニュースに同等の関心を示すのが不思議だった。ベイトマンの父の健康状態とイザベルの最近の動静と、その両方を同じ程度に知りたがるのだ。イザベルのことを何のためらいもなく話すのだが、それは婚約者というより妹のことを話しているみたいだった。エドワードの発言の本当の意味をベイトマンが検討している間にも、気付いてみると話題がシカゴでの彼の仕事だの父が最近建てた建物に移ってしまっていた。それではまずいので、何とかして話題をイザベルのことに戻そうと機会を狙っていると、エドワードは親しげに手を振り出した。ベランダで二人に近寄ってくる男性がいた。ベイトマンはその男に背を向けて座っていたので、見えなかったのだ。

「いやあ、こっちにきて座りませんか」エドワードは気軽に言った。

その男は近寄ってきた。背が高く痩せていて、白麻の服を着て、格好のよい頭で白髪はきれいにカールしている。顔は細長く、大きな鉤鼻、形のよい表情豊かな口をしている。

「こちらは古くからの友人のベイトマン・ハンターです。前に彼のことは話したことがありますよ」エドワードは、口元に絶えず微笑を浮かべていた。

「ハンター君、初めまして。以前はあなたのお父さんと知り合いでしたよ」

名前の分からぬ男は握手の手を差し出し、ベイトマンの手をきつく心をこめて握った。エドワードはその時になってようやく男の名前を告げた。

「アーノルド・ジャクソンさんだ」

ベイトマンの顔が真っ青になり、自分の手が冷たくなるのを覚えた。偽造犯人で、前科者で、イザベルの伯父だ！　何と言ったものか途方に暮れた。心の混乱を隠そうとした。それを見てアーノルド・ジャクソンは目をきらきらさせていた。

「私の名前はご存じのようですな」

ベイトマンはそれを肯定すべきか否か迷った。一番困惑したのは、ジャクソンもエドワードも、なにやら面白がっているからだった。タヒチで一番会いたくなかった男に無理やり引き合わされるのは不快だったし、それに加えて、どうやら二人は当惑するベイトマンを笑っているらしいのだ。しかし、そのように決め付けるのは性急すぎるかもしれない。というのは、ジャクソンがすぐにこう言ったからだ。

「ロングスタフ一家と大層親しいのでしょう。メアリ・ロングスタフは私の妹です」

ベイトマンは、それを聞いて、アーノルド・ジャクソンが、シカゴを揺るがした例の醜聞を僕が知らないと考えているのだろうか、と思案した。が、ジャクソンはエドワードの肩に手を置いて言った。

「テディー、座れないんだ。忙しいのだよ。だが、君たち今夜は家にきて食事をしてくれたまえ」

「それはいいですね」エドワードが言った。

「ご親切にありがとうございます。でも私は当地に僅かしか滞在いたしません。明日船が出ますし。失礼ですが、伺えません」ベイトマンは頑なに言った。

「そんなこと、おっしゃらずに！　土地の料理をご馳走しますよ。家内は料理の腕がいいのです。テディーが家まで案内してくれます。夕日を見るので、早めにいらっしゃい。よかったら、泊まっていらっしゃるといい」

「もちろん二人で伺います」エドワードが答えた。それからベイトマンに言った。「船が入港した夜はホテルは大騒ぎになる。バンガローの方がゆっくり話し合えるよ」

「ハンターさん、あなたを離しませんよ。シカゴやメアリのことをぜひうかがいたいですな」ジャクソンはとても誠意のこもった言い方をした。

彼は一人でうなずくと、ベイトマンが一言も言わないうちにもう立ち去ってしまった。

「タヒチじゃあ、遠慮したってダメなんだよ」エドワードが笑った。「それにあそこでは島一番の料理が食べられるんだ」

「家内が料理上手だって言っていたが、どういう意味だろう？　あの人の奥さんはジュネーヴにいるのを、僕はたまたま知っているんだが」

「そんな遠くじゃ奥さんってわけにいかないな。それに彼もずっと会ってないだろう、その女性とは。別の奥さんのことを言っているのさ」

ベイトマンはしばらく沈黙した。じっと考え込んでいるような表情だった。しかし、顔を上げるとエドワードの面白がっているような目付きと出合った。怒りがこみ上げた。

「アーノルド・ジャクソンはひどい悪党だ」ベイトマンが言った。

「残念ながらその通りだな」にやりとしてエドワードが言った。

「まともな人間があんな男と関わりあうなんて、僕には考えられない」

「もしかすると、僕はまともな人間じゃないんだろうね」

「君はよく会うのかい？」

「ああ、かなりよく会っているな。甥みたいに扱ってくれている」

ベイトマンは体を前に乗り出して、探るような目でエドワードをじっと見た。

「で、君は彼のことが好きなのかい？」

「ああ、とても好きだ」

「彼が偽造犯で、前科者だというのを君は知らないのか？　この島の人も知らないのか？　文明社会から追い出されて当然な人間だよ」ベイトマンが言った。

エドワードは自分の葉巻から煙の輪が、静かないい香りのする空気のなかにゆらゆらと浮かんでいくのを眺めていた。ようやく口を開いた。

「相当したたかな悪党だろうな。彼に甘い僕でも、彼が過去の罪をいくら悔いているとしても、それで罪が許されることにならないのは分かる。確かに詐欺をやり、しかも偽善者だった。その事実から目を逸《そ》らすことは出来ない。でもね、付き合ってみて彼ほど感じのいい男に、僕はまだ会ったことがないんだ。僕の知っているあらゆることは、彼から習ったのだ」

「何を習ったというのだい？」ベイトマンは驚きのあまり大声で言った。

「生き方さ」

ベイトマンは皮肉に笑いだした。

「結構な教師だな。彼に教わったお陰で、君は財産を築く機会を棄て、安売り店の売り子をやって食べているってわけだ！」

「彼は素晴らしい個性の持主なんだよ。今夜僕の言う意味が君にも分かるかもしれないな」エドワードはにこにこしながら言った。

「断っておくけど、今夜彼の家で食事をする気はないよ。何があっても、あの男の家には入らないからね」

「僕の顔を立てると思って来てくれよ。君とはもう長年の友だ。それくらいの頼みをきいてくれてもいいだろう？」

エドワードの物言いには、ベイトマンにとってこれまで耳にしたことのないような調子があった。穏やかなところがあり、それが妙に説得力を発揮した。

「そう言われると、どうしても行かざるをえないな」ベイトマンはにっこりした。

それに、この際アーノルド・ジャクソンについて知りうることを知るのも悪くなかろう、という気持も働いた。エドワードがアーノルドの言いなりになっているのは明白だから、その影響力を撥《は》ね退《の》けようとするのであれば、影響力の正体を調べる必要がある。エドワードと話せば話すほど、彼が以前とは違ってしまったという思いがつのった。交渉するには、よほど用心して取り掛かる必要がありそうだ。今回会いにきた本当の目的を打ち明けるのは、もう少し彼の様子を見極めてからにしようと決めた。ベイトマンはもっぱら取り留めない話題を取り上げた。今回の旅行、その収穫、シカゴの政界、共通の友人たち、大学時代の共通の体験などを話しあった。

やがてエドワードが仕事に戻らなくてはと言い出した。そして五時にベイトマンを迎えに来て、一緒にアーノルド・ジャクソンの家に行こうと提案した。

「ところで君、このホテルで暮らしているものとばかり思っていたんだが。だって、ここくらいしかまっとうな住居はないっていう話だもの」ホテルの庭を一緒に散策しながらベイトマンが言った。

「いやいや僕には無理だよ」エドワードが笑った。「とても高級すぎるんだ。町から一寸外れたところで部屋を借りている。安いし清潔だ」

「シカゴにいた頃の君は、安いとか清潔とか、そんなことは気にもしていなかったじゃないか？」

「シカゴね」

「おいおいどういう意味だね？　シカゴは世界一の都市だよ」

「それは分かっている」

ベイトマンは友の顔にさっと視線を走らせたが、表情からは何も読めなかった。

「シカゴにはいつ帰るのだい？」

「さていつになるのかなあ」エドワードは微笑を浮かべて言った。そのようにまるで他人事《ひとごと》のように言うのを聞き、ベイトマンは仰天した。が、どういうことなのかと説明を求めようとする前に、車が通りかかり、エドワードが運転している混血児に声を掛けた。

「チャーリー、そこまで乗せてくれ」

エドワードは友人に向かってうなずき、それから数ヤード前方に止まった車を追いかけて行った。後に残されたベイトマンは、その日受けた不可解な印象の数々をとくと考えるしかなかった。

エドワードが老馬の引くがたがたの馬車で迎えにきて、二人は海岸沿いの道を走っていった。道の両側にはココナツやヴァニラの植林があり、時には巨大なマンゴーの木があったり、分厚い緑の葉の間から黄や赤や紫の果実が見えたりした。時には波一つ立たぬ青い礁湖がちらっと見え、そこには背の高い椰子のある優雅な小島が点在している。アーノルド・ジャクソンの家は小高い丘の上にあり、そこへは小道を通るしかないので、馬を馬車から外して立木につなぎ、馬車は道の脇に放置した。これ一つから見ても万事いいかげんなやり方だとベイトマンには思えた。だが、家に着くと背の高い端正な現地の中年女が出迎えてくれた。エドワードはきちんと握手した。それからベイトマンを紹介した。

「友人のハンター君です。今夜はお宅でご馳走になるんですよ」

「分かったわ。アーノルドはまだ帰ってないのよ」彼女はすぐ微笑を浮かべて言った。

「僕らは海岸まで行って一浴びしてくる。パレオを二つ借りたいんですが」

女はうなずき、家の中に入った。

「あれは誰だい?」ベイトマンが聞いた。

「ラヴィナだよ。アーノルドの細君だ」

ベイトマンは唇をきつくかんだが、無言だった。女はすぐに包みをもってきてエドワードに渡した。二人は険しい小道を注意深く降りて、海岸のココナツ林に入った。そこで服を脱ぎ、エドワードは友人に赤い木綿の切れ端でパレオというしゃれた腰布にする方法を伝授した。やがて二人は温かい浅い水に浸かって水遊びをした。エドワードは上機嫌で笑い、叫び、歌った。彼がこれほどまで陽気になったのを見たのは、ベイトマンには初めてだった。その後、浜辺で寝そべり、澄んだ大気の中でタバコをふかした時など、あまりの楽天ぶりにベイトマンは呆れてしまった。

「君は生きているのが楽しくてしょうがないみたいだな」

「その通りだもの」とエドワードが答えた。

かすかに何かが動く音がして、振り返るとアーノルド・ジャクソンが二人に近づいてきた。

「海岸まで君たちを迎えにきたのですよ。ハンターさん、泳ぎを楽しまれましたかな?」

「はい、とても楽しかったです」ベイトマンが答えた。

アーノルドは今はしゃれた白麻のスーツではなく、パレオを腰に巻いただけで、裸足だった。体はよく日焼けしていた。長いカールした白髪で、厳しい顔つきの彼が腰にパレオしかつけていないので、何とも奇妙な格好だったが、彼自身はごく落ち着いた様子だった。

「よかったら、そろそろ家に戻りましょうか」

「私は服を着ます」ベイトマンが言った。

「彼のためにパレオをもってくればよかったのに」アーノルドがエドワードに言った。

「いや、彼はスーツの方がいいのですよ」エドワードがにやにやして言った。

「むろん、そうだよ」ベイトマンはむっつりと言った。自分がまだワイシャツも着ないうちに、エドワードはパレオをつけただけで歩き始めていた。

「靴をはかなくては歩きにくいだろう？　小道は石ころが少しあると思ったが」

「僕は慣れているからな」エドワードが答えた。

「町から帰宅してパレオに着替えるととても楽です。当地にしばらくいらっしゃるのなら、是非パレオを薦《すす》めますね。こんなに気の利いた服装はほかにはないでしょう。涼しいし、便利だし、安価でもある」

三人は小道を上がって家に着いた。ジャクソンは二人を大きな部屋に案内した。そこは白塗りの壁に囲まれているが、天井は青空であった。食卓が用意してあったが、五人分用意されているのにベイトマンは気付いた。

「エヴァ、こっちに来て、テディのお友達に挨拶しなさい。それからカクテルを作ってくれ」ジャクソンが誰かに声をかけた。

それからベイトマンを横に長くて低い窓のところに連れて行った。

「あれをご覧なさい！」彼は大袈裟《おおげさ》な身振りをして言った。「ほらあそこをよく見るんですな！」

眼下にはココナツの木々が丘の上から下の礁湖までずっと続いていて、礁湖は夕日を受けて、鳩の胸毛のような、淡い様々な色を帯びている。少し離れた入江の岸辺には原住民の村人たちの小屋がずらりと並び、また珊瑚礁近くのカヌーには二人の村人が釣りをしている姿がシルエットになってくっきり見える。さらにその向こうには広大な太平洋が静かに横たわり、二十マイルかなたには、詩人の空想の織りなしたものの如く、軽やかに、幻のように、ムレア島の想像を絶する美しい姿が浮かんでいる。あまりの美しさにベイトマンはどぎまぎして立ち尽くした。

「こんな美しい光景は生まれて初めてです」というのがやっとだった。

アーノルド・ジャクソンも、前方をじっと見つめて立っていた。その目には夢見るような穏やかさがあった。ほっそりした思慮深い顔は厳粛そのものだった。それを眺めてベイトマンは内面的な深さにまた触れたような気がした。

「美というものには、めったに向かい合えるものではありませんよ」とアーノルド・ジャクソンは囁《ささや》くように言った。「ハンター君、よくご覧になるといい。この光景を再び見られることはありえません。今という瞬間は束の間《つかま》ですから。しかしこれは心の奥に永遠に消えぬ記憶となって残ります。永遠の美に触れたのです」

ジャクソンの声は深くよく通る声で、純粋に観念論的な「美」を論じているようであった。それが前科者で冷酷な詐欺師の発言なのだというのを、ベイトマンはもう少しで忘れるところだった。その時ジャクソンは何かの物音に気付いたようにさっと振り返った。

「娘です。こちらはハンターさんだよ」

ベイトマンは娘と握手した。黒い美しい目をして、赤い口元から笑みがこぼれそうだった。肌は褐色で、肩まで流れ落ちる波打つ髪は漆黒だった。ピンクの木綿のワンピースだけを着て、素足で、香りのよい白い花で編んだ冠を被っている。愛らしい娘だった。ポリネシアの春の女神というところだった。

少し恥ずかしそうだったけれど、ベイトマンの方がもっとはにかんでいた。今の状況にはどぎまぎせざるを得なかったのだ。この大気の精のような乙女がシェーカーを手にして、慣れた手つきで三人分のカクテルを作っているのを目撃すると、当惑はむしろ深まるばかりだった。

「さあ、それを飲んで元気を出そうか」ジャクソンは娘に言った。

娘はカクテルをグラスに注いで、にっこり微笑みながら一人ひとりに手渡した。カクテル作りとなるとベイトマンは自信があったのだが、娘のシェークしたものを一口味わって、素晴らしい出来栄えなのに驚いた。客の顔に自然に感嘆の表情が現れたのを見たジャクソンは、得意そうに笑った。

「なかなかでしょう? 娘には私が教えました。昔シカゴにいた頃は、私にかなうバーテンは市内にいないと、いばったものでした。刑務所では他にすることがないので、新しいカクテルを考案して退屈をしのいだものでした。でも、いざとなると、ドライ・マティーニが一番うまいというのが本当ですがね」

ベイトマンはひじの骨をきつく殴られたような気がして、顔が赤くなったり、青くなったりするのが自分でも分かった。しかし、何か発言しようと思いつく間もなく、原住民のボーイが大きなボウルでスープを運んできたので、全員がテーブルについた。先ほどの発言で、アーノルド・ジャクソンは一連の思い出がよみがえったらしく、刑務所での日々について語り始めた。まるで外国の大学にいたときの経験を語っているかのように、何の恨みがましさもなく、淡々と話した。ベイトマンに向かって話すので、ベイトマンは困惑し、またうろたえた。エドワードの目が自分に注がれているのに気付いたが、少しばかり面白がっているようだった。ベイトマンは赤面した。どうやらジャクソンにからかわれていると思ったのだ。何だか自分が愚か者であるような気がしたが、そのように感じさせられる理由はない筈だと思ったので、腹が立ってきた。アーノルド・ジャクソンは厚かましい、本当に厚かましいにも程がある。平気で刑務所を話題にするなど、意図的なのかそうでないのか、どちらにせよ、とんでもない。晩餐が進んだ。ベイトマンは生魚とか正体不明の色々な変わったものを試すように勧められ、礼節上で何とか飲み込んだわけだが、不思議なことに、結構美味《おい》しかった。それから一寸した出来事が起き、彼にはそれがその晩一番の恥ずかしい思い出となった。目の前に小さな花環《はなわ》が置いてあり、話題にと思って、彼は一言述べた。

「エヴァがあなたのために作った花環です。あの子は恥ずかしがってまだ差し上げないのでしょうな」ジャクソンが言った。

ベイトマンは手に取り、形式的なお礼の言葉を娘に述べた。

「おつけなさいませ」微笑し赤くなってエヴァが言った。

「つける？　それは出来ませんよ」

「つけるのが当地の楽しい風俗なのでしてね」ジャクソンが説明した。

ジャクソンの前にも花環があり、彼は頭に載せた。エドワードもそれに倣った。

「この服じゃあ、具合が悪いな」ベイトマンは居心地悪そうに言った。

「あら、パレオになさる？　すぐ取ってきましょうか」エヴァがすぐさま言った。

「いえ、結構です。この服のままで結構ですから」

「エヴァ、花環のつけ方を教えてあげれば？」エドワードが言った。

その瞬間、ベイトマンは余計なことを言う親友が憎かった。エヴァはさっと椅子から立ち、可笑《おか》しくてたまらないという様子で、彼の黒い髪の上に花環をかぶせた。

「よくお似合いだわ。ねえ、あなたもそう思わない？」とミセス・ジャクソンが夫に言った。

「もちろんさ」

ベイトマンは体中から汗が出た。

「ここが暗くて残念だわ。三人一緒の写真が撮れるといいのに」エヴァが言った。

ベイトマンは暗いことを神に感謝した。紳士然ときちんと、紺サージのスーツに高いカラーをつけたところに、あの滑稽な花環をかぶったりしたら、さぞ間抜けにみえるだろうと思ったのだ。彼は無性に腹が立ったけれど、礼儀上愛想のよい顔をしていた。これほど自制心を用いたことは未だかつてなかった。食卓の主人席に、半裸の姿で威厳ある顔できれいな白髪に花環をのせて座っているジャクソンに対して猛烈な怒りを覚えた。前科者のくせにけしからん！

やがて夕食が終わった。エヴァと母はその場に残って後片付けをしたが、三人の男はベランダに出て座った。外は暑く、空気には夜の白い花の香りがした。雲ひとつない大空にかかる満月は、永遠の無限の領域に続く道を大海原の上に照らし出しているようだった。アーノルド・ジャクソンが喋りだした。豊かな響きのよい声だった。今度は原住民や土地の伝説を話題にした。昔の不思議な話や、未知の土地への危険な探検物語や、愛と死、憎悪と復讐の話を語った。遠い島々を発見した探検家や、島に住み着いて大酋長の娘と結婚した白人の船乗りや、島の銀色の浜辺で波乱に富む一生を送った白人の放浪者などについて語った。ベイトマンは最初は怒りで心ここにあらずで、むっとして聞いていたが、やがて話の面白さに心を奪われ、夢中で聞き惚れた。ロマンスの蜃気楼《しんきろう》のお陰で平凡な日常の光がかき消されたのだ。アーノルド・ジャクソンが銀の舌を持ち、その舌で信じやすい大衆を魔法にかけて多額の金を奪ったことや、同じ舌のお陰でもう少しで法の裁きすら逃れようと計ったことを、ベイトマンは忘れたのであろうか？　ジャクソンほど聴いて心地よい弁舌を振るう者はいないし、彼ほど話を面白いところまで徐々に盛り上げてゆくコツを心得ている者もいなかった。突然彼は立ち上がった。

「ところで、君たち二人は久しぶりに会ったのだろう。私はこれで失礼するから、二人で話すといい。寝たくなったら、テディがお世話しますよ」

「ジャクソンさん、泊めていただこうとは思っていませんでした」ベイトマンが言った。

「ここの方が楽ですよ。朝は間に合うように、起こすようにします」

そう言って客と丁寧に握手をすると、アーノルド・ジャクソンは堂々と立ち去った。法服を着た司教のようだった。

「もちろん、パペーテまで送ってもいいよ。でもここで泊まったほうがいいな。朝ドライヴするのもいかすぜ」エドワードが言った。

それから二人とも数分間押し黙っていた。その日の出来事を考えると、早く肝心のことを話さねばと、気持ばかり焦ったが、どう切り出すべきか、ベイトマンは迷った。

「いつシカゴに帰ってくるつもりだい」単刀直入に聞いた。

エドワードは一瞬返事をしなかった。それからものうげに友を見て微笑を浮かべた。

「それが自分でも分からない。もしかすると永久に戻らないかもしれない」

「一体全体どういう意味だ？」ベイトマンが語調を強めた。

「ここでとても幸せなんだ。それなのに居場所を変えるなんて、愚かではないかね？」

「何をいうのだ。こんなところに一生居るなんて！　男の生きるところじゃない。ここじゃ、死んでいるも同然だ。手遅れにならぬうちに直ちに引き上げたまえ。何か奇妙だと気付いたのだ。君はこの土地にいかれてしまい、悪《あ》しき力に囚われている。だが、力いっぱい頑張れば、この環境から抜け出せる。自由の身に戻れば、あやうく助かったことを神に感謝するに決まっている。麻薬と縁を切った中毒患者みたいな気分になるだろう。二年間有毒な空気を吸ってきたと分かるだろう。胸が再び故郷の新鮮で純粋な空気で満たされたのを感じれば、どんなにほっとすることか！　まだ想像できないだろうがね」

ベイトマンは興奮のあまり早口になり、言葉が先を争って口から矢継ぎ早に飛び出した。声には真面目な友情あふれる感情がこめられていた。エドワードは心を打たれた。

「それほど僕のことを気にかけてくれるなんて、ありがとう」

「明日ぼくと一緒に出発しよう。そもそもここへ来たのは誤りだった。こんな人生は君には向いていない」

「いろんな人生があるような口ぶりだな。君が考える人生とは、どういうものなのだろう?」

「それには答えは一つしかないに決まっているじゃないか！ 懸命に働いて自己の義務、つまり、自己の立場と身分に伴うあらゆる責任を、果たすことに決まっている」

「で、どう報いられるのかな?」

「自分が計画したことを成し遂げたという達成感が報いだ」

「ひどく大仰な話だなあ」エドワードが言った。「僕がひどく堕落したと君は思っているのに、ベイトマンは気付いた。夜の明かりの中で彼がにやにやして確かに、三年前の僕ならけしからぬ、と思ったような考えが今の僕の頭にはいくつかあるからな」

「そういう考えは、アーノルド・ジャクソンから教わったのかい?」ベイトマンはさも馬鹿にしたような言い方をした。

「君は彼が嫌いなんだな。まあ、それも無理ないのかもしれない。僕だって来た当初は同じだったよ。同じ偏見があった。だがあの人は普通の常識じゃあ計れない人物だよ。自分が刑務所にいたのを隠さないのは、君も聞いたね。刑務所生活も、犯した罪も後悔などしていないと思う。僕が聞いた限りの不満は、出所したら健康が損なわれていたということ位だ。およそ後悔とは無縁の人だ。普通の道徳を超えている。彼は何でも受け入れるから、あるがままの自分も容認しているのだ。でも寛大で親切な人だよ」

「昔だってそうだったな。他人の金を用いてのことだが」ベイトマンが相手の言葉を遮《さえぎ》って言った。

「僕は付き合ってみて友人として素晴らしいと思っている。人のことを、自分自身の好みで見るのは不自然なことだろうか？」

「その結果として、君は正と不正の区別が出来なくなったな」

「いや、正と不正は今も昔もはっきり区別できるよ。はっきりしなくなったのは、悪人と善人の区別なのだ。アーノルド・ジャクソンは善も行う悪人なのか、それとも、悪も行う善人なのか？　答えにくい難問だな。もしかすると、我々は、ある人と別の人の間に差異があると強調しすぎるのではないだろうか。もしかすると、最善の人間だって罪人であり、最悪の人間だって善人であるかもしれないじゃないか？　誰にも分かるものか」

「白は黒で、黒は白だと、僕に納得させようとしても無理だよ」ベイトマンが言った。

「そうだろうね」

そう言うエドワードの口元になぜ薄笑いが浮かぶのか、ベイトマンには理解できなかった。

「今朝君に会ったとき、二年前の自分の姿を見るような気がした。同じカラー、同じ靴、同じ紺のスーツ、同じエネルギー、同じ決意。当時の僕がどれほど精力的だったことか！　この土地ののろのろしたやり方を見て、血が騒いだものだ。島のどこへ行っても発展と新企画の可能性を見た。コプラをここで袋に入れて送り、アメリカで油を抽出するなんて馬鹿げていると思った。そんなことしないで、安い労働力を使い、ここで全てをやり、輸送費も節約すれば、ずっと安く済む。そう考えただけで、僕の頭には島にいくつもの大きな工場がどんどん誕生してゆく情景が浮かんだね。それからココナツから コプラを取り出す方法にしても話にならぬほど非能率なので、一時間で二百四十個の速さで殻から中味を取り出す機械を発明した。港の大きさが不足なので、拡張計画を作った。さらに土地を買収するシンジケートを設立し、いくつかの巨大ホテルおよび臨時滞在者用のバンガローを建造する計画も立てた。カリフォルニアから観光客を誘致するために汽船の運航を改善する案も出来た。二十年もすれば、今は半分フランスの怠惰な町にすぎないパペーテがアメリカの大都会に生まれ変わり、十階のビルに市電、劇場やオペラ・ハウス、株式取引所もあり市長もいることになるのがみえたよ」

ベイトマンは聞くと興奮して椅子から跳び起きた。「エドワード、それを実行するんだ！　君にはアイディアもあれば能力もある。オーストラリアとアメリカ合衆国の間でもっとも裕福な男になるぞ」

エドワードはくすくす笑った。

「でも僕はやる気がないんだ」

「金が要らんというのか？　金、何百万ドルもの金が要らんというのか？　その金で何ができるか、分かるかい？　どういう実権が得られるか、分かるかい。たとえ君自身は金が要らないとしても、他人の企業精神に新しい機会を提供し、何万の人に仕事を与えるということがいくらでもできるんだ。君の話を聞いただけでも、頭にあれこれ夢が生まれて、僕はめまいがする」

「だったら椅子に座りたまえ」エドワードは笑った。「ココナツを割る機械は使われずに終わるだろうし、市電も僕の好みとしては、パペーテの通りを走ることはないね」

ベイトマンはどさりと椅子に座り込んだ。

「君が理解できない」

「変化は僅かずつやってきたんだ。ここの生活が次第に気に入ってきた。のんびりとして気楽だ。住民は人がいいし、幸福な微笑をいつも見せている。僕は考えるようになった。以前は考える余裕がなかったね。読書も始めた」

「君は以前だって読書していたよ」

「試験のための読書だった。人と会話するときの話題のための読書だった。知識のための読書だった。それが、ここでは楽しみのために読書するようになった。話すことも学んだ。会話が人生で最大の楽しみの一つだって、君知っている？　でもね、会話を楽しむには余暇が要る。以前はいつも忙しすぎた。すると次第に、大切に思えていた人生がつまらない、下卑たものに見えだした。あくせく動き回り懸命に働いて、一体何になるというのだろう？　今ではシカゴを思うと、暗い灰色の都会が目に浮かぶよ。全て石で出来ていて、まるで牢獄だな。絶え間ない騒音も聞こえてくる。頑張って活躍して、結局何が得られるというのだ。シカゴで最善の人生を送れるのだろうか？　会社に急ぎ、夜まで必死に働き、急いで帰宅して夕食を取り、劇場に行く――それが人がこの世に生まれてきた目標なのか？　僕もそのように若い時期を過ごさねばならないのか？　若さなんて、ごく短い間しか続かないのだ。年を取ってから、どういう希望があるのだろう？　朝家から会社まで急ぎ、夜まで働き、また帰宅して、食事して劇場にゆく――それしかないじゃないか！　まあ、それで財産を築けるのなら、それだけの価値があるのかもしれないね。僕には価値はないけれど、人さまざまだな。だが、もし財産を築けないなら、あくせくすることに価値があるだろうか？　とにかく、僕は自分の一生をもっと価値あるものにしたいのだ」

「君は人生で何が価値あるものだと思うかい？」

「笑わないでくれよ。真善美だ」

「シカゴでは真善美は得られないのか？」

「ひょっとすると、得られると思う人もいるかもしれないが、僕には無理だ」エドワードは跳び起きた。「以前あそこで送っていた日々を思い出すと、ぎょっとするんだよ」激烈な言い方だった。「もう少しで危険から逃れられなかったことを思うと恐怖で身震いする。自分に魂があるというのを、この島で発見するまでは、知らなかったよ。もしシカゴで金持ちのままだったなら、魂を永久に失っていただろうな」

「どうしてそんなことが言えるのか、理解できないぞ！」ベイトマンも激して言った。

「魂のことは二人でよく議論したじゃないか」

「ああ、覚えているとも。でもあれは、聾唖者《ろうあしゃ》が音楽を論じ合うようなものさ。いいかい、ベイトマン、僕はシカゴへはもう戻らないよ」

「じゃあ、イザベルはどうなるんだ？」

エドワードはベランダの端まで行き、体を乗り出して、夜の青い魔法のような景色を熱心に眺めた。ベイトマンのほうを振り返ったときには、顔にかすかな微笑が浮かんでいた。

「イザベルは僕にはとても勿体《もったい》ないような人だ。これまで出会ったどんな女性よりも敬愛している。頭脳明晰で、美人だしよい人柄だ。彼女の活力も野心も尊敬する。人生を成功させるべく生まれついている人だ。僕は彼女に値しないよ」

「あちらは値すると思っているよ」

「でも、君がそうじゃないと話してくれよ」

「え、僕が？　そんなことはとても出来ないよ」

エドワードは明るい月に背中を向けていたから、表情ははっきり見えなかった。だが、どうやら、また微笑を浮かべているようだが、勘違いではないのだろうか？

「ベイトマン、イザベルに何かを隠そうとしても無駄だよ。あんな頭の切れる人だもの、ものの五分もあれば心を読み取ってしまう。最初から全てを打ち明けたほうがいいな」

「どういう意味だい？　むろん僕は君に会ったことを話すよ」ベイトマンは少し動揺して言った。「正直な話、彼女にどう話したらいいのか分からないのだ」

「僕が期待に添えなかったと言ってくれていい。貧乏で、しかもそれに満足していると話してくれたまえ。怠け者で不注意だったので仕事を首になったのも話してくれ。今夜目撃したこと、僕が君に話したこと、全てを伝えてくれたまえ」

突然ある考えが浮かび、そのためベイトマンはさっと立ち上がり、抑えがたいほど動揺してエドワードと向かい合った。

「何かね、君はイザベルとの結婚を望まないのか？」

エドワードは相手を真剣に見つめた。

「僕の口から別れてくれとは言えない。彼女に約束を守れと言われれば、彼女のために愛情深いよい夫になるように努力するよ」

「それをあの人に伝えろというのかい？　とても出来ないよ。それは酷だ。君が結婚を望んでいないなんて、彼女の頭には一瞬も思い浮かんだことがないからな。それに彼女は君を愛している。どうしてそんな辛い目に彼女を遭《あ》わせることなどできようか！」

エドワードはまたにやりとした。

「君が結婚したらいいじゃないか。もうずっと以前から恋しているじゃないか。君と彼女ならお似合いだ。君なら彼女をとても幸福にできるよ」

「そんな言い方はやめてくれ。我慢がならない」

「僕が身を引けば君のためになる。君のほうが夫としてより適しているよ」

エドワードの口調にはベイトマンが思わず急いで顔を上げるような何かがあったが、エドワードの目は生真面目《きまじめ》で微笑など浮かんでいない。ベイトマンは答えに窮した。狼狽《ろうばい》した。僕が特別の用件でタヒチに来たのをエドワードは気付いたということがありうるだろうか。自分の心に歓喜がわきあがってくるのを、それがみっともないと気付きながらも、ベイトマンは抑えられなかった。

「もしもイザベルが手紙で婚約を解消しますと言って来たら、君はどうする？」ベイトマンはゆっくりした口調で尋ねた。

「大丈夫、ショックで死ぬなんてことはない」

ベイトマンは動転していたので、答が聞こえなかった。

「君がまともな服装をしているならいいんだがな」彼はいらいらして言った。「とても大事な決定を、君はしているところだ。それなのに、奇妙な服だと、どっちでも構わないような事柄をあっさり決めているような感じになる」

「僕はパレオをつけて頭にバラの花環をのせていても、シルクハットをかぶって燕尾服を着ているときと、少しも変わらず真面目だから、大丈夫だよ」

それからベイトマンの頭に別の考えが浮かんだ。

「まさか君、僕のためにしているんじゃないだろうね？　僕の将来にとってものすごい相違をもたらすかもしれないと、漠然とそんな気がするんだ。君は僕のために自己犠牲をしているんじゃないよね？　もしそうなら、我慢できないからな」

「大丈夫だよ。ここへ来て愚かに感傷的になるのを止めたから。君とイザベルが幸福になって欲しいけれど、だからと言って、自分が不幸になるのは御免だもの」

その答でベイトマンは水をかけられた気がした。少し皮肉めいて聞こえた。自分なら自己犠牲も厭《いと》わないと思ったのだ。

「ここで無駄な人生を送ることで満足しているというのだね？　それは自殺にも等しいよ。大学を出たとき、君が抱いていた大きな夢を思うと、その君が安売り店の店員なんかで満足しているなんて、ぞっとするな」

「今だけやっているのだ。それでも結構貴重な経験をたくさん得ている。が、別に計画が頭にあるんだ。アーノルド・ジャクソンはパウモタ群島に小島を所有している。ここから千マイルほどの所で、礁湖を輪のように囲む島で、そこに彼はココナツを植えた。そこを僕にくれると言うのだ」

「どうしてそんなことをするのだい？」

「イザベルが婚約を解消してくれたら、僕は彼の娘と結婚することになるだろうからな」

「何だって！」ベイトマンはあっけに取られた。「混血娘なんかと結婚するなんてありえない。君もそこまで狂ってないだろうに！」

「いい娘だ。優しいし素直だ。僕をとても幸福にしてくれるだろうな」

「愛しているのか？」

「さあどうかな」エドワードは思案するように言った。「イザベルを愛していたようには、愛していないな。イザベルのことは敬愛していた。これほど素晴らしい女性は他にいないと信じた。イザベルに対しては自分が半分の価値もないと思えた。エヴァが相手だとそのようには思わないね。きれいなエキゾチックな花で、周囲の波風から守ってやらなくてはいけない、という感じだ。僕があの娘を守ってやりたい。イザベルを守ろうなんて考えた男はいない。エヴァは現在の僕を愛していて、将来の僕ではない。だからどんなことが僕に起きても、失望することはありえないのだ。僕には打ってつけなのだ」

ベイトマンは黙っていた。

「明日は早いのだから、本当にもう寝ないといけないな」とエドワードが言った。

それからベイトマンが話しだしたが、声には本当に辛そうなところがあった。

「ひどく混乱してしまった。どう話してよいのか分からない。ここにやって来たのは、君がどこか変だと思ったからだよ。君が予想通りに仕事が運ばず、失敗したのが恥ずかしくて帰国しないのだと見当をつけたんだ。それが、まさかこういう事態に遭遇するとは夢にも思わなかったよ。非常に残念だ。失望したよ。君なら大成功は間違いなしと期待していたのに。こんな惨めなやり方で君の才能、若さ、好機を無駄にするなんて、僕には我慢できないな」

「そう悲しむなよ」エドワードが言った。「僕は失敗したのではない。成功したのだ。君には分からないようだが、僕は今とても元気よく人生を歩んでいこうとしているし、未来は充実していて有意義なものになると確信しているのだ。君はイザベルと結婚してから、僕のことを思い出してくれ。僕は珊瑚島に自分の手で家を建てココナツの世話をしながらそこで暮らすよ。殻から中味を取り出すやり方は大昔からの土地のやり方を用いるよ。庭にあらゆる種類の植物を植え、漁もする。忙しくしているだけの仕事はあるだろうが、仕事に追われて馬鹿になるほどではないだろう。書物とエヴァと生まれてくるだろう子供があり、さらに、無限の顔を持つ海と空、さわやかな夜明けと美しい日没、芳醇《ほうじゅん》な夜もある。ついこの間まで荒地だったところを庭に変えることもあろう。何かを作り出したことになる。歳月はそれと気付かぬうちに過ぎ去り、老人になったとき、過去を振り返って幸福で素朴で平和な一生だったと思えるだろう。僕なりに美しい人生を送れたことになる。ねえ君、満足を味わえたというのは、それほど些細なことかい？人は、全世界を手に入れても魂を失ったら、何にもならないじゃないか。僕は自分の魂を手に入れたと思う」

エドワードは友を二つのベッドのある部屋に案内し、その一つにすぐ体を投げ出した。十分もすると、子供のように静かな寝息をたててエドワードは眠ってしまった。だが、ベイトマンは心が乱れていたので、なかなか寝付けなかった。

夜明けが幽霊のように音もなく寝室に入って来たときになって、ようやく眠りにおちた。

ベイトマンはイザベルに以上の長い話をようやく語り終えた。何も隠さずに話したが、彼女を傷つけそうな箇所とかベイトマン自身が滑稽にみえそうな箇所は省略した。夕食のとき頭に花環をつけていたこととか、エドワードがイザベルとの婚約が解消次第アーノルド伯父の混血娘と結婚する予定だということは黙っていた。それでもイザベルは彼が思っているより勘がよかったようであり、話が進むにつれて目が険しくなり、口元はぎゅっと結ばれた。ときどき彼のことを探るように見たので、もし彼が話に夢中でなければ、その表情を不審に思ったことであろう。

「その娘さん、どんな様子でしたの?」彼女は話を聞き終わると尋ねた。「アーノルド伯父さんの娘さんよ。その人と私、似ていると思いました?」

ベイトマンはそういう質問に驚いた。

「いいえ気付きませんでした。僕はあなた以外の人などよく見ませんし、それに、あなたに似た人がいるなんて思いもよりません。あなたに似るなんて、そんなことありえません」

「可愛い人なの？」ベイトマンの言葉を聞いて微笑を浮かべながら尋ねた。

「まあそうでしょうね。美人だという人もいるかもしれません」

「そうね、まあどうでもいいわ。その人のことは今後はもう考慮する必要がなさそうですもの」

「これからどうしますか？」彼が聞いた。

「私がエドワードに婚約を解消させなかったのは、婚約が彼にやる気を出させると思ったからだわ。私は彼にとって励みになりたかったの。彼に成功を促すものがあるとすれば、私が彼を愛していることだと思ったのよ。私に出来ることは全部やりました。今はもうどうしようもないわね。もし事実を認めないとしたら、私は意志薄弱な女になってしまう。可哀想に、エドワードがそのようになったのは、結局自分が悪いのよ。身から出た錆っていうところね。彼、いい人だけど、何か欠けていると思っていたけれど、根性がないのだと分かったわ。幸福になるといいけれど」

彼女は指から指輪を外してテーブルに置いた。ベイトマンはそういうイザベルを見ていて、胸が高鳴り呼吸も出来ないほどだった。

「イザベル、あなたは素晴らしい人だ、本当に素晴らしい」

彼女は微笑み、立ち上がると彼のほうに手を差し出した。

「私のためにしてくださったことに、どうすればお礼できるかしら？　とても親切だったわ。心から信頼できる人がいるというのは素晴らしいわ」

彼は彼女の手を取り、そのまま握っていた。今ほど彼女が美しくみえたことはなかった。

「イザベル、これしきのこと、何でもありませんよ。僕はあなたを愛し、あなたに仕えるのを許していただければ、それで十分です」

「あなたってとても強い人だわ。安心して全てをお任せできるってよい気分よ」

「イザベル、心から愛しています」

どのような霊感がひらめいたのか、自分でも分からぬまま、彼はいきなり彼女を両腕で抱きしめた。彼女は少しも逆らわず彼の目に笑いかけた。

「イザベル、最初に会った瞬間から、君と結婚したかったのだ」彼は熱をこめて言った。

「だったら今プロポーズすればいいじゃないの」

彼女は愛してくれているのだ。本当だとは信じられない。彼女は美しい唇に彼がキスするに任せた。彼女を抱きしめながら、ベイトマンはハンター自動車運輸会社の工場が発展してゆき、遂に百エーカーにも達し、何百万の車を生産する様子が頭に浮かんだ。自分の趣味で集める絵画のコレクションがニューヨークのどのコレクターにも負けないのを夢見た。自分は角ぶちのメガネをかけようと思った。一方イザベルも彼に心地よく抱かれながら幸福の吐息をもらした。アンティークの家具で飾った邸や、彼女が催すコンサートや、洗練された一流人のみ来るダンス付茶会や晩餐会のことを頭に描いていた。そうだわ、ベイトマンには角ぶちメガネをかけさせよう、と考えた。

「可哀想なエドワード」彼女は溜息をついた。

手紙

波止場の屋外では太陽がぎらぎら照りつけていた。大通りの雑踏の中をトラックだのバスだの、自家用車だのハイヤーだの、あらゆる車がひっきりなしに行き交《か》い、どの運転手も警笛をならし通しだった。人力車は人ごみの間をひょいひょいと縫うように軽い足取りで通過し、日雇い人夫《クーリー》たちは息を切らしながらもお互いに何かを叫びあい、重い荷をかつぐ人夫は、どいた、どいた、と叫びながら通行人の間をかき分けて行った。行商人たちは売物の名前を叫んでいた。シンガポールは何百という人種の坩堝《るつぼ》だ。あらゆる肌の色の人種、すなわち黒いタミル人、黄色い中国人、褐色のマレー人、アルメニア人、ユダヤ人、ベンガル人などが、耳障《みみざわ》りな声でお互いに呼び合っている。だが、一歩リプリー・ジョイス・ネイラー法律事務所に入ると、涼しくて心地よい。陽光の降りそそぐ埃っぽい通りから入ってくるので、暗い感じだが、絶え間ない喧騒の後ではほっとする静けさである。ジョイス氏は所長室でテーブルにつき、扇風機の風をまともに浴びていた。椅子に反り返って座り、肘掛に両腕を置き、伸ばした両手の指先をきちんと組み合わせていた。視線は、目の前の長い棚に並んだ、擦り切れた判例集に向けられている。戸棚の上部には、漆塗りのブリキの四角い箱が置かれ、各々にさまざまな依頼人の名前が書かれていた。

ドアをノックする音がした。

「どうぞ」

きれいな白麻のスーツを着た中国人の書記がドアを開けた。

「クロスビーさんがお出でになりました」

書記は一語一語に正確にアクセントを置いて綺麗な英語を話した。この男、どれくらい語彙《ごい》があるのかと、ジョイス氏がよく思案するほど英語が達者だった。王智深《ワンチースン》は広東出身で、グレイズ・インで法律の勉強をしたのだ。いずれ自分で事務所を出す予定で、今はリプリー・ジョイス・ネイラー法律事務所で一、二年見習いをしている。勤勉で愛想がよく、申し分ない男だった。

「入ってもらってくれ」

ジョイスは椅子から立ち上がって、訪問者と握手を交わし、椅子を勧めた。座ると客はまともに光を浴びたが、ジョイスの顔は影になっていた。彼は生来無口で、今も無言のままロバート・クロスビーを一分間じっとみていた。クロスビーは六フィートを越す大柄の男で、肩幅は広く、筋肉質だった。ゴム農園主で、始終農園を歩いているし、さらに一日の仕事の後趣味でテニスをやっているせいで、がっちりした体格をしていた。ひどく日焼けしている。毛深い手、不恰好なブーツの足、いずれも馬鹿に大きく、このすごい拳骨で殴られたらひ弱なタミル人などころりと死んでしまうな、とジョイスは思わずそんなことを考えていた。しかし、その青い目には乱暴なところなど全くない。おだやかで、人なつっこい。平凡な顔立ちの大きな顔は率直で正直そうだった。だが、今は深い苦悩の表情を浮かべて、憔悴《しょうすい》し切っている。

「二晩ほどあまり寝ていないといった顔をしているな」ジョイスが言った。

「事実、その通りだ」

ジョイスはその時クロスビーがテーブルに置いた鍔広《つばびろ》の古ぼけたフェルトの帽子に気づいた。さらに目を走らせると、赤毛の毛脛がのぞくカーキ色の半ズボン、ネクタイなしの開襟シャツ、袖口を折り返した汚れたカーキ色の上着が見えた。ゴム農園を巡回してから直接やってきた様子だった。ジョイスは少し眉をひそめた。

「しっかりしないといけないな。落ち着きが肝要だ」

「なあに、おれは大丈夫」

「で、今日は奥さんに会ったのかな?」

「まだだ。午後会うことになっている。ところで、家内を逮捕したなんて、まったくもって怪しからぬ話だ」

「でも仕方がなかったと思う」ジョイスは冷静に優しく言った。

「保証金で保釈してくれてもよかったものを、と思うな」

「何しろ殺人事件だからね」

「怪しからぬ話だ。家内は、まともな女なら誰だってやったことをしたに過ぎない。ただ、十人中九人の女は、ああいう情況になっても、勇気に欠けるだろうがね。レズリーはこの世で最高の女だ。ハエ一匹殺さない優しい女でもある。おれは彼女と結婚して十二年になる。彼女のことがおれに分からんとでも言うのか? あの男をひっ捕まえたら、首をへし折ってやるとこだった。一瞬の躊躇《ちゅうちょ》もなく殺してやったよ。君だってそうするに決まっている」

「落ち着いてくれよ。皆君の味方だよ。ハモンドを弁護する人などいない。奥さんが釈放されるように私たちは努力している。陪審も判事も、法廷に入る前から、予《あらかじ》め無罪判決にすると決めているだろうと思うな」

「何から何まで茶番だ!」クロスビーはいきり立った。「逮捕するなんて、どだい間違いだった。あんなひどい経験をした後で、辛い裁判を受けさせるというのは残酷だ。おれがシンガポールにきて以来出会った人は、男も女も、皆レズリーは正当防衛をしたに過ぎないと言っている。こんなに何週間も刑務所に入れておくなんてひどいことだ」

「法というものが厳然とあるからね。奥さんは殺したと自白している。いや、辛いのは分かるよ。君も奥さんも気の毒だ」

「おれはどうでもいい」クロスビーが遮《さえぎ》った。

「気の毒だけど、殺人を犯したからには、文明社会では裁判は避けられない」

「害虫や害獣を殺すのも犯罪だというのか? 彼女は狂犬を殺すように、あいつを殺したんだ」

ジョイスはまた椅子にゆったり座り直し、両手の指先をきちんと組み合わせた。指と指で家屋の屋根の形が出来ていた。彼はしばらく口を開かなかった。

「法律の面で世話している者として、話しておかなければならない事が一つあるのだ」とジョイスは、クロスビーを冷静な褐色の目で見つめながら、穏やかな口調でようやく話し出した。「一寸《ちょっと》心配なことがある。奥さんがハモンドを一発だけ撃ったのであれば、裁判はすべてうまく運ぶ。ところが、まずいことに六発撃っている」

「家内の説明は簡潔だけど、あれで十分じゃないのかね。ああいう情況では誰だって同じことをしたのではないだろうか」

「そうかもしれない。むろん、その説明で理屈は通るだろう。だが事実に目を閉ざすのは不味《まず》いのだ。他人の立場になって考えるのは、常に役立つんだ。もし僕が検察側にいるとすれば、まさにその点を突くと思うのだ」

「だが、何発だろうと、そんなことを問題にするなんて愚かしいじゃないか！」

ジョイスはロバート・クロスビーに鋭い視線を投げかけた。形のよい口元に微かながら微笑を浮かべていた。クロスビーはいい男だが、賢いとは言えないな。

「おそらく大した問題ではないかもしれないね。一応話しておいた方がいいと思っただけだ。さあ、もう判決まで長くは待たずに済む。全部片付いたら、二人でどこかに旅行でもするといい。そしてすべてを忘れるんだな。無罪放免を勝ち取れるものとほぼ確信しているけれど、この種の裁判は草臥《くたび》れる。十分に休養をとるのがいいと思う」

これを聞くと、クロスビーははじめてにっこりした。微笑で顔つきが変わって見えた。

がさつさが消え、善良な心だけが見えた。

「休養なら、レズリーよりも僕が欲しいな。レズリーはとても我慢強い女だ……本当に、見事に耐えて来たからね」

「ああ、僕も奥さんの忍耐心には驚いている。あんなに強いところがあろうとは想像もできなかった」ジョイスが言った。

ミセス・クロスビーの弁護人という立場上、逮捕以来なんども彼女と面談してきた。出来る限りよい待遇を得ていたものの、刑務所に収容され殺人事件の裁判を待つ身であるので、神経が参ったとしても不思議はなかった。が、試練に落ち着いて耐えているようだった。本を沢山読み、可能な範囲で運動をし、当局の特別の計らいで、昔から余暇に楽しんでいたレース編みをしていた。ジョイスが面談するときには、彼女はいつも涼しそうな、さわやかなワンピースをきちんと着て、髪は丁寧に結い、爪はきれいに手入れしていた。物腰は冷静だった。今の身分に伴う不便について冗談をいう余裕さえあった。辛い事件について語るとき、どこかよそよそしいところがあった。極めて深刻な事態をどこか滑稽だと思っているのだが、育ちがよいので、控え目にしか本心を出せないのだろう、とジョイスは想像した。彼女にユーモア感覚があると思っていなかったので、ジョイスはそれには驚いた。

これまで彼女とは時折接するくらいだったが、もう長年の付き合いだった。シンガポールに出てきたときは、ジョイス宅によく食事をしに来たし、ジョイスの海岸のバンガローに週末泊りがけできたことも一、二度あった。ジョイスの妻はレズリーの農園で二週間過ごしたこともあったし、ジェフリー・ハモンドと数回会ったことがあった。ジョイス夫妻とクロスビー夫妻は昵懇《じっこん》とはいかないが、かなり親しい間柄であった。事件直後にロバート・クロスビーがシンガポールにやってきて、ジョイスに不運な妻の弁護を引き受けるように依頼したのは、そのせいであった。

事件の経緯について彼女がジョイスに語ったものは、その細部にいたるまで、常に同じだった。供述に少しのぶれもなかった。事件の数時間後に冷静に語ったものと、最近語るものと、全く同一であった。抑揚のない声で淡々と、理路整然と語った。彼女の心が多少乱れているのが察せられたのは、いくつかの細部を描写したとき頬がすこしだけ紅潮した時だけだった。こんな惨事が身に降りかかるとは、まず想像できない婦人だった。三十代の初めで、ほっそりしていて、背は低からず高からずであり、綺麗というより上品だった。手首と足首はとてもきゃしゃで、全身もひどく痩せていて、手の骨なども白い肌から透けてみえるようであり、静脈が大きく青く浮き出ていた。顔色が悪く、黄ばんでいて、唇の色も薄かった。目の色は人の注意を引かなかった。薄茶の髪は豊かで、生まれつきウェーブがかかっていた。少し手を入れれば、注目を集めるほど美しくなったと思えるような髪だった。だが、彼女が髪の結い方に凝《こ》るとは想像できない。物静かな、感じのよい、控え目な女性だった。人との接し方は愛想よく、それなのに、あまり人気がないとすれば、引っ込み思案だったからであろう。これは無理からぬことであった。何しろ農園の生活は人里離れたものであったのだ。自分の家にいて、見知った人と一緒の場合なら、遠慮がちながら魅力を発揮したのである。ミセス・ジョイスは二週間泊めて貰って帰宅してから、レズリーがとても愛想よくしてくれたと夫に話した。誰も気付いていないけど、よく付き合ってみると、奥深い魅力があるのよ、読書にしても、人のもてなしかたにしても、本当に感心するわ、とのことだった。

とにかく殺人などするとは到底思えない女性だったのだ。

ジョイスはロバート・クロスビーを安心させるような言葉をかけてから引き取らせた。執務室で再び一人になると、訴訟事件概要書に目を通した。しかしその内容はよく覚えていたから、機械的にページを繰るだけだった。事件は巷で評判になっていて、シンガポールからペナンまでマレー半島各地のどのクラブでも、どの家庭でも大きな話題になっていた。ミセス・クロスビーが申し立てた内容は簡単なものだった。その日は、夫が所用でシンガポールに行ったので、彼女は夜ひとりだった。夕食は遅く、九時十五分前に一人で取り、食後は居間に座ってレース編みをしていた。居間からベランダに出られるようになっていた。使用人たちは敷地の裏手の使用人の棟に引き下がっていたので、バンガローには彼女しか居なかった。庭で砂利道を誰かが歩く音がしたので驚いた。長靴の音だから原住民でなく白人であろうが、車がとまる音はしなかったのだ。夜のこんな時間に一体誰か訪ねてくることなどあるかしら、と不審だった。誰かがバンガローに通じる階段を登ってきて、ベランダを横切り、彼女の座っている居間の戸口に現れた。最初は誰だか見分けがつかなかった。彼女はシェードのついたスタンドの側にいたし、男は暗闇を背にして立っていたのだ。

「お邪魔してもよろしいでしょうか？」男が言った。

声では誰だか分からなかった。

「どなたですの？」

彼女はレース編みではメガネをかけていたが、返事をしながらそれを外した。

「ジェフ・ハモンドです」

「あ、そうでしたわね。どうぞお入りになって、一杯どうぞ」

彼女は立ち上がり、きちんと握手した。彼は近所の人であったが、最近は疎遠になっていて、数週間一度も会っていなかったので、少し驚いた。クロスビー農園からほぼ八マイル離れたゴム農園の農園主だったから、どうしてわざわざこんな時間に訪ねてきたのか不可解だった。

「ロバートは留守です。今夜はシンガポールに行く用事があったのです」

ハモンドは訪ねてきた理由を説明せねばと思ったらしい。

「それは残念。今夜は何となく寂しかったもので、ちょっとお訪ねして、ご機嫌を伺おうと思ったのですがね」

「一体どうやっていらしたの？　車の止まる音がしませんでしたわ」

「道の遠くに止めてあります。お二人とももうお休みかもしれないと思ったもので」

そう思うのは自然だった。農園主は夜明けに起きて、作業員の点呼をとるので、それで夕食後は早く就寝するのが習慣である。ハモンドの車はバンガローから四分の一マイルの地点で翌日見つかった。

ロバートが留守なので、居間にはウイスキーもソーダも置いてなかった。レズリーはボーイがもう寝入っていると思ったので、呼ばないで、自分で取りに行った。ハモンドは自分で飲み物を混ぜ、パイプにタバコをつめた。

ジェフ・ハモンドには植民地に大勢の友人がいた。当時三十代の終わりだったが、最初にこちらに来たときはまだ少年に近い年齢だった。大戦が勃発するとすぐに志願し、軍隊で活躍した。膝の負傷で二年後に除隊になり、殊勲章と戦功十字勲章を携えて又マレー連邦に戻ったのであった。植民地では有数のビリヤードの名人だった。従軍する前は、ダンスもテニスも見事な腕前であったが、膝の負傷のため今ではそれほどでもなかった。それでもなかなかの人気者で、誰にも好かれていた。背が高く、ハンサムで、目は青く魅力的で、頭は格好よく、黒髪はカールしていた。古参者は奴の唯一の欠点は女好きだと言っていた。惨劇の後、古参者たちは頭を左右に振り、やはり女好きが命取りになったと言い合っていた。

ハモンドはレズリーに向かって、村の出来事や、シンガポールでまもなく開催されるレースのこと、ゴムの価格、近隣で最近目撃された虎を射殺する可能性など次々に話した。彼女はレース編みを仕上げようと急いでいた。故郷の母に誕生日祝いに送るつもりだった。そこで再びメガネをかけ、レース編みの道具の載っている小さなテーブルを手元に引きよせた。

「その馬鹿でかい角ぶちメガネやめてくれませんか。美人がそのメガネで台無しになるもの」

彼女はそれを聞いてびっくりした。これまで、そんな言い方を彼女にしたことはなかった。軽くあしらっておくのが一番よいと判断した。

「私、自分のことをすごい美人だなんていうつもりはありませんわ。それに、はっきり申し上げておきますけど、あなたが私を不器量だと思うか思わないか、まったく構いませんのよ」

「不器量だなんて！　ものすごく綺麗だと思います」

「ご親切だこと」皮肉っぽく言った。「でもそう思うなんて、おつむが弱いせいじゃありませんの？」

彼は笑った。が、椅子から立ち上がって移動し、彼女の側の椅子に座りなおした。

「でも世界一美しい手をお持ちだというのを、まさか否定はなさいますまい！」

彼は彼女の手を握りそうな素振りをした。彼女は彼の手を軽くたたいた。

「馬鹿なことやめてください。前の椅子に戻って、まともなことをお話しなさい。さもないと帰っていただきますよ」

彼は移動しようとしなかった。

「僕がものすごく愛しているの、ご存じないのですか?」

彼女は冷静を保った。

「知りません。そんなこと全然信じませんし、たとえそれが本当だとしても、口に出して言ってほしくありません」

彼と知り合って七年になるが、その間彼は彼女に何の注意も払ったことがないので、レズリーは彼の今の発言にすっかり驚いてしまった。彼が戦争から戻った頃は、よく会っていたし、一度彼が病気になった時、ロバートが車で迎えに行って、家に連れ帰り世話したことがあった。二週間滞在した。しかし、彼とは共通の趣味がないし、交際が友情にまで深まることはなかった。最近の二、三年間はめったに会うこともなかった。ときには彼がテニスをしに来ることもあったし、ときには仲間の農園主の家でのパーティーで同席することもあった。でも一カ月間一度も顔を合わせないということもしばしばあった。

彼はウイスキーのソーダ割りをもう一杯飲んだ。ここに来る前にも飲んでいたのじゃないかしら、と彼女は思った。どこか様子がおかしいので、彼女は少し不安を覚えた。彼が飲むところを非難するように眺めた。

「私があなただったらもう飲みませんわ」彼女はそれでも愛想よく言った。

彼はグラスを干してテーブルに置いた。

「酔っているので、好きだとか言うのだと思っているのでしょう?」彼は唐突に聞いた。

「だってそれが一番明白な説明でしょ?」

「とにかく、それはちがう。最初に出会ったときからあなたが好きだった。いままでずっと我慢して言わなかったけど、もうどうしても告白する。愛してる、愛してる、愛してる」

彼女は椅子から立ち上がり、注意深くレース編みの道具を片付けた。

「お引取りください」彼女は言った。

「帰りませんよ」

とうとう彼女は堪忍袋の緒が切れた。

「でもあなた、私はロバート以外の人を愛したことはないのよ！　それに、たとえロバートを愛していないとしても、あなたなんかを愛そうとは夢にも思わないわ」

「構うものか！　ロバートは留守だしな」

「今すぐ出てゆかないと、ボーイを呼んで、つまみ出させますよ！」

「呼んでも聞こえないさ」

彼女はもうすっかり腹を立てた。ベランダからならボーイに聞こえると思って、そちらに行こうとしたが、彼に腕を摑《つか》まれた。

「離してください！」彼女は大声を出した。

「できないね。摑まえたぞ！」

彼女は口を開いて「ボーイ！　ボーイ！」と叫んだが、彼は間髪を入れず手で彼女の口をふさいだ。それから、あっという間に彼女を腕に抱きしめ、激しくキスを浴びせ始めた。彼女はもがき、燃えるような唇から逃れようとした。

「やめて、やめて！」彼女は叫んだ。「触らないで！　いやです」

それからどうなったか、話がそこまで来ると、彼女の申し立ては曖昧《あいまい》になった。ここまでのところは、ハモンドの言ったこと全てをはっきり記憶していたが、ここからは、彼の言葉は恐怖のもやを通して耳に入ってくるだけだった。彼女に愛してくれと懇願したり、自分の愛を情熱的に訴えたりしているようだった。その間中しっかりと彼女を抱きしめて離さなかった。体力のある男にきつく両腕ごと抱きしめられたので、彼女は身動きならなかった。いくらもがいても、振りほどくことは出来ず、次第に力が抜け、もう少しで気絶するのではないかと不安だった。その上、顔に彼の熱い息がかかるので胸が悪くなった。彼は口、目、頬、髪にキスした。彼の両腕にきつく挟まれて、死ぬ思いだった。急に抱き上げられるのを感じた。体を蹴飛ばそうとしたが、ますますきつく抱かれるだけだった。どこかに運ばれているようだった。彼はもう何も言わない。でも顔が青ざめ、目が欲望でギラギラ光っている。寝室に運んでいるのだわ。彼はもう文明人でなく、野蛮人だった。突進すると、行く手にテーブルがあったので、それにつまずいた。それで膝が痛み、歩きづらくなった。その上、両腕に彼女をかかえているので、とうとう彼は転倒してしまった。一瞬のうちに彼女は身を振りほどき、ソファの周りを回った。彼はすぐ起き上がり、追いかけてきた。机の上にはピストルがあった。レズリーは臆病ではなかったが、夫が夜留守なので、就寝の際には寝室に持ってゆくつもりだった。それで机の上に出ていたのだった。彼女は恐怖で気が狂いそうだった。自分で何をしているのか気付かなかった。ピストルが発射する音が聞こえた。ハモンドがよろめいているのが見えた。何か叫び声をあげた。何か言ったが、分からなかった。彼はよろよろとベランダへと出て行った。彼女は完全に狂乱状態で、我を忘れ、彼を追いかけていった。そう、きっと追いかけていったのでしょうね。全然覚えていないのですけれど。追いかけながら、ピストルを六発全部なくなるまで夢中で撃ち続けた。ハモンドはベランダの床に倒れた。体が縮んで、血だらけの塊になった。

ボーイたちがピストルの発射音に驚いて飛んできてベランダに上がったときには、レズリーはまだピストルを手にしてハモンドの体の上に覆いかぶさっており、彼は息絶えていた。彼女は一瞬何も言わずにボーイたちを見た。ボーイたちは怯《おび》えて、身を寄せ合って立ち尽くしていた。彼女はピストルを手から放し、振り返って、無言で居間に入った。それから寝室に入り、中から鍵をしめるのが聞こえた。

ボーイたちは死体に触れる勇気もなく、興奮してお互いに小声で囁《ささや》き合いながら、怯えた目で見つめていた。それから、ボーイ頭が気を取り直した。昔から家にいる中国人で、冷静な男だった。主人はバイクでシンガポールに行ったので、車がガレージにあった。下男に命じて車を出させた。すぐに地方副司政官のところに行き、事件を通報せねばならない。ボーイ頭はピストルを拾い上げて、ポケットにしまった。地方副司政官はウイザーズという男で、ここから三十五マイル離れた、一番近くの町の外れに住んでいた。そこまで着くのに一時間半かかった。まだ皆寝ている時間だったから、まずボーイを起こさねばならなかった。やがてウイザーズが出てきたので、用件を話した。ボーイ頭は通報したことが実際に起きたという証拠としてピストルを示した。副司政官は着替えに中に入り、車を出すように命じ、しばらくして、クロスビー家の車の後から人気のない道を走った。クロスビー家に着いた頃には夜が明けかけていた。ウイザーズはベランダを一気に駆け上がり、ハモンドの死体が倒れたところにまだ転がっているのを見て、すぐ立ち止まった。顔に手を触れた。もう冷たくなっている。

「奥さんはどこだ?」ボーイ頭に聞いた。

ボーイ頭は寝室を指した。ウイザーズは寝室まで行き、ドアをノックした。答がない。またノックした。

「クロスビーさん」彼が呼んだ。

「どなた?」

「ウイザーズです」

また間があった。それから鍵が開けられ、ドアがゆっくりと開いた。レズリーが目の前に立っていた。彼女は床についていたわけではなく、夕食時に着ていたガウンを着たままだった。立ったまま、無言で役人をみた。

「お宅のボーイが呼びにきたのです。ハモンドの件です。一体どうしたのですか？」

「私に乱暴しようとしたので、射殺したのです」

「驚きましたな。そこから出てきてください。起こったことを話してください」

「今はまだ話せません。時間をください。夫を呼んでください」

ウイザーズはまだ若く、どうしてよいか分からなかった。日常の業務からかけ離れた緊急事態だったのだ。レズリーは夫が戻るまで、何一つ語るのを拒んだ。戻ってから夫とジョイスに語った事件の経緯は、その後何度も語ることになったのだが、細部にいたるまで少しも変わらなかった。

ジョイスが何度となく繰り返し考えたのは、ピストルを何発撃ったかという点だった。弁護人としてレズリーが一発ではなく、六発全部撃ったということが気懸かりだった。死体の検視によると、四発は至近距離で撃ったものだった。ハモンドが倒れた後、覆いかぶさるようにして空になるまで撃ち続けたような印象だった。彼女の供述では、そこのところまではよく覚えていたけれど、そこで記憶が途切れたというのだった。何も覚えていないという。至近距離で撃ち続けたというのは、抑えがたい激怒のせいだと解釈するのが自然である。だが、それはこの淑やかで控え目な女性には考えられぬことだった。ジョイスは彼女とはもう長い間付き合ってきたが、いつも感情に動かされない人だと思っていた。惨劇後の数週間、彼女の落ち着きはまさに驚異的だった。

ジョイスは肩をすくめた。

「どんなに大人しい女にも激しい野蛮なことをする可能性が潜んでいるってことだな」と彼は考えた。

ドアをノックする音がした。

「どうぞ」

中国人の書記が入ってきて、背後のドアを閉めた。そっと慎重に、しかし確実に閉めてから、ジョイスの座っているテーブルに近づいた。

「二、三内々のお話をしてもよろしいでございましょうか？」彼が聞いた。

書記の使う英語の使い方は慎重で正確すぎるのをジョイスは前から面白いと思っていたが、今もまたにやりとした。

「結構だとも」

「これから申し上げたいと思いますのは、微妙で、他聞をはばかることです」

「聞こうじゃないか」

ジョイスは書記のずるそうな目と視線を合わせた。王智深はいつものように、最新流行の服装をしていた。ピカピカ光るエナメル靴に派手なソックスをはいている。黒タイには真珠とルビーのタイピンが、左手の薬指にはダイヤモンドの指輪が輝いていた。仕立てのよい白い上着のポケットから金の万年筆と金色の鉛筆が見えている。金の腕時計をして、鼻には縁なしの鼻メガネがをかけている。軽く咳払いしてから話し出した。

「クロスビー刑事事件に関してのことです」

「それで？」

「この件に関して、全く違った見方をせざるをえなくなるような、ある情報が私の知るところとなりました」

「どういう情報かね？」

「気の毒な犠牲者に宛てた被告からの書簡が存在しているのが判明しました」

「別に驚くには値しないな。この七年の間にミセス・クロスビーがハモンド氏に手紙を出す機会は何回もあっただろうからな」

ジョイスは書記の頭の良さを熟知していたので、内面の思いを隠して話したのであった。

「その通りでございます。ミセス・クロスビーは故人としばしば手紙のやり取りがありましたでしょう。テニスの試合、食事を共にする相談など。手紙のことが伝えられた時、私も最初はそう考えました。しかしながら、この手紙はハモンド氏が亡くなるその日に書かれたものでございます」

ジョイスはそれでも眉一つ動かさなかった。書記と話すときには常に多少面白がっているように微笑を浮かべていたが、今もそうだった。

「誰から情報を得たのかね？」

「ある友人から伝えられたのです」

ジョイスはそれ以上聞いても無駄だと知っていた。

「ミセス・クロスビーが、故人と会ったことは、事件当日まで数週間なかったと供述なさったのは、覚えていらっしゃいますね？」

「で、君が手紙を持っているのかね？」

「いいえ」

「手紙の中味は？」

「友人が写しをくれました。ご覧になりたいでしょうか？」

「ああ」

王智深は内ポケットから分厚い札入れを取り出した。書類、シンガポール・ドル紙幣、タバコ・カードなどで一杯だった。ごちゃ混ぜの中からようやく薄いノート用紙の半切れを取り出し、ジョイスの前に置いた。こんな中味だった。


Rは今夜は留守です。是が非でも逢いたいの。七時に待っています。あたしは必死よ。もし来なければ、どうなっても知りませんからね。近くでの駐車はやめてください。——L

中国人が外国の学校で習う流麗な書体で書かれていた。あまりに個性のない書体なので、恐ろしい内容と妙に相容《あいい》れない感じだった。

「この手紙をミセス・クロスビーが書いたと思う根拠は?」

「情報を流してくれた友人が真実を述べていると信頼しております。それに、ミセス・クロスビーに直接お尋ねになれば、果たして奥様が書いたか否か、容易に分かりますでしょう」

今日の対話の最初からジョイスは書記の上品そうな顔から目を離さなかった。そこに嘲笑のようなものが微かに見えるような気がしてきた。

「ミセス・クロスビーがこんな手紙を書いたなんてありえないと思うよ」

「もしそのようにお考えでしたら、この話は終わりにします。友人が教えてくれたのは、私がこの事務所で働いているので、この手紙の存在が検事に伝えられる前に、所長がお知りになりたいだろうと思ってのことですから」

「手紙の原物は誰が持っているのだ?」ジョイスが鋭く聞いた。

王は、この質問とその声から、ジョイスの態度が変わったと気付いたが、その素振りはまったく見せない。

「ハモンド氏の死亡の後、彼が中国人の女性と関係があったのが明るみに出ましたでしょう? 手紙はその女のもとにあります」

この中国女とのことで世評が一気にハモンドを非難するようになったのだった。数カ月ずっとこの女を自宅に住まわせていたのが知られてしまったのだ。

しばらく二人とも黙ったままだった。実際、言うべきことは言い尽くされ、相互の腹も完全に了解しあっていたのだ。

「教えてくれて感謝するよ。よく考えてみよう」

「はい、了解しました。その旨《むね》、友人に伝えておきましょうか？」

「友人と連絡を保っていてくれれば、十分じゃないかな」ジョイスは真面目に答えた。

「わかりました」

書記は音も無く部屋を出て、ドアを注意深くそっと閉めた。ジョイスは一人になって考え出した。几帳面に何の特徴もない字で書かれた、レズリーの手紙の写しをじっと見た。漠然としたある疑惑が彼を悩ませた。あまりに心をかき乱す疑惑なので、何とか無視しようとした。手紙に関しては簡単に説明がつくに違いないな。レズリーがきっと事情を説明してくれるだろう。だが、どうしても説明が要《い》る、さもなければ、とんでもない事態になるぞ。椅子から立ち上がり、手紙をポケットに入れ、帽子を手にした。事務所を出るとき、王が忙しそうにデスクで書き物をしていた。

「ちょっと外出するよ」ジョイスが言った。

「ジョージ・リードさんが十二時の予約でいらっしゃいます。どこへいらしたと申しますか？」

ジョイスは薄笑いをもらした。

「どこへ行ったのか、まったく見当もつかないと言いたまえ」

とはいえ、刑務所にゆくのを書記がちゃんと知っている、とジョイスには十分わかっていた。事件はベランダ・バールで起き、裁判はベランダ・バールで行われるのだが、そこには白人の女性を収容する設備がないため、ミセス・クロスビーはシンガポールに護送されていたのだ。

ジョイスが待合室で待っていると、彼女はそこへ連れてこられ、彼に向かって細いきれいな手を差し出し、明るく微笑んだ。清楚な装いで、淡い色の豊かな髪は念入りに結われていた。

「今朝はお目にかかれるとは思っていませんでした」上品に言った。

まるで自分の家にいるような態度であったので、ジョイスは彼女がボーイを呼んで、客にジン入りの飲み物を持ってくるように命じるのではないかと、もう少しで思うところだった。

「調子はいかがですか」彼が聞いた。

「それは元気にしていますわ」一瞬目に笑っているような眼差しがよぎった。「ここは安静休養にもってこいですわ」

付き添い人が引き下がり二人だけになった。

「どうぞおかけください」レズリーが言った。

ジョイスは座った。どう切り出したものか。相手があまりに冷静なので、言いに来たことを言い出すのはとても難しかった。美人というのではないが、好感を与える人だった。上品だが、それは育ちがよいので自然に生じたものであり、意図的に上品ぶっているのでは全くなかった。彼女を一目みれば、どういう家柄だったかが直ぐわかった。どこか弱々しいところがあったが、それが独特の優雅さを生じさせていた。とにかく、下品なところは全くなかった。

「午後は夫に会えるので楽しみですわ」愛想のいい穏やかな声で言った。(彼女が話すのを聞くのは喜びだった。話し方はその階級を歴然と示していたのだ。)「あの人、気の毒に、今度のことですっかり神経が参ってしまいましたの。あと数日で全てが終わると思うととても嬉しいですわ」

「あと五日になりました」ジョイスが言った。

「そうですわ。毎朝起きますと、『一日少なくなったわ』と自分に言いきかせますのよ」それからにこりとして、「まるで小学校の頃、お休みがくるのを指折り数えて待っていた時みたいですわね」と言った。

「ところで、ハモンドとは事件の前数週間、手紙での連絡などまったくなかった、と考えてよろしいですね？」ジョイスが聞いた。

「間違いありません。彼と最後に会ったのは、マックファレン家でのテニス・パーティーでした。その時も彼とはせいぜい二言喋ったくらいでした。あそこにはコートが二面あって、あの人と同じ組にはなりませんでしたから」

「手紙を出したりはなさらなかった？」

「ええ、出してはいません」

「確実にそうですか？」

「ええ、確かですわ」ちょっと微笑を浮かべて言った。「手紙を出すとすれば、夕食とかテニスへの招待ですけど、もう何カ月も致しておりませんわ」

「以前は彼と相当お親しかったようですが、どうして招待などおやめになったのですか？」

ミセス・クロスビーは痩せた肩をすくめた。

「飽きるということ、ありますでしょ。彼と私たち夫婦の間には、もともと、あまり共通のものがなかったのです。もちろん、彼が病気になった時は、夫も私も出来るだけのお世話はしました。でも、この数年は健康の面では何の問題もないようです。それに彼ってとても人気者ですわ。あちこちから誘いがかかっていて、私たちまでが招待する必要はないように思えたのです」

「そういう事情だけでしょうか？」

夫人は少し躊躇《ためら》った。

「これも申し上げたほうがよろしいでしょうね。彼が中国人の女性と同棲しているという噂が聞こえてきましてね。夫は、彼はもう招かないと申しました。その女、私見ましたわ」

ジョイスは背もたれのまっすぐな肘掛け椅子に座り、手にあごをのせて、レズリーを観察していた。彼女の最後の発言の際、ほんの一瞬、一秒の何分の一かの瞬間であったが、彼女の黒い瞳に赤い光がちらっと浮かんだような気がした。勘違いかな？　でもジョイスははっとした。椅子の中で体を動かした。両手の指を重ね合わせた。そして言葉を選びつつ、ゆっくりと言った。

「実はですね、あなたの書いたジェフ・ハモンド宛の手紙が存在しているのです」

彼女の様子を綿密に見ていた。何の動揺も見えず、顔色も変わらなかった。でもかなり経ってから答えた。

「これまでに、何かに招待するとか、彼がシンガポールに行くと分かったとき買い物を頼むとか、そんな用事で短い手紙を出したことはあります」

「この手紙は、ロバートがシンガポールに行っているので、会いにきてくれという趣旨のものです」

「ありえません。そんなことを彼に書いたことは一度もございませんわ」

「ご自分で読んでごらんなさい」

ジョイスはポケットから取り出して相手に渡した。一瞥《いちべつ》してから、さも軽蔑したような微笑を浮かべて返した。

「私の筆跡ではありません」

「分かっています。原物の正確な写しだそうです」

彼女は改めて手紙を読んだ。読むにつれ恐ろしい変化が彼女の全身に現れた。もともと青い顔は見るも無残なものとなった。緑色になったのだ。突然、肉が消え去り、肌は骨に貼り付いたようになった。唇は奥に引っ込み、歯が剝《む》きだしになり、まるでしかめ面《つら》をしているようだ。ジョイスをじっと見つめる目は眼窩《がんか》から飛び出していた。ジョイスは、分けの分からぬ事を喋るシャレコウベを相手にしている気分に襲われた。

「一体どういう意味ですの?」彼女が囁《ささや》くように言った。

彼女の口は乾ききってしまい、嗄《しゃが》れ声しか出なかった。もはや人間の声ではなかった。

「それはあなたが答えることです」彼が答えた。

「私が書いたのではありません。誓って言いますが、私が書いたのではありません」

「発言に十分注意してください。もし原物があなたの筆跡なら、否定しても無駄ですからね」

「偽物だということもありますわ」

「それを証明するのは困難ですな。本物だと証明するほうが易しいでしょう」

彼女の瘦せた体に震えが走った。大粒の冷汗が額に噴出した。バッグからハンカチを取り出し、手のひらを拭いた。また手紙を読み、ジョイスを斜めに見た。

「日付が入っていません。私が書いてすっかり忘れていたのなら、何年も前に書いたのかもしれませんわ。時間をくだされば、書いた経緯などを思い出してみます」

「日付がないのには私も気がつきました。この手紙が検察側の手に渡れば、ボーイたちを厳しく追及するでしょう。ハモンドの死亡の当日に誰かが手紙を届けたかどうかじきに判明しますよ」

ミセス・クロスビーは両手を激しく握りしめ、椅子の中で体をゆすった。気を失うのではないかと、彼は思った。

「誓いますわ。それを書いたのは私ではありません」

ジョイスはほんのしばらくの間黙っていた。彼女の取り乱した顔から目をそらして床をじっと見た。考えたのだ。

「そういうことならば、これ以上問題は考えないで構いません」ようやくゆっくりと言った。「もし原物の持主が検察の手に渡すのが適切だと思ったなら、覚悟しておいてください」

それ以上言うことはない、という内容の発言であったが、一向に席を立つ気配はなかった。彼は待っていた。随分長い間待っていたように思えた。レズリーの方は見なかったが、彼女がじっと座っているのを感じた。物音ひとつ立てなかった。とうとう口を切ったのはジョイスだった。

「もし何も言うことがないのでしたら、わたしはもう事務所に戻りますよ」

「手紙を読んだ人がいたとして、その人は、どういう意味だと思うものでしょうか？」

しばらくして彼女が聞いた。

「あなたが意図的に嘘をついたと思うでしょうね」ジョイスは簡潔に答えた。

「嘘って、どの時点でのことでしょう？」

「ハモンドとは少なくとも三カ月完全に没交渉だったとはっきり述べたでしょう」

「今度のことは私にとってひどいショックでした。あの恐ろしい夜の出来事は悪夢でした。細部のことを一つ忘れたとしても、不思議ではないと思いますけど」

「あの晩のハモンドとのやり取りの一部始終をとっても正確に再現して話してくださったのに、あの男が現れたのは、あなたに会いに来たのだというような大切なことを、もしすっかりお忘れだったとしたら、とても遺憾《いかん》ですな」

「忘れていたというのではありません。あんなことになったので、これを話すのが怖かったのです。彼が私の招待で来たのだと認めたりしたら、誰も事件についての供述を信じてくださらないと思ったのです。浅はかな考えでしたけど、すっかり顚倒《てんとう》していたのです。そして一度ずっと交際が無かったと言ってしまった以上、それに固執するしかなかったのです」

この時までにレズリーはみごとな落ち着きを取り戻していて、ジョイスの探るような目つきに堂々と向き合った。穏やかな態度は人に追及の手を和らげさせるものだった。

「そういうことですと、今度は、ご主人が留守の夜に一体なぜハモンドを招いたのか、理由を問い質《ただ》されることになるでしょう」

彼女はジョイスをまじまじと見た。大した目でないと思っていたのは誤りだった。とても美しい目で、勘違いでなければ、その目は今涙で光っていた。声は涙声になっていた。

「ロバートのために贈物を考えていました。誕生日は来月です。新しい鉄砲を欲しがっていたのですが、私は狩猟のことにはまったく無知なのです。ジェフに相談しようと思ったのです。私に代わって注文してもらおうと思いました」

「もしかすると手紙の言葉遣いをお忘れかな？　もう一度ご覧になりますか？」

「いいえ、結構です」彼女はすぐ答えた。

「鉄砲を買う相談で、あまり親しくない知人に書くような手紙だとお思いでしょうか？」

「多分大袈裟で感情的なのかもしれませんね。ただ、私ってそんな表現をする癖がありますの。でも愚かな手紙を書いたものだと、自分でも思いますわ」それからにっこりした、「あのね、考えてみますと、ジェフ・ハモンドは、あまり親しくない知人、というのは当たらないかもしれません。病気の時、母親のように看病したのですからね。ロバートが留守のときに、来るように言ったのは、夫がジェフを家に入れるのを嫌ったからです」

ジョイスは同じ姿勢のまま椅子に座っているのに疲れた。椅子から立ち上がり、部屋の中を行ったりきたりして、これからレズリーに言うべき言葉を検討した。それから、今まで自分が座っていた椅子の背に寄りかかった。非常に真面目な口調でゆっくり話し出した。

「奥さん、これは非常に深刻な話ですよ。この事件は比較的何の支障もなく運びそうでした。一つだけひっかかる点があると思っていました。ハモンドが床に倒れた後、わたしが判断したところでは少なくとも四発撃ち込んでいます。普段は控え目で、優しい性質で、育ちのよい女性が、怯《おび》えた時に、抑えきれない激情に襲われるというのは、一寸考えにくいのです。しかし、無論、ありえないことではないでしょう。ジェフ・ハモンドは人々から好かれ、全体として一目《いちもく》置かれていたのですが、あなたに正当防衛をせざるを得なくしたあの犯行を、やりかねない男だと立証できるだろうと思っていました。死後判明した、彼が中国人の女と同棲していたという事実に我々は跳びつきました。彼に好意的だった人もあれで同情心を失いました。我々弁護側としては、ああいう女性関係のために彼に対して生じた真面目な人たちの嫌悪感を活用しようと決めました。無罪放免は間違い無しだと、今朝もご主人に申しました。彼を元気付けようとして言ったのではありません。陪審は協議のために法廷を離れる必要も感じないだろうと確信していたのです」

二人は互いに目を見つめあった。ミセス・クロスビーは妙にじっとしていた。まるで蛇に魅入られた小鳥だった。ジョイスは同じ口調で話を続けた。

「しかしながら、この手紙で事件の状況は一変しました。わたしは奥さんの弁護士です。法廷では奥さんの利益の代弁をします。あなたの供述をそのまま受け入れて、その供述に沿って弁護をします。供述をわたしが信じているかもしれないし、疑っているかもしれません。弁護人の義務は、法廷で出された証拠では有罪の評決を下すには不十分だ、と法廷を説得することです。依頼人が有罪か無罪かに関する個人的な意見は、問題外です」

彼はレズリーの目に微かに微笑が浮かぶのを見て驚いた。腹を立てたので、やや素っ気ない口調で言った。

「ハモンドがあなたの是非にという、ヒステリックと言ってもいい、要求で訪ねてきたのを否定はなさらないでしょう?」

ミセス・クロスビーは一瞬ためらい、考えている様子だった。

「手紙はボーイの一人が彼のバンガローに届けたというのを証明できますわ。自転車で届けさせました」彼女が言った。

「他の人があなたより愚かだと考えてはいけませんな。手紙のお陰で、これまで考えてもいなかった疑惑を人びとは抱くことになります。写しを見たとき、私自身がどう思ったか、申しません。とにかく、死刑を避けるのに必要なことのみ、お話しください」

ミセス・クロスビーは悲鳴を上げた。恐怖で真っ青になって跳び上がった。

「まさか死刑にはならないでしょう?」

「あなたがハモンドを正当防衛で殺したのではない、という結論に達すれば、陪審は有罪の評決をくださねばなりません。罪状は殺人です。死刑の判決を下すのが判事の義務です」

「でも手紙で何を証明できるのでしょう?」彼女は喘《あえ》ぎながら言った。

「何を証明できるか存じません。あなたはご存じです。わたしは知りたくない。しかしもし疑惑が生じれば、もし調査をすれば、もし原住民が尋問されれば、一体どういうことが証明されるのでしょうか?」

彼女は突然崩れるように倒れた。彼が支える間もなく床に転がった。気絶したのだ。水はないかと部屋を探したが、無かった。今は人に介入されたくなかった。彼女を床に寝かし、傍らにしゃがんで息を吹き返すのを待った。ようやく目を開いたとき、目にぞっとするような恐怖があったので、狼狽《ろうばい》した。

「じっとしていらっしゃい。すぐよくなりますよ」

「死刑にさせたりはしないでください」彼女は小声で言った。

彼女はヒステリックに泣き出したので、彼は低い声で落ち着かせようと努めた。

「後生《ごしょう》ですから、気を取り直してください」

「一分ください」

彼女の勇気は驚くべきものだった。自制心を取り戻そうと頑張っているのが分かった。ほどなく再び冷静に戻った。

「立ち上がらせてくださいまし」

彼は手を貸して立ち上がらせた。腕を取って、椅子まで導いた。彼女は疲れきったように座った。

「一、二分、何もおっしゃらないでくださいね」

「よろしいですよ」

ようやく彼女が口を開くと、彼女は彼が予期していなかったことを言った。すこし溜息をついた。

「私、しくじったようですわ」

彼は返事をしなかったので、また沈黙があった。

「手紙は手に入れられませんの？」

「手紙の所有者が売る気でなければ、それについてわたしが聞くことは無かったでしょうね」

「誰が所持しているのです？」

「ハモンドが同棲していた中国女です」

レズリーの頬骨のあたりに一瞬色がさした。

「女は大金を要求するでしょうか？」

「抜け目無く、手紙の価値がちゃんと分かっているでしょうよ。よほどの大金を積まない限り、売らないでしょう」

「私が死刑になってもいいとでも？」

「不都合な証拠を入手するのが、そう簡単なことだと思っているのですか？　証人買収と同じことなのですよ。そんなことをやれと提案する権利は誰にもありませんよ」

「では私はどうなるのです？」

「法の裁きに従うのです」

彼女は真っ青になった。震えが全身に走ったようだった。

「私の運命はあなたにお任せします。違法なことをしてくださいとお願いする権利など、私にはございません」

ジョイスは彼女が涙声になるのを勘定に入れていなかった。いつもは自制心が強い人だけに、同情せざるをえなかった。彼女は懇願するような眼差しでこちらを見た。この訴えを拒否したなら、一生夢見が悪いだろうと思うような眼差しだった。今更どんなことをしたって、ハモンドが生き返るわけではない。あの手紙はどういうことなのだろうか。あの手紙から、彼女が何の挑発も受けずに殺害したと推論するのは不公平かもしれない。ジョイスは長く東洋で暮らしたので、もしかすると弁護士としての正義感が、二十年前ほど鋭くなくなっていたのかもしれない。彼は床を見つめた。不正だと承知しているいることをやろうと心に決めた。しかし、何か喉に引っかかるような感じで、レズリーに漠然とした怒りを覚えた。言い出すのは、少し照れくさかった。

「ご主人の経済的な状態がどうなのか、正確なところを知らないのですが、どうなのでしょう」

真っ赤になりながら彼女はさっと相手の顔を見た。

「錫《すず》の株を沢山持っていますし、二、三のゴム農園の株も少しあります。ですからお金は作れるでしょう」

「金の使い道がどういうものか、ご主人に話さなくてはならないでしょう」

彼女は一寸黙っていた。考えているようだった。

「ロバートは今でも私を愛しています。私を救うためなら、どんな犠牲も厭《いと》いません。手紙を見せる必要はありますか」

ジョイスは一寸眉をしかめたので、すぐそれに気付いて、彼女が言った。

「ロバートはあなたの古くからのお友達ですわ。私、自分のためにお願いしているのではありません。およそ他人に害など加えたことのない、善意で素朴で親切な彼が苦痛を味わわないようにしてくださいと、お願いしているのです」

ジョイスは返事をしなかった。立って出て行こうとしたので、彼女はいつものように手を差し出した。心が動揺していてやつれてみえたが、勇敢にも礼儀正しく客を送りだそうとした。

「私のためにご面倒おかけしてすみません。どれほど感謝しているか、口では申せません」

ジョイスは事務所に戻った。じっと自分の部屋に座り、何も仕事はしないで、もっぱら考え事をした。あれこれ想像すると驚くべき考えも浮かんできて、少し身震いした。しばらくすると。予想通り、ドアを軽くノックする音がした。

王智深が入ってきた。

「ランチに出ようと思いました」彼が言った。

「いいよ」

「出かける前に、なすべきことがありませんか」

「特にないな。リードさんとの約束はしたかな」

「はい。三時にいらっしゃいます」

「それでいい」

王は振り返って、ドアまで歩き、取っ手に細長い指をかけた。それから思い出したような振りをして、戻ってきた。

「わたしの友人に伝えることはありませんか？」

王は立派な英語を話せるのだが、今だにアールとエルの区別が難しくて、友人という単語は friend なのに fliend と発音していた。

「君の友人だって？」

「ミセス・クロスビーが故ハモンドに出した手紙の件ですよ」

「ああ、あのことね。忘れていたよ。ミセス・クロスビーに聞いてみたんだが、その種の手紙は書かなかったと言った。きっと偽物だな」

ジョイスは写しをポケットから出して、王に渡そうとした。王はそれを無視した。

「それならば、友人が検察側に渡してもご異議はないのですね」

「異議はない。だが、そんなことをしても、それが友人にどういう得になるのだろうな」

「友人は、正義のためになすべき義務だと思ったのです」

「義務を遂行しようという人がいたら、その邪魔をしようなどと、私は絶対に思わないよ」ジョイスが言った。

ジョイスと王の目が合った。二人とも口元に微笑の陰すら見えなかったが、腹の中は通じていた。

「よく分かりました。しかし、わたしがクロスビー刑事事件を調査したところでは、このような手紙の発見は依頼人にとって致命的だと存じますが」

「君の法律家としての洞察には常々敬意を払っているよ」

「もしわたしが友人に頼んで、手紙を持っている中国人の女に我々弁護側に渡すように説得してもらえれば、非常に助かると思いますが」

ジョイスは吸い取り紙に所在なさそうに顔のスケッチをしていた。

「君の友人は商売人だろうな。どういう条件でなら、手紙を手放すのかね」

「彼は手紙を持っていません。中国人の女が持っています。友人はその女の親類というだけです。女は無知でして、友人が教えてやるまで、手紙の価値を知りませんでした」

「いくらにしたのだね」

「一万ドルでございます」

「これは魂消《たまげ》たな！　一体ミセス・クロスビーがどうすればそんな大金を集められると思うのだ。それに手紙は偽物だぞ」

ジョイスはそう言いながら、王を見上げていた。激しい言い方をしても書記は平気だった。机の側に立ち、礼儀正しく、冷静に、注意深くしている。

「クロスビー氏はベトンゴム農園の八分の一の株式とセラタン川ゴム農園の六分の一の株式を所有しています。それを担保に融資してくれる友人なら紹介できます」

「君には友人が大勢いるのだな」

「はい、そうです」

「みんなに犬にでも食われろ、と言ってくれたまえ。手紙はそれなりに弁解できるだろうから、クロスビー君には五千ドル以上は絶対に出すなと助言するつもりだ」

「中国人の女は売る気はないのです。友人は説得するのに時間がかかりました。ですから、さっき申した金額以下では無理ですよ」

ジョイスは少なくとも三分間書記を見ていた。彼は探るように見られても照れもせずに耐えていた。目を下に向けて、恭《うやうや》しい態度をとっていた。ジョイスは彼のことはよく分かっていた。利口な奴だ、一体彼の取り分はいくらだろうか。

「一万ドルは大金だ」

「クロスビー氏は妻が死刑になるより、支払う方を選びますよ」王が言った。

ジョイスはまた沈黙した。この男、語った以上にどこまで真相を知っているのだろう？　金額を少しも下げないところを見ると、確実な証拠を握っているのだ。一万ドルという額は、クロスビーが集め得る最高額だと分かった上で決めたものに違いない。

「中国人の女はどこにいる？」

「友人の家に滞在しています」

「女はここに来るだろうか」

「所長が出向いた方がよいです。今晩お連れしましょう。手紙を渡してくれます。女は無知ですから小切手は理解しませんからご注意を」

「小切手で払う気はなかった。現金を持参する」

「一万ドル以下をお持ちになっても貴重な時間の無駄です」

「よく分かった」

「ランチの後、友人に伝えます」

「大変結構だ。今夜十時にクラブの外で会おう」

「かしこまりました」

王はジョイスに軽く礼をして部屋を出て行った。ジョイスもランチに出た。クラブに行き、そこで予想通り、クロスビーに出会った。クロスビーは混んだテーブルについていた。ジョイスは座るべき席を探しながら、クロスビーの側を通り、肩に手を触れた。

「君が帰ってしまう前にちょっと話があるんだ」

「よし、分かった。君の都合がよくなったら言ってくれ給え」

ジョイスはロバートにどう切り出すか、腹積もりはできていた。クラブが空っぽになるのを待つため、昼食後ブリッジをやった。この件は事務所でクロスビーと話すのは避けたかった。やがてクロスビーがゲーム室に入ってきて、ブリッジが終わるまで見物していた。他の者は各自の仕事のために出て行き、二人になった。

「いささかまずいことが起きてね」ジョイスはできるだけさり気ない風に喋りだした。「事件のあった日の夜、奥さんがハモンドにお宅にきてくれという手紙を出していたらしいのだ」

「そんなことありえないな」クロスビーが大声で言った。「ハモンドとは音信がないっていつも言っていた。家内が、もう数カ月もの間あいつに会ったことがないのは、おれも知っているよ」

「とにかく手紙があるんだ。ハモンドが同棲していた中国人の女が所有している。奥さんは君の誕生日の贈物を買うので、ハモンドに助言を求めたのだ。事件の後の混乱状態で奥さんはそれを忘れたんだな。一度彼とは何の連絡も無かったと言ってしまったので、それを誤りだったと訂正しては不味《まず》いと思ったのだ。もちろん、不味いことだったが、不自然というわけではない」

クロスビーは黙っていた。大きな赤ら顔には途方に暮れたという表情が表れていた。彼が物分かりが悪いのは、ジョイスにとって、ほっとするし、その一方で腹立たしいことだった。クロスビーは間抜けで、間抜けに我慢がならなかった。しかし惨劇があってからのクロスビーの苦悩はジョイスの同情をかった。ミセス・クロスビーが、私でなく夫のためにお願いしていると言ったのは、まさにピタリだった。

「手紙が検事側の手に回ったら、大変困ることになるのは言わなくても分かるだろう。奥さんは嘘をついたので、その説明を求められる。ハモンドが招かれざる客として侵入したのでなく、招かれて訪問したとなると、事件の様子が変わってくる。陪審の心に疑惑が芽生えてくるかもしれないのだ」

ジョイスはためらった。いよいよ決意を伝えるのだ。とても大事な一歩を踏み出そうとしているのに、クロスビーの方は自分のためにして貰っていることの重大さに気付かずにいる。そういう事態を、いつもの彼なら、冷静に見る余裕があり、薄笑いを浮かべたであろう。クロスビーが何か考えたとすれば、せいぜい、弁護士が役目上のありきたりの仕事を進めているだけだ、と想像したくらいであろう。

「いいかね、君は依頼人というのみならず、友人でもある。それで言うのだが、手紙は絶対に手に入れる必要があるのだ。大金が要《い》ると思う。そのことさえなければ、君には黙っているつもりだったのだがね」

「いくらだ？」

「一万ドルだ」

「え、それはどえらい金だ。不景気やいろいろで、今のおれの持っている全財産に等しい」

「直ちに集められるかね」

「ああ、できるだろう。錫の株と、関係している農園の分割所有権とを担保にしてチャーリー・メドウズが貸してくれるだろう」

「では用意してくれるか？」

「絶対に要るのか？」

「奥さんを無罪放免にしたければな」

クロスビーは真っ赤になった。口元が妙に垂れていた。

「でも、でも……」うまい言葉が見つからなかった。顔色は紫色になった。「でも分からないな。レズリーは説明できるはずだ。有罪になるってことがある、というのか？有害な虫けらを殺したからって、死刑にするなんて」

「むろん、死刑にはしない。人殺しの罪に問われるだけだろう。懲役二、三年で済むだろうな」

　クロスビーは跳び上がりそうになった。顔は恐怖で歪んだ。

「三年！」

　それから、鈍い頭にも何かが浮かんだようだった。彼の頭脳は真っ暗で、そこに突如稲妻がきらめいたようで、その後再び真っ暗に戻ったのだが、微かに見たものの記憶がまだ残っているといったところだった。激しい労働で荒れた、赤い大きな手が震えるのをジョイスは見た。

「家内はどういう誕生日の贈物を呉れるつもりだったのかな？」

「新しい鉄砲とか、奥さんは言っていたよ」

　赤い大きな顔はさらに赤みを増した。

「金はいつまでに用意すればいいのかな？」

　その声には何か奇妙な響きが出てきた。見えない手に喉を締め付けられているかのような声だった。

「今晩の十時だ。六時ごろ事務所に持ってきてくれれば好都合だと思うが、どう？」

「女は事務所にくるのかい？」

「いや、こちらから会いに行く」

「金は持ってくる。そして君と一緒に行こう」

ジョイスは相手を鋭い目でみた。

「君が行く必要があるだろうか。私に全部任せたほうがいいのじゃないかね」

「でもおれの金だろう？　一緒に行くよ」

ジョイスは肩をすくめた。二人は立ち上がり別れの握手をした。ジョイスは相手を詮索するように見た。

十時に誰もいなくなったクラブで会った。

「万事いいかな」ジョイスが聞いた。

「ああ。金はポケットにある」

「では行こう」

二人は階段を下りた。ジョイスの車が、その時間になると静かになった広場で待っていた。車のところに着くと、王が家の陰から出てきた。彼は助手席に乗り、行く先を告げた。ヨーロッパ・ホテルの脇を通り、「海員宿泊所」の側でいったん止まり、ヴィクトリア通りを進んだ。通りでは中国人経営の店がまだ開いていて、ぶらぶら歩いている人がいたし、道路には人力車、車、辻馬車などが行き来してその場には活気があった。突然車は止まり、王が振り向いた。

「ここからは徒歩で行く方がいいです」

車を降りると、王は歩き出した。二人も一、二歩あとからついて行った。それから王は止まってくださいと言った。

「ここでお待ちください。私は中に入って友人に話します」

王は通りに向かって開いている店に入って行った。そこでは三、四人の中国人がカウンターの後ろに立っていた。よく見かける奇妙な店の一軒で、商品は展示していないので、一体何を売っているのかなと思ってしまうのだった。見ていると王は白麻のスーツを着て胸に大きな金のチェーンをつけた肥った男に話しかけている。男は外の夜の中を探るように視線を走らせた。王は男から鍵を受け取り、出てきた。待っていた二人を手招きし、店の脇の戸口に入った。二人がその後に続くと、そこは数段の階段の上り口になっていた。

「ちょっと待ってください。すぐマッチをつけますから」いつも用意のいい彼が言った。「どうぞ二階へ上がってください」

王は二人の行く手をマッチで照らしてくれたが、暗さは相変わらずで、王のあとから手探りで階段を上がって行った。王は二階につくと部屋の戸を鍵で開け、室内に入ってガス灯をつけた。

「どうぞお入りください」王が言った。

小さな四角い部屋で、窓は一つしかなく、唯一の家具が二つの中国式のベッドで布団がかぶせてあった。部屋の一隅に大きな箪笥があり、手の込んだ錠前がついている。箪笥の上にアヘン吸引のパイプとランプを載せた質素な盆があった。部屋全体にアヘンの酸っぱい匂いがかすかにした。二人は座り、王はタバコを勧めた。じきに戸が開いて、先ほど王と話していた肥った中国人が入ってきた。とても上手な英語で二人に挨拶し、王の横に座った。

「中国人の女はじきに来ます」王が言った。

店のボーイがティーポットと茶碗を載せた盆を運んでくると、中国人は二人に茶を勧めた。クロスビーは断った。中国人同士は低い声で話し合っていたが、クロスビーとジョイスは黙っていた。ようやく部屋の外で声がした。誰かが低い声で呼んだ。中国人が戸口に行った。戸を開け、何か言い、それから女を招じ入れた。ジョイスは彼女を見た。

ハモンドの死以来、この女について色々聞いたが、見るのは初めてだった。小太りで、あまり若くなく、平べったい無表情な顔をしている。たっぷり白粉《おしろい》を塗り、ルージュをつけ、眉は細い黒い一本の線だったが、しっかり者という印象だった。淡い青のジャケットと白いスカートを着ていて、ヨーロッパ風でもないし中国風でもない服装であったが、足に小さな中国の絹の靴を履いていた。首に大きな金の首飾り、手首に金の腕輪、耳に金のイヤリング、黒髪に精巧な金の髪飾りをつけている。ゆっくりと自信ありげに入ってきたが、重い足取りだった。女は王の側のベッドに座った。王が女に何か言うと、二人の白人を興味なさそうに眺めた。

「この女が手紙を持っているのだな?」ジョイスが聞いた。

「はい、そうです」

クロスビーは何も言わずに、五百ドル札の束を取り出した。二十枚数えて王に手渡した。

「合っているかどうか数えてくれ」クロスビーが言った。

王は数えてから肥った中国人に渡した。

「合っていましたよ」

中国人がさらにまた数え、ポケットにしまった。彼は何かを女に言い、女は胸元から手紙を取り出した。それを王に渡し、王は目を通した。

「例のものです。間違いありません」王はそう言って、ジョイスに渡そうとしたが、クロスビーが受け取ってしまった。

「見せてくれ」クロスビーが言った。

ジョイスはクロスビーが手紙を読むのを見ていたが、それから手を伸ばした。

「わたしが預かっておくよ」ジョイスが言った。

しかしクロスビーは丁寧に折りたたんでポケットにしまってしまった。

「いや、これはおれが取っておくよ。大金を払ったんだからな」

ジョイスは返事をしなかった。三人の中国人は白人同士のやり取りを眺めていたのだが、それをどう思ったのか、そもそも何か思ったのかどうか、彼らの無表情な顔から読み取るのは不可能だった。ジョイスが立ち上がった。

「今夜私のする仕事はございましょうか？」王智深が聞いた。

「何もないよ」書記がここに残って、相談してある分け前を受け取るのだというのは分かっている。ジョイスはクロスビーに向かって、「もう、行こうか」と言った。

クロスビーは答えなかったが、それでも立ち上がった。中国人がドアまで行って、二人のために開けた。王が一本ろうそくを見つけだしていて、階段を下りるために照らした。二人の中国人は客を見送りに一緒に出てきた。女だけ残ってベッドでタバコを吸っていた。通りに出ると、中国人たちは客に挨拶してから二階に戻った。

「手紙をどうする気なのだ?」ジョイスが聞いた。

「とっておく」

二人は車を待たせてあるところまできて、ジョイスは乗ってゆくように薦《すす》めた。クロスビーは頭を横に振った。

「歩いて行く」それから一寸ためらい、足を組み替えた。「ハモンドが死んだ夜だが、おれがシンガポールに行ったのは、ひとつには知人が売りたいというので新品の鉄砲を買うためだったのだ。おやすみ」

彼は夜の闇の中に消えた。

裁判はジョイスの予測した通りに運んだ。陪審は法廷に入った時すでにミセス・クロスビーを無罪放免にすると決めていた。彼女は自分に有利な証言をした。事件の経緯を簡潔に飾らずに供述した。検事は思いやりある人物で、自分の職務上の立場を今回は喜んでいないのは明白だった。被告に必要な尋問をする時も、遠慮していた。検事の論告はまるで弁護側の弁論かと勘違いするようなものだった。陪審は評決をたった五分で下した。その評決に対して、法廷に押し掛けていた傍聴人たちから大きな歓声があがるのを押し留めるのは不可能だった。裁判長がミセス・クロスビーに祝いの言葉を述べ、彼女は自由の身になった。

ミセス・ジョイスくらいハモンドの行為を激しく非難した人はいなかった。友人に心から親切を尽くす婦人で、裁判終了後、クロスビー夫妻がしばらくジョイス宅に滞在するようにと申し出たのである。裁判の結果を心配したわけではなかったのだが、レズリーが引越しの準備ができるまで滞在するようにと薦めた。というのは、あの惨劇が起きたバンガローに、辛い目にあった、勇敢で、愛すべきレズリーが戻るのは論外だったからだ。裁判は十二時半までに終わり、一同がジョイス宅に戻ったときには、素晴らしいご馳走が待っていた。ミセス・ジョイスはカクテルが得意で、彼女の考案した「百万ドル」はマレー半島全土で有名だったが、今それでレズリーの解放を祝った。ミセス・ジョイスはお喋りで活発な女性だったが、今日はとりわけ意気軒昂だった。他の人たちは沈黙していたから、それは好都合だった。他の人が沈黙していても、夫人は意に介さなかった。夫は生来おとなしいし、クロスビー夫妻は今日まで苦労したので当然疲れ切っているのだもの。ランチの間中、夫人は明るく元気一杯に一人で喋りまくっていた。それからコーヒーが出た。

「さあさあ、お二人さん。休息なさい。お茶の時間後に海までのドライヴにお連れするわね」夫人は陽気な、せかせかした調子で言った。

ランチを家でとることの滅多にないジョイスはすぐ事務所に戻らねばならなかった。

「奥さん、私は参加できません。すぐに農園に戻らねばなりませんから」クロスビーが言った。

「まさか、今日は戻らないでも……」ジョイス夫人は大声で言った。

「今すぐ出ます。何しろずっとほったらかしにしていましたから。緊急の用事もありましてね。でもわたしたちが、これからどうするか決めるまで、家内をここに置いておいて下されば、有難いです」

ミセス・ジョイスは反論しようとしたが、夫が遮《さえぎ》った。

「どうしても戻るというのなら、仕方がない。そういうことさ」

ジョイスの口調に引っかかるものがあって、夫人は夫に視線を走らせた。結局黙り、その場に気まずい沈黙があった。クロスビーがまた喋りだした。

「申し訳ありませんが、お許しを願って、もう失礼します。暗くなる前に着きたいのです」彼はテーブルから立ち上がった。それから「レズリー、見送ってくれるかい？」と言った。

「もちろんよ」

夫婦は一緒に食堂を出た。

「クロスビーは思いやりがないわね。こういうとき、妻は夫に居て欲しいのに、それが分からないなんて！」ミセス・ジョイスが言った。

「彼だって、どうしても戻る用事がなければ、戻らないと思うよ」ジョイスが言った。

「私はレズリーの泊まる部屋がきちんとしているか、見てくるわ。あの人、もちろん、たっぷり休息し、それから気晴らしが要るわね」

ミセス・ジョイスが部屋を出てゆき、ジョイスは椅子に座った。まもなく、クロスビーがバイクのエンジンを吹かし、やかましい音を立てて庭の小道の砂利の上を走ってゆくのが聞こえた。ジョイスは立ち上がり応接室に行った。ミセス・クロスビーが部屋の中央に立ち尽くし、虚空《こくう》を見つめていた。手には開いたままの手紙があった。ジョイスが入ってくるのを見たが、その顔は真っ青なままだった。

「あの人、知っています」囁くように彼に言った。

ジョイスは彼女に近寄り、手紙を取った。マッチを擦り、手紙に火をつけた。彼女は燃えるのを眺めた。彼は熱くて持っていられなくなって、タイルの床に落とした。二人は紙が縮み黒こげになるのを見ていた。それから彼が足で踏みつけて粉々にした。

「知っているって、何を？」

彼女は相手をじっと長いことみつめていた。その目には奇妙な目つきが浮かんだ。軽蔑か絶望か？　ジョイスには区別がつかなかった。

「ジェフが私の愛人だったということです」

ジョイスはじっとしたまま、黙っていた。

「もう何年もの間愛人でした。彼が戦争から戻ってきた、ほとんど直後にそういう間柄になりました。どれほど注意しなくてはならないか、私たちは分かっていました。愛人関係になってからは、私は彼にうんざりしているような振りをしましたし、彼もロバートがいるときは滅多に訪ねてきませんでした。彼と私の知っている場所があり、そこで待ち合わせて、週に二、三度会いました。ロバートがシンガポールに出かけた時は、ボーイたちが夜引き上げた後、遅い時間にバンガローにやってきたものです。私たちは他の人のいる場所でもよく顔を合わせることがありました。でも誰にも関係を気付かれませんでした。ところが、最近になって、一年くらい前からですが、彼が変わってきたのです。事情が分かりませんでした。もう私を愛していないとは信じられませんでした。彼に尋ねても否定しました。私は狂乱状態になりました。激しい喧嘩もしました。彼が私を憎んでいるような気がすることもありました。あの時の苦しみったら！　地獄に落ちたようでした。彼はもう私に用はないのに、私は彼を手放すまいと必死でした。何と惨めなことでしょう！　私は愛していたのです。全てを彼に捧げました。あの人は私の命でした。それから、中国人の女と同棲しているという話を聞きました。信じられませんでした。信じようとしませんでした。とうとう女を見ました。村の中を歩いている姿をはっきり見ました。金の腕輪と金の首飾りをした年配の肥った中国の女でした。私より年長でした。ぞっとしました！　村ではハモンドの女だと皆知っていました。私が近くを通ると、女はこちらを見ました。私もハモンドの女だと知っている様子でした。早速私は彼に手紙を書きました。すぐ会いたいと書きました。手紙はご覧になったのでしたね。あんな手紙を書いたなんて頭が狂っていました。自分で何をしているのか、分かっていなかったのです。気にする余裕がありませんでした。もう十日も会っていなかったのですもの。一生の長さに思えました。この前別れた時、私を両腕に抱きしめてキスし、何の心配もないと言ったのです。私の腕からあの女の腕へと真っ直ぐ行ったのです！」

ずっと激しい口調で低い声で語ってきたのだが、ここまで来ると話を止め両手を振りしぼった。

「あの忌々《いまいま》しい手紙！　私たちはいつも注意深かったのです。私の出したどんな手紙も読み終わると切り刻んでいました。あの手紙だけ残していたなんて、どうして私に考えられたでしょう！　あの夜彼が来ると、中国人の女のことを知っていると言ってやりました。彼は否定しました。単なる噂だと言いました。私は逆上しました。彼にどんな罵声《ばせい》を浴びせたか分かりません。彼が憎くなりました。徹底的にやっつけてやりましたわ。傷つけるようなことを、思いつく限り言ってやりました。侮辱しました。顔につばを吐こうと思えば、平気でやれたところです。とうとう彼、反撃してきました。私にはもううんざりした、二度と再び顔も見たくない、と言いました。私が死ぬほど彼をうんざりさせると言いました。中国人の女の噂は事実だと認めました。戦前からの長い付き合いで、自分にとって意味のある付き合いは、その女との関係だけで、他のはすべて遊びにすぎないと言いました。それから、事実が露見してちょうどよかった、もう私に付きまとわれないだろうから、と言いました。そこから何が起きたのか、分かりません。私は我を忘れ、かっとなりました。ピストルを摑《つか》み、撃ちました。彼は叫び声を上げ、弾が命中したとわかりました。よろけながらベランダの方に歩いて行きました。私は追いかけて行き、また撃ちました。彼が倒れたので、体の上に覆いかぶさるような形で、発砲し続けました。ピストルがカチッと鳴り、もう弾のないのに気付きました」

ようやく話し終えて、彼女は大きく息をついた。顔はもはや人間のものではなかった。残忍さと憤怒と苦痛とで歪《ゆが》んでいた。物静かな、しとやかな婦人が鬼のような情念を抱きうるなんて誰も思わなかっただろう。恐ろしくなってジョイスは一歩後退《あとずさ》りした。彼女の顔を見てすっかり仰天した。人間の顔でなく、たわ言を発するぞっとするお面だった。その時、別の部屋から声が聞こえた。親切な陽気な大声だった。ミセス・ジョイスの声だった。

「レズリー、さあ準備ができたわよ。いらっしゃい。眠くて倒れそうなんでしょ！」

ミセス・クロスビーの顔はじょじょに正常に戻りつつあった。しわくちゃの紙を手でなでるように、顔にはっきり刻み込まれていた情念の跡が消えていった。一分もすると、顔は冷静で穏やかな、皺など見えないものになった。少し青ざめていたが、口元には愛想のいい微笑がこぼれんばかりだった。育ちのよい、高貴でさえある婦人にまた戻ったのだ。

「ドロシー、今行くわ。お手間とらせて申し訳ないわね」

環境の力

彼女はベランダに座って、夫が昼食に戻るのを待っていた。マレー人のボーイが早朝の爽やかな大気が失われるとすぐに日よけを閉めることにしていたが、彼女がその一部を少し持ち上げておいたので、河を眺めることができた。真昼の息もつけぬ陽光に照らされた河は、死の青ざめた色を呈している。丸木舟を漕いでいる原住民が遠くに見えるが、あまりに小さくて、その姿はほとんど見えない。昼間の色は淡いグレイで、これは温度差から色調がさまざまに違って見えるだけのことである。この土地の色彩は、転調をいらいらして待っていてもはぐらかされてしまう、あの短調のインドのメロディーと同じで、曖昧《あいまい》な単調さで神経を苛立《いらだ》たせる。セミが狂ったように精一杯軋《きし》んだ声で鳴いている。その声は岩の上を流れる小川のように絶え間なく、しかも単調だった。だが、そこに突然、セミの声をかき消すように、滑らかで豊かな小鳥の甲高《かんだか》い鳴き声が聞こえ、彼女は一瞬イギリスのつぐみ《ブラックバード》を思い出し、懐かしさがこみ上げてきた。

やがてバンガローの裏手にある、夫の役所に通じる砂利道に足音が聞こえた。出迎えようと彼女は椅子から立ち上がった。バンガローは杭の上に建てられていたから、夫は数段の低い階段を駆け上がり、戸口で待っているボーイに日よけ帽《トウピ》を渡した。食堂と居間とを兼ねた部屋に入ってきて、妻の顔を見ると目を輝かせた。

「ただいま！　おなか空いてる？」彼が言った。

「ぺこぺこよ」

「ひと風呂浴びるのに一分かかるだけだ。そしたら食事だ」

「早くなさってね」

彼は着替え部屋に消えた。そこで着ていたものを脱ぎ、床に放り投げながら――そんなに乱暴にしないで、と妻はよく注意したものだった――陽気に口笛を吹いているのが聞こえた。二十九歳なのだけど、まだ子供ね、ちっとも成長しないんだもの。もしかするとその点で好きになったのかもしれない。だって、いくら愛情があっても、ハンサムだとは言えない人なのだ。小柄で丸っこく、満月のような赤ら顔で青い目だった。にきびのよく出やすい質《たち》だった。彼女は彼の全身をくまなく検討して、褒《ほ》められるところはひとつもないわ、と言わざるをえなかった。あたしの好みじゃない、と何度も言ったものだった。

「自分のことをハンサムだって言ったことなんか一度もないよ」彼は笑った。「あなたのどこがいいと思って、結婚したのか、あたしにはさっぱり分からないわ」が、むろん、十分に承知していたのだ。明朗な小男で、どんなことも真面目には受け取らず、始終笑ってばかりいる。彼女も笑いに巻き込まれてしまう。人生を重大なものというより、愉快なもの、と思っている。愛らしい微笑をいつも浮かべている。一緒にいると幸福だと感じて、気分がよくなるのだ。明るい青い眼に宿る彼の深い愛情に彼女は心を打たれた。こんなに深く愛されるって、何て嬉しいことかしら！　ハネムーンの時、彼の膝に座りながら、彼女は両手で彼の顔を挟んで、「醜いちっちゃいオデブのガイ！　でも魅力的よ。いやでも愛してしまうわ」と言ったことがあった。

胸が一杯になって、彼女の目に涙があふれた。夫も強い感動で一瞬顔が歪《ゆが》み、返事をしたときには声が少し震えていた。

「お頭《つむ》が弱い女性と結婚したなんて、僕も大変なことをしてしまったな！」

彼女はくすくす笑った。いかにも彼ならではの返事であり、それが聞けて嬉しかった。ほんの九カ月前には、彼の名前すら聞いたことがなかったなんて、気付いてみると不思議だった。彼と出会ったのは、彼女が母と共に海岸で一カ月の休暇を過ごしているときだった。ドリスは議員秘書で、ガイは長期休暇でイギリスに帰国中だった。同じホテルに泊まっていて、彼はすぐに自分のことを何でもかんでも彼女に打ち明けた。センブル(注—英領ボルネオ南部の一地方、ただし仮名)で生まれたが、それは父が二代目のサルタンの下で三十年間働いていたからで、彼も学校を出るとすぐ同じ職務についた。センブルがとても気に入っているということだった。

「何と言っても、イギリスは僕には外国ですよ。僕の故郷はセンブルです」

そして今はそこが彼女の故郷にもなったのだ。一カ月の休暇の終わりに彼は彼女に求婚した。そうなるだろうと彼女には見当がついていて、その時には断ろうと決めていた。未亡人の母親の一人娘なのだから、とてもそんな遠方に行くなんて考えられなかった。ところがその瞬間がいざ訪れると、自分でも不可解なことに、突然の感情に足をすくわれたとでもいうのか、とにかく求婚を受け入れたのである。そしてガイが受け持つ小さな奥地駐在所で四カ月暮らしてきたのだ。彼女はとても幸福だった。

断ろうとすっかり決めていたのよ、と以前打ち明けたことがあった。

「断らなかったのを今になって後悔している?」彼が青い目をきらきらさせ、明るい微笑を浮かべながら聞いた。

「もし断ったりしたら、とっても馬鹿だったと思うわ。運命の女神だか何だか知らないけれど、何かが介入して、私から決定権を取り上げたのは、すごく幸運だったわ」

ガイが階段を降り、浴室に向かう大きな足音が聞こえた。騒々しい男で、素足でも静かには出来なかった。でも何か大きな声で言ったのが聞こえた。土地の言葉で何か話しているけれど、彼女には理解できなかった。それから誰かが彼に話しているのが聞こえた。ほかに聞こえないようにシューシューと歯から音がもれるような低い声で話している。彼がこれから一浴びする時に待ち伏せするなんてけしからないわ。ガイがまた何か小声でいった。迷惑しているのは分かった。相手の声も大きくなったが、それは女の声だった。何かを訴えているのだろうと見当がついた。あんな風にこそこそと現れるなんて、いかにもマレー女のやりそうなことだわ。しかし、女は彼から満足できる答を貰っていないようだった。彼が「出てゆけ」というような言葉を言っていると見当がついた。それから彼が浴室の閂《かんぬき》をかける音がした。彼が体にかけている水の音が聞こえた(当地の風呂の入り方はなかなか面白い。浴室は寝室の下、一階にあり、大きな浴槽があって、小さいブリキのバケツで汲み出した水を体にかけるのである)。二分も経たないうちにガイは食堂に戻ってきた。髪はまだ濡れていた。二人はランチの席についた。

「私が疑い深くもないし、嫉妬深くもないから、あなた助かるのよ」彼女は笑いながら言った。「お風呂に入っている間に、妻以外の女性と活発に話すことに同意していいものか、どうかしら」

いつもは陽気な彼だが、風呂から戻ったときは浮かぬ顔であった。しかし妻のこの言葉を聞くと、たちまち元気づいた。

「あの女に会ってあまり嬉しくなかったんだ」

「そうらしいわね。あの口調からすると。あなた、怒っていたみたいだったわ」

「生意気なんだよ、あんな風に待ち伏せするなんて」

「何の用事だったの、あの人？」

「さあね。村から来たんだ。亭主と喧嘩でもしたんじゃないかな」

「今朝、あたりをうろついていたのと同じ人じゃないかしら？」

ガイは眉をしかめた。

「誰かがうろついていたのかい？」

「ええ、そうよ。今朝あなたの着替え部屋を整頓しに行き、それから浴室に下りていったの。階段を降りてゆく時、誰かがドアからこっそり出てゆくのがみえた。そして私が外を見ると、女が立っていたのよ」

「君は話しかけた？」

「何か用なのってきいたわ。何か答えたけど、言葉が分からなかった」

「いろんな種類の浮浪者が敷地内をうろついているのは許さんぞ。ここへ来る権利なんかないぞ」

彼はにっこりしたが、男を愛している女の直感で、ガイが口元では笑っているが、いつもと違って目では笑っていないのに気づき、何か困っているなと思った。

「今日は午前中は何をして過ごした？」ガイが聞いた。

「特に何も。一寸《ちょっと》散歩に出たわ」

「村を通ってかい？」

「ええ。男が鎖でつないだサルを木に登らせてココナツを採らせていたけど、面白かったわ」

「あれは愉快だね」

「あのね、サルを見物してる男の子が二人いたんだけど、他の子供より肌が白いの。混血児かしら？　話しかけてみたけど、英語は分からないみたいだった」

「村には混血児が数人いるよ」彼が言った。

「その子たちの親は？」

「母親は村娘の誰かだ」

「父親は？」

「うん、それはね、この土地では、ちょっと微妙な質問になるんだ」そこで間を取った。「原地妻を持つ男は大勢いる。そして故国に帰ったり、白人女と結婚したりすると、現地妻には金をやって村に返すんだ」

ドリスは黙って聞いた。夫がこの件について馬鹿に冷淡であるのが気になり、率直で可愛い顔に不機嫌な表情を浮かべていた。

「でも子供はどうなの？」

「生活面は大丈夫だ。まともな教育も受けられるように男は金を出してやるのが普通だな。政府関係のどこかの事務所で職を得て、まあ、ちゃんと食っていけるようになる」

彼女は苦笑して言った。

「それがよい慣習だと、私が思うわけないでしょ？」

「厳し過ぎるなあ」

「厳しいことを言うつもりはないわ。でもあなたにマレー人の現地妻がいなくてよかったわ。もしあの子たちが、あなたの子供だったら、ぞっとするもの」

ボーイが皿を変えた。ランチのメニューは代わり映えしなかった。まず川魚から始まるのだが、味がさえないので、ケチャップをたっぷりかけて何とか味をつけることになる、次が何かのシチューで、これも不味《まず》いので、ガイはウスターソースをかける。

「ここは白人の女が住むには向かないと老サルタンは思っていた。で、現地妻と暮らせと薦《すす》めていた。無論、昔のことで、今は事情が違う。政情も安定しているし、気候への対処の方法も分かってきたからね」

「でもあの男の子、上はせいぜい七歳で、下は五歳くらいだったわ」

「奥地駐在所はすごく淋しい。他の白人に六カ月くらい全然会わないことも珍しくない。駐在所で働き出す最初は、年齢的には子供みたいなものだという事情もある」彼はそこで愛らしい微笑を浮かべたので、丸い平べったい顔が魅力的なものに変わるのだった。「まあ、口実はいくらもあるよ」

その微笑にいつも彼女は負けてしまうのだった。彼の最上の弁論だった。彼女の目はまた優しくなった。

「そうでしょうね」テーブル越しに彼女は手を伸ばして、彼の手の上に置いた。「あなたをまだ若いうちに捕まえて、私幸運だったわ。正直な話、もしあなたがそんな生活をしていたと知ったら、すごく途方に暮れてしまうでしょうね」

彼は彼女の手を取って握った。

「ここに来て幸せかい？」

「ものすごくね」

彼女はリンネルのワンピースを着てとても涼しそうで初々しく見えた。暑さは気にならないようだった。褐色の目がきれいという以外には、若いから可愛いというに過ぎないけれど、率直そうな表情は感じがよく、短い黒髪はこざっぱりしていて艶がある。はきはきした若い女性という印象を人に与えるから、彼女が秘書をしていた国会議員は有能な秘書だと思ったに違いない。「私この土地がすぐ気に入ったわ。自分ひとりでいる時間が結構多いけど、淋しいと思ったことなんか、一度もないわね」と彼女は言っていた。

もちろん彼女はマレー半島を舞台にする小説を読んでいて、気持の悪い大河と、静まり返った前人未踏のジャングルの暗黒大陸だという印象を持っていた。新婚の二人が、河口で小型の沿岸航路の汽船から降りると、今度は一ダースのダヤク人が乗り込んだ小型帆船《プロフー》が待っていて、奥地駐在所まで乗せて行くのだった。周囲の景色は恐れよりも親しみを感じさせるような美しさを持っていて、彼女は息を呑んだ。木々の枝で楽しく歌う小鳥のさえずりのような陽気さが感じられた。両方の河岸にマングローブとニッパ椰子があり、その向こうに濃緑の林があった。遠方には青い山脈がうねうねと、目の届く限りどこまでも続いていた。陰気で閉じ込められた地域だという印象は全然なかった。むしろ、あけっぴろげで広々とした空間がたっぷりあり、そこで誇らしげな空想が大喜びして翼をひろげられるという感じだった。緑が陽光に照らされて光り輝き、空は快活で楽しげだった。親切な土地が彼女をにっこりと歓迎しているかのようだ。

岸近くに帆船が進んでゆくと、頭上高くで番《つがい》の鳩が飛んでいた。生きた宝石のような光が行く手を斜めに横切った。カワセミだった。尻尾を長くたらして二匹のサルが枝に並んで座っていた。幅の広い、濁った河の向こう側、ジャングルを越えた辺りの地平線の上に、ぽっかりと小さい白い雲の塊がいくつも並んでいる。空にはそこしか雲がなく、一列に並んだバレリーナに見える。白い衣装を着て、舞台裏でカーテンが開くのを注意深く、しかし快活に待っている踊り子みたいだ。ドリスの心は喜びで一杯になった。最初の日のことを思い出して、彼女は夫を感謝と愛情に満ちた眼差しで見つめた。

二人の居間を整えるのが、どんなに面白かったことか！　とても広い部屋だった。彼女が着いたときは、床には汚れて傷んだマットが敷いてあった。白木の壁には、(高過ぎるところに)お定まりの名画の複製、ダヤク族の盾や短刀が飾られていた。テーブルには地味な色のダヤクの布が掛けられ、その上に何点かの薄汚れたブルネイの真鍮《しんちゅう》製品、タバコの空缶《あきかん》、マレーの銀製品が置いてあった。粗末な木製の棚に廉価版の小説、擦りきれた革表紙の昔の旅行記が数冊あった。別の棚は空瓶《あきびん》で一杯だった。独身男の雑然とした味気ない部屋だったのだ。ドリスは面白いけれどひどく物悲しい部屋だと思った。ガイはこういうところで何の慰安もない、侘しい毎日を送っていたのだわ。彼女は彼の首に両腕を回して、キスした。

「可哀想に！」笑いながら彼女が言った。

ドリスは器用だった。すぐにこの部屋を暮らしやすいものにした。今まであったものを置き換えてみたが、どうしても利用できないものは棄ててしまった。結婚祝いの品が有効に使えた。今では快適で、居心地のよい部屋に生まれ変わっていた。大きなガラスの花瓶には美しい蘭《らん》が生けられ、大きな植木鉢には巨大な花を咲かせる植物が植えてあった。これは自分の家だ、しかも私の手でガイが喜ぶ家にしたのだ、と思うと、彼女はこの上なく誇らしい気分を味わった。彼女自身もこれまで小さなマンションにしか住んだことが無かったのだ。

「どう、嬉しい?」家の改装が終わったとき彼女が聞いた。

「まあね」にこにこして彼が答えた。

わざと控え目な答をしたのが、彼女には気に入った。お互いによく心が通い合っているのは、何て楽しいのでしょう! 二人とも感情を剝《む》き出《だ》しにするのを恥ずかしがるほうだったので、普段は冷やかしあうような物言いをしていて、滅多にそれ以外の言い方はしなかった。

ランチを済ますと、彼は長椅子に体を投げ出して昼寝をしようとした。彼女は自室に向かった。彼女が側を通ると、彼は引き寄せて、身をかがめさせ、唇にキスしたので、少し驚いた。昼間から抱き合う習慣は二人にはなかった。

「お腹が一杯になったら、今度は私を抱きたくなったのね」彼女がからかった。

「出ていって、少なくとも二時間は僕の目に触れないようにしてくれよ」

「いびきをかかないでね」

彼女は去った。二人とも夜明けに起床したので、五分もすると熟睡していた。

ドリスは夫が浴室で水浴びする音で目が覚めた。バンガローの壁は共鳴板のようで、どんな音でも筒抜けだった。まだだるくて起きたくなかったが、ボーイがお茶を運んで来る音がしたので、飛び起きて、自分の浴室に駆け込んだ。水は冷たくはなく、涼しいという温度で、浴びると爽やかで気持よかった。居間に入ると、ガイがラケットを留枠から外していた。夕方の涼しい時間を狙ってテニスをするのだった。六時にはもう夜になる。

テニスコートはバンガローから二、三ヤード離れていた。お茶が済むと、時間が惜しいので、すぐコートに向かった。

「あら、見て。今朝私が見た女の人だわ」ドリスが言った。

ガイはすぐ振り向いた。島の女をしばらく見たが、何も言わなかった。

「あの人の着ているサロン、とてもきれいだわ。どこの品なのかしら」

二人は女の側を通った。ほっそりして小柄で、この種族特有のパッチリした、きらきら光る黒い目で、豊かな黒髪をしていた。側を通った時、女は身動きしなかったが、奇妙な目でこちらをじろじろ眺めた。その時、ドリスは女が先ほど思ったほど若くないと知った。目鼻立ちはやや繊細さに欠けていたし、肌は浅黒かったが、美しい人だった。腕に幼い子を抱いている。それを見て、ドリスは微笑んだが、女は微笑み返さず、無表情のままだ。女は、ガイでなくもっぱらドリスを見ている。ガイは見てみぬふりしている。ドリスは夫のほうを向いた。

「あの赤ん坊可愛いわね」

「気付かなかったな」

ドリスは彼の表情に戸惑った。ひどく青ざめて、普段から彼女が不快に思っていたニキビがひどく赤らんでいた。

「あの人の手足に気付いた？　手足だけなら公爵夫人でも通るわ」

「原住民は皆手足がきれいだ」彼はそう言ったが、いつものような陽気さがなく、無理やり口を開いているようだった。

しかしドリスは興味をそそられた。

「誰なのか、あなた知ってる？」

「村の娘の一人さ」

もうコートに着いた。ネットの張り具合を見に行ったとき、ガイがこちらを振り向いた。さっきの女は二人が通り過ぎた場所にまだ立っていた。ガイと女の目が合った。

「私からサーブする？」

「ああ、ボールはそっちにあるからね」

ガイは調子が出なかった。いつもは十五のハンディーをつけても勝っていたのに、今日はドリスが難なく勝った。しかもプレイ中無口だった。いつもは始終大声を出して、ボールを受け損なうと自分の愚かさを呪い、彼女の追いつけないところにボールを運ぶと彼女を冷やかして、やかましかった。

「ゲームに気が入ってないわね」ドリスが大きな声で言った。

「そんなことあるものか」

彼は何とか相手を負かそうとボールを強打し始めた。すべてネットに引っ掛けた。こんなこわばった顔の夫は見たことがなかった。調子が出ないので、いらいらしているなんてことがありうるかしら？　暗くなって、ゲームを終えた。さっき通り過ぎた女が前と全く同じ場所に立っていて、また、夫婦が歩くところを無表情にじっと見た。

ベランダの日除けは巻き上げられ、二つの長い椅子の間のテーブルに酒ビンとソーダが置かれていた。夫婦がこの日初めてアルコールを口にする時間だった。ガイはジン・スリングを二つ作った。二人の眼前では河が広々と広がり、遠くの岸のかなたではジャングルが迫り来る夜の神秘に包まれている。原住民が音も無く上流に向かってカヌーを漕いでいた。へさきに立って、二本の艪を使っている。

「今日の僕は下手だったな」ガイが沈黙を破って言った。「一寸加減が悪いのだ」

「いけないわね。熱があるんじゃない?」

「いや、大丈夫。明日になれば元気になる」

暗闇が次第に二人を包み込んだ。カエルがやかましく鳴き、時々夜鳴く鳥の鋭く短い声が聞こえる。ホタルがベランダを飛び交い、周囲の木々は小さなキャンドルで照らしたクリスマスツリーのように見えた。ホタルは静かに光っている。ドリスは、小さな溜息を聞いたような気がした。何となく不安になった。いつものガイはとっても陽気なのだ。

「どうしたの? ママに話しなさい」彼女は優しく言った。

「何でもない。もう一杯飲もう」

翌日になると彼はいつも通り快活になっていた。郵便が届いた。沿岸を周遊する汽船が月に二度河口を通る。炭田地帯に向かう時と、その帰途である。往路に、郵便を届けるので、ガイがカヌーで受け取りに行かせるのである。郵便が届くのは、平凡な日常では大事件である。届いた最初の一日二日は郵便物すべて、つまり手紙、イギリスの新聞、シンガポール発行の新聞、雑誌、本にざっと目を通す、それが済んでから数週間の間、じっくり味わいながら読むのである。絵入り新聞などは奪い合うようにして読んだ。ドリスは郵便物に夢中だったが、さもなければ、夫の変化に気付いたはずだった。目に警戒するようなところが表れ、口元は心配のため張りがなかった。仮にドリスが気付いたところで、その理由は分からなかっただろう。

それから、一週間ほどして、彼女が日除けを下ろした部屋でマレー語の文法を勉強していると(彼女は現地語を学ぶことに熱心であった)、敷地内で騒ぎが聞こえてきた。ボーイの声がし、彼は何かを怒っていた。それから別の男の声、多分水運び人夫の声と、さらに女の罵《ののし》るような金切り声も聞こえた。つかみ合う音も聞こえた。ドリスは窓辺にゆき、鎧戸《よろいど》をあけた。水運び人夫が女の腕を摑《つか》んで、引きずっていて、ボーイは両手で女を後ろから押していた。その女が先日の朝は敷地で、午後はテニスコートの外で、うろうろしていた女だとドリスはすぐ気付いた。女は赤ん坊を胸に抱いていた。三人とも大声で怒鳴りあっていた。

「やめなさい」ドリスが叫んだ。「何をしているのよ」

彼女の声を聞くと、水運び人夫は急に女の腕を離したので、後ろから押されていた女は前に倒れた。急にみな黙ってしまい、ボーイはむっつりと虚空《こくう》を見ていた。水運び人夫は一寸ためらってからすごすごと引き下がった。女はゆっくりと体を起こし、赤ん坊を抱きなおし、ドリスをじろじろ見ながら無表情に立っていた。ボーイが何か女に言った。小声なので、理解できたとしてもドリスの耳には聞こえなかった。ボーイが言ったことが効いたようには女の表情からは窺われなかったが、それでも女はゆっくりと立ち去った。ボーイは敷地の門まで女について行った。ボーイが戻って来たので、ドリスは彼を呼んだ。しかし聞こえないふりをしていた。ドリスは立腹して、鋭い口調で再び呼んだ。

「すぐここへ来なさい」

怒りに満ちた彼女の視線を避けながら、彼はバンガローに近寄ってきた。やって来て戸口で立った。彼女を不満げに見ている。

「あの女をどうしようとしていたの、あんたは?」彼女はいきなり聞いた。

「女ここへ来ない、と旦那《トゥアン》、命じただ」

「女をあんなふうに扱ってはいけない。私が許さないわよ。見たことを旦那に言いますからね」

ボーイは返事をしなかった。視線をそらせたが、長いまつげの間からこっちを眺めているのが分かった。引き下がらせた。

「もういいわ」

ボーイは一言も言わずに振り返り、使用人部屋に戻って行った。彼女は気がたっていて文法の勉強にはもう身が入らなかった。まもなくボーイがランチのためにテーブルの上のクロスを広げに入ってきた。突然、ボーイが戸口に行った。

「どうしたの？」

「旦那、帰ってきただ」

ボーイはガイの帽子を受け取りに行ったのだった。主人の足音をドリスが聞く前に、さっと捉えたのだった。ガイは階段をすぐに駆け上がってくるのが普通だったが、今日はぐずぐずしている。ボーイが今朝の事件のことを奥さんが話す前に伝えようとして下りていったのだと推測した。彼女は肩をすくめた。ボーイは自分の言い分をまず聞かせようと思ったのだ。だが、ガイが部屋に入ってきたのを見て、彼女は愕然《がくぜん》とした。真っ青なのだ。

「あなた、一体どうしたの?」

ガイは急に赤面した。

「何でもない。どうして?」

彼女はとても驚いたので、夫にすぐ言うつもりだったことを何も言えなかった。夫は自分の部屋に入って行った。風呂に入り、着替えるのにいつもより時間がかかったので、彼が食堂に入ってくると直ぐにランチが出された。

「ねえ、あなた、今朝、先日見た女がまたここへ来たのよ」

「そうだってね」

「ボーイたちが彼女を手荒く扱っていたわ。私が止めさせなければならなかったの。あなた、叱ってやってよ」

ボーイはドリスの言ったことを全部理解したのだが、分かった様子は見せなかった。知らん顔で、ドリスにトーストを渡した。

「女にはここへ来ないようにと言ってある。もしまた現れたら、追い出すようにと命じてあるのだよ」

「でもあんなに乱暴にしなくたっていいのに」

「女は出てゆくのを拒んだのだ。必要以上に乱暴にしたとは思わないな」

「女の人があんなに手荒い扱いを受けるのを見るのって、不愉快だったわ。赤ん坊を抱いていたこともあるし」

「もう赤ん坊じゃない。三歳だから」

「どうして知っているの？」

「あの女のことは全部知っている。ここへ来て迷惑を掛ける権利はない」

「女はどういう用事があるの？」

「今朝やったことさ。嫌がらせをやることが狙いだよ」

ドリスはしばらく黙った。夫の口調に驚いたのだ。ぞんざいな口調なのだ。女のことはドリスと何の関係もないといわんばかりなのだ。不親切だとも思った。彼は神経が高ぶり、いらいらしていた。

「午後テニスできるかなあ。ストームになりそうだからな」

ドリスが眼を覚ますと雨が降っていて、外出は無理だった。お茶の間、ガイは押し黙って、心ここにあらずの様子だった。彼女は刺繍《ししゅう》を始めた。ガイはまだ読み終わっていなかったイギリスの新聞を読もうとしていたが、そわそわして集中できないようだった。大きな居間の中を行ったり来たりし、それからベランダに出た。降り続く雨をじっと眺めていた。何を考えているのかしら？　ドリスは漠然とした不安を感じた。

ガイが喋りだしたのは、夕食後だった。簡単な食事の間、彼はいつものように陽気に振舞おうと努力したが、無理しているのは一目で分かった。雨は止み、空には星が輝いていた。二人はベランダに座った。昆虫が飛んでこないように、居間の明かりは消していた。座っている足元で、河が悠々と流れていた。恐ろしく、神秘的で、ゆっくりと音もなく、運命に従って流れてゆくかのようだった。避けられぬ運命の企みと過酷さを暗示していた。

「ドリス、君に話すことがあるのだ」突然ガイが口を切った。

彼の声はとても奇妙だった。冷静に喋ろうとするのが困難だと感じているみたいだけれど、そう感じるのは私の妄想かしら？　彼が悩んでいるのを気の毒に思い、手を差し伸べたのだが、彼はその手を払いのけた。

「一寸長くなると思う。聞いて楽しい話ではないし、僕も話しづらいのだ。それでお願いだから、途中で話を遮《さえぎ》ったり、何か言ったりするのは、僕が話し終えるまで控えて呉れ給え」

暗闇のためにはっきりは見えないが、彼の顔は憔悴《しょうすい》しているようだった。彼女は黙っていた。彼の声は小声で、夜の静けさを破るというようなものではなかった。

「僕がボルネオに来たときは僅か十八歳だった。イギリスの高校を出てすぐやってきた。クアラ・ソロールで三カ月過ごし、それからセンブル川上流の駐在所に派遣された。むろんそこでは駐在官もその夫人もいた。僕は役所に泊まっていたが、食事は駐在官夫妻と一緒だし、夜も一緒に過ごすことが多かった。とても快適な日々だったよ。それから、ここにいた駐在官が病気になり、帰国せねばならなくなった。戦争で人手不足になっていたので、僕がここの駐在官に任命された。もちろん、まだ若すぎたけれど、現地語を島民のように話せたし、父の仕事振りを覚えていた人もいたので、そう決まったようだ。とても嬉しかったよ」

パイプの灰を落とし、タバコを詰めなおす間、彼は黙っていた。マッチをするとき、手が震えているのにドリスは気付いた。

「以前一人きりだった経験がないのだ。家にいた時は、もちろん、両親が一緒だし、それに通常補佐官もいた。それから学校の寮ではむろん、仲間がいくらでもいた。こっちへ来る時も、船中では始終周りに人がいた。クアラ・ソロールでも最初の駐在所でもそうだった。そういう所では、自分の身内と一緒にいるのと同じだった。どうやら僕はいつだって人と一緒に暮らしていたような気がする。人が好きなのだね。僕って騒々しい奴なんだ。楽しむのが好きだ。何だって僕を笑わせてくれるんだけど、笑うには一人じゃなく、側に一緒に笑う人が要《い》る。ところが、ここでは事情ががらりと変った。昼間はいいんだ。仕事をしなくてはならないし、ダヤク人と話すことが出来る。ここの原住民はその当時は首狩族で、時々面倒を起こすこともあったが、根はとても善良な人間だった。僕は連中と馬があった。おしゃべりの相手には白人男性が欲しかったけれど、原住民だっていないよりましだった。僕のことをよそ者と見なかったから、気楽な付き合いが可能だった。仕事もいやじゃなかった。晩になってベランダに一人で座り、ジン・ビターズを飲んでいるのは淋しかったが、読書で気を紛らせることが出来た。それにボーイたちもいた。とくにアブドゥルという年配のボーイは父にも仕えた男だ。読書に飽きれば、彼を呼んでお喋りができた。

「参ったのは夜だ。夕食後ボーイたちは戸締りを済ませて村に引き上げる。僕は一人ぼっちになる。チックチャックが時々鳴く以外バンガローでは物音もしない。チックチャックの鳴き声は急に聞こえるので、思わず跳び上がる。村ではドラとか花火の音が聞こえる。そこで皆楽しくやっている。そう遠くない村だ。でも僕はここに留まるしかない。読書に飽きてしまった。刑務所にいるより、もっと囚われ人であるような気がした。来る夜も来る夜も同じだった。

「ウイスキーを三、四杯飲んでみた。でも一人で飲むのは侘しい。少しも心は晴れない。翌日頭痛がするだけだ。夕食後すぐ就寝するようにしてみたが、寝付けない。ベッドに横になり、だんだん体がほてってきて、すっかり目がさめてしまった。とうとうどうしてよいか分からず、自分を持て余した。ああ、あの頃の夜は何と長かったことだろう！あのね、あんまり気分が滅入ってしまい、また自分が哀れに思えて、時々――今思い出すと笑ってしまうけど、まだ十九歳半の若さだったのだ――時々、声を出して泣いたものだった。

「ある晩、夕食後にアブドゥルが後片付けを済ませて帰宅しようとしていたんだが、少し咳をした。そして『旦那、夜一人、淋しくないか？』と聞いた。『いやあ、大丈夫だよ』と答えた。僕がどれほど馬鹿か知られたくなかった。でも彼はちゃんと分かっていたのだろうな。彼は何も言わずにそこに立っていた。僕に言いたいことがあるらしかった。『何だい？　言ってしまえ』すると彼は、女の子に一緒に住んで欲しいのなら、その気のある子がいるという。とてもいい娘だから、薦められる。何の面倒もないし、バンガローの世話も任せられる。衣類のつくろいなどもやってくれる。こんな話だった。その時の僕はどうしようもなく落ち込んでいた。一日中雨で運動は全く出来なかった。何時間も寝付けないのは分かっていた。アブドゥルは、娘の家は貧しいので、一寸贈物を与えれば、満足するから、お金はほとんど掛からない、植民地ドルで百も出せば十分だと言った。『まず会ってみるだね。いやなら、ダメ、でいい』と彼は言った。娘はどこにいるのかと聞くと、そこに来ているというのだ。彼は戸口に行った。娘は母親と一緒に階段のところで待っていた。母娘は入ってきて床に座った。僕はお菓子を出してやった。娘はもちろん恥ずかしがっていた。でも結構落ち着いていて、僕が何か言うと微笑んだ。とても若くて、まだ少女だったが十五歳だといっていた。とても可愛く、晴着を着ていた。僕らは話し出した。娘はあまり喋らなかったが、僕がからかうとよく笑った。アブドゥルは、もっと知り合えば、結構お喋りなのだと言った。彼が娘に、僕の側に行ってご覧というと、娘はくすくす笑って、いやよ、と言った。でも母にも同じように言われた。僕は椅子の中で体をずらして場所をあけた。娘は赤面して笑ったが、側にきて、それから体をすり寄せてきた。アブドゥルが笑った。『ほら、もう旦那になっいただよ』と言い、さらに『ここに、娘、泊まる、よいか？』と聞いた。僕は娘自身にそうしたいかと聞いてみた。娘は笑いながら僕の肩に顔を隠した。とてもやわらかくて小柄だった。『よし、ここにいてもらおう』僕が言った」

ガイはここで体を乗り出してウイスキー・ソーダを飲んだ。

「もう喋ってもいい？」ドリスが言った。

「ちょっと待って。まだ済んでいないから。僕は彼女を愛していたわけじゃない。最初だってそうだ。バンガローにいてくれる人が欲しくて、来てもらっただけだ。あの時、もしそうしなかったら、きっと気が狂っていただろう。あるいはアル中になっていただろう。万策尽きていたからな。若くて一人ではいられなかったのだ。ドリス、君以外に誰も愛したことはない」そこで躊躇《ちゅうちょ》してから「あの女は僕が休暇で帰国するまでここにいた。君がうろうろしているのを見た女が、そうだ」

「ええ、そうだと思っていたわ。赤ん坊を抱いていたけど、あれはあなたの子なの？」

「ああ、幼い娘だ」

「子供はあの子だけ？」

「先日村で男の子が二人いただろう？　君話題にしていたよ」

「じゃあ、あの女、三人の子持ちなのね？」

「そうだ」彼が答えた。

「あなたって、大家族持ちじゃないの？」

これを聞いて彼が何か否定するような身振りをしそうになったのを、彼女は感じた。しかし彼は何も言わなかった。

「あなたが突然妻を連れて帰るまで、あの人はあなたが結婚したのを知らなかったの？」

「僕が結婚しようとしていたのは知っていた」

「いつのこと？」

「イギリスに出発するとき彼女を家に帰らせた。もう関係は終わったと言った。約束した金は渡した。前から一時的な関係であるのは承知していた。僕はもううんざりしていたのだ。白人の女性と結婚するのだと話した」

「でもその時は、まだ私に会ってもいなかったじゃないの」

「うん、それは分かっている。でもイギリスに帰ったら結婚しようと決めていたんだ」ここで以前と同じように笑った。「君に会ったとき、僕はもう結婚できないかと失望しかけたところだった。君に一目惚れして、君と結婚するか、それが駄目なら誰とも結婚すまいと思った」

「どうしてあの時打ち明けてくれなかったの？　知った上で、判断する機会を私に与えるのが公正だったと思わない？　夫が十年も別の女と結婚していて三人の子供までいるのを知ったら、新妻がショックをうけると考え及ばなかったの？」

「打ち明けても理解してもらえないと判断したのだ。ここの環境は本国に居る人には分かってもらえない独特なものだ。六人中五人の男が同じことをしている。ここでは当たり前のことなのだ。もしかすると君にはショックかもしれないと思ったけど、君を失いたくなかった。だって、君に惚れこんでいたからね。今だって惚れている。君が知らずに済むこともありえたのだよ。だって、帰国後ここにまた戻るとは思っていなかった。長期休暇で帰国した後、同じ任地に戻るのはむしろ珍しいのだ。ここに戻った時、彼女にどこか他の村に行くなら金を出すといったんだ。彼女はそうすると言ったけれど、気が変わったんだ」

「どうして今になって打ち明けたの？」

「彼女が大騒ぎを起こすからだ。君が何も知らないらしいと、どうして彼女が気付いたのか、分からない。とにかくそれを知るや否や、僕をゆすり始めた。随分金を払ったよ。敷地内に入らせないようにボーイたちに命じた。今朝は、君の注意を引こうとしてあの騒ぎを引き起こしたのだ。僕をおどそうとしたのだな。こんな状態は放置できない。それで、すべてを打ち明けるしかないと思った」

話し終えると長い沈黙があった。ようやく彼が手を彼女の手にのせた。

「分かってくれるよね。僕が悪いのはよく承知している」

彼女は手を動かさなかった。彼は彼女の手が冷たいのを感じた。

「あの女は嫉妬しているの？」

「ここに住んでいた時はいろいろ便利なことがあったから、今それがないので、面白くないのだろう。でも僕と同様、彼女も僕を愛していたわけではない。原住民の女は白人男性を本当に好きになることはないのだよ」

「で、子供たちは？」

「子供は問題ない。ちゃんと面倒は見てやった。学齢になれば、シンガポールの学校に入れるようにしてやる」

「あの子たちに対して、あなたは何の感情も抱かないの?」

彼はためらった。

「率直に話そう。もしあの子たちに何か事故でもあれば残念に思うだろう。最初の子が生まれると分かったとき、その母以上にその子が好きになるかもしれないと思った。事実、もし白人の子なら、そうなったかもしれない。もちろん、赤ん坊の時は面白いし可愛かった。でも自分の子だという特別な気はしなかった。父親として不自然だったかもしれないので、自分を責めたこともある。でも、正直な話、あの子たちは僕にとって、他人の子と少しも変わらない。子供を持ったことのない人は、子供について馬鹿げたきれいごとをいうがね」

これで彼女は聞くべきことは全部聞いたのだった。彼は、彼女が何か言うのを待ったが、何も言わない。じっと座っているだけだった。

「ドリス、もっと尋ねたいことはないのかい?」彼がとうとう聞いた。

「いいえ。私頭痛がするの。すぐ寝るわ」彼女の声は落ち着いていた。「何といってよいか分からないわ。まったく予想もしていなかったことですもの。考える時間をくださいね」

「僕のこと怒っている？」

「いいえ。少しも。ただ、しばらく私ひとりにしておいて欲しいのよ。あなたはここにいて。私は寝ますから」

彼女は長椅子から立ち上がり、彼の肩に手を置いた。

「今夜はひどく暑いわ。あなたは着替え部屋で休んでくださると助かるわ。お休みなさい」

彼女は行ってしまった。彼女が寝室の鍵をかける音が聞こえた。

翌朝、彼女は顔面蒼白で、寝られなかったのは明白だった。怒っている様子はない。いつもと変わらぬように話すのだが、拘《こだわ》りがあった。いろいろ話しても、まるで他人と会話しているようなよそよそしさなのだ。二人はこれまで一度も口論したことはなかったが、もし意見の対立があり、その後仲直りしてもまだ拘りがある場合、こんな話し方になるだろうな、とガイは想像した。彼女の目付きも気になった。何だか奇妙な恐れを抱いているような目付なのだ。夕食後すぐに彼女は言った。

「今夜は気分がすぐれないので、直ぐに寝ます」

「それはいけないな」彼が大きな声を出した。

「何でもありません。一、二日すればよくなるでしょう」

「後で、君のところに行ってお休みを言うよ」

「いいえ、それはしないで。すぐ寝てしまうつもりですから」

「それじゃあ、寝る前にキスしてくれる?」

彼女が赤面したのにガイは気付いた。一瞬のためらいの後、視線を逸《そ》らせたまま、夫の方に身をかがめた。彼は両腕で抱いて唇にキスしようとしたが、彼女が顔を背《そむ》けたので、頬にキスすることになった。彼女はそそくさとその場を去り、今夜もまた寝室の鍵をかける音が聞こえた。彼は椅子の上にどっと体を投げ出した。読書しようとしたが、妻の部屋のどんな小さな物音も聞きのがすまいと聞き耳を立てた。すぐ寝ると言っていたが、動いている様子はなかった。何の音もしないので、彼は何故か不安にかられた。手でスタンドの明かりを遮ると、彼女の部屋のドアの下から明かりが見えた。明かりをつけたままなのだ。一体何をしているのか? 彼は本を置いてしまった。もし彼女が怒ったり、大騒ぎをしたり、あるいは泣き叫んだりしたのなら、無理からぬこととして、対処できたろう。しかし、このように押し黙られては、かえって気味がわるい。それに、彼女の目にはっきり見えた、あの恐怖は、一体何を意味するのか？　昨夜彼女に話したことを、再度思い返してみた。あれ以外にどのように話すことができただろうか。結局のところ、言いたかったのは、誰もがしていることをしただけで、それも彼女と出会う前にすべてけりをつけた、ということだ。むろん、思い通りに事が運ばず、僕は馬鹿だった。でも、後知恵でなら何でも言える。胸に手を置いた。奇妙なほど痛かった。

「心が痛む、というが、これがそれなのかな？　いつまでこれが続くのだろう？」彼は独り言を言った。

ドアをノックして、話があると言ってみるのがいいか？　思ったことを全部吐き出すのがいい。どうしてもドリスに理解してもらわねばならないのだ。しかし、沈黙に彼は怯《おび》えた。物音ひとつしない！　ほっておくのがいいのかもしれない。むろん、彼女にとってショックだったのは分かる。希望するだけたっぷり時間を与えるべきだろう。何といっても、僕が熱愛しているのは分かっているはずだ。我慢、それしかない。もしかすると、彼女も自分自身と戦っているのかもしれない。時間を与えなくてはいけない、我慢するしかないな。翌朝、よく眠れたかと彼が聞いた。

「ええ、よく寝たわ」

「僕のこと、怒っている？」彼は哀れっぽく聞いた。

彼女は率直な大きな目で彼を見た。

「いいえ、少しも」

「そうか、ありがとう。僕は卑劣な男で恥ずべきことをした。どんなに不愉快なことか！　でも許して欲しい。とっても惨めな気分なのだ」

「むろん許すわ。責める気はないの」

彼は後悔しているように微笑を浮かべた。目には鞭打たれた犬の表情があった。

「この二晩一人で寝るのは辛かったよ」

彼女は目を逸らせた。顔が少し青ざめた。

「部屋のベッド、片付けさせました。場所をとり過ぎていたから。代わりにキャンプ用の小さなベッドを入れさせました」

「なぜそんなことをする？」

彼女は冷静な目で夫を見た。

「私、もうあなたと夫婦として暮らすのはやめます」

「これからずっと？」

彼女はうなずいた。彼は不審そうに妻を見た。妻の言ったことが、ほとんど信じられなかった。心臓が早鐘のように鳴った。

「でもそれじゃあ僕がひどく哀れだ」

「こういう状況に引っ張り出された私こそ同情されるべきじゃないかしら？」

「責めないと言ったじゃないか」

「その通りよ。でももう一つのことは別。私には出来ないわ」

「でもこれからどういう風に一緒に生活してゆくのだい？」

彼女は床をじっと見ていた。真剣に考えているようだった。

「昨夜私の唇にキスしようとしたでしょ、あの時、もう一寸で吐くところだったわ」

「何をいうのだい」

彼女は突然彼をじろりと見た。冷たい敵意に満ちた目だった。

「私の使っていたベッドだけど、あのベッドで子供を作ったの？」彼女は彼が赤面するのを見た。「ああ、なんてひどいことを。よくもまあ、あなたという人は！」

彼女は両手を固く握りしめた。歪《ゆが》んだ痛々しい指は身もだえする蛇のようだった。しかし彼女は大変な努力で何とか自制した。「もう心はきまりました。あなたに意地悪するつもりはないけれど、いくら頼まれても出来ないことがあります。十分に考えた末のことです。あなたの話を聞いてからというもの、昼も夜も、そのことばかり考えてきました。もう疲れました。最初浮かんだのはすぐさま、出て行こうという考えでした。汽船が二、三日中に入ります」

「僕が愛しているということは、君には何の意味もないの？」

「あなたが愛しているのはよく分かっているわ。だから、直ぐ帰国はしません。私たち両方に機会を与えたいのです。私だってあなたをとても愛していました」

彼女は涙声になったが泣かなかった。「無理なことをいうつもりはないの。ああ、意地悪なんかする気は本当にないのよ。時間をください」

「どういう意味？」

「私をほっといて欲しいの。私、自分の感情が怖いのよ」

やっぱり僕の思ったとおりだな。彼女は恐れているのだ。

「どういう感情？」

「聞かないで！　あなたを傷つけるようなことは言いたくないわ。ひょっとすると、その感情を克服できるかもしれない。私が克服したがっているのは、神様だってご存じよ。やってみると約束します。そのために六カ月ください。あなたのためにどんなことでもする気だけど、あれはいや」彼女は堪忍してという身振りをした。「それでも一緒に楽しく暮らせないということもないわ。本当に愛しているのなら、我慢できるでしょう」

彼は深い溜息をついた。

「分かった。君のいやがることを強要したりするのは、僕の望むところではない。君の言うとおりにしよう」

彼はしばらく座り込んだままだった。急に年を取り、動くのが難儀になったみたいだった。それから立ち上がった。

「役所に行く」

彼は日除け帽を取り、出て行った。

一カ月が過ぎた。女性は男性よりも内面を隠すのが巧みなので、事情を知らぬ人が訪ねてくれば、ドリスが悩んでいるのが分からなかっただろう。しかし、ガイの方は一目で変だと見て取れた。丸い人のよさそうな顔が引きつれ、目には飢えたような苦悩の表情があった。彼はドリスを観察した。陽気で、以前と同じく彼を冷やかした。一緒にテニスをしたり、あれこれ軽口をたたいたりした。でもドリスが何かの役を演じているのは明白なので、こらえられなくなったガイが、マレー女との関係についてまた弁明しようとした。

「ガイ、蒸し返しても無意味だわ」彼女は軽やかに答えた。「それぞれ言うべきことは全部いったのだし、私はあなたを何についても責めてはいませんから」

「じゃあどうして僕を罰するんだい？」

「罰してなんかいませんよ。仕方がないでしょ……」彼女は肩をすくめた。「人間性って奇妙なものね」

「何のことか分からないな」

「じゃあ、分かろうとしないことね」

言葉はきつかったけれど、にこやかに愛想よく微笑していたから、受ける感じは柔らかだった。毎晩ベッドにゆく前に、ガイの上に体をかがめて頬に軽くキスした。唇が触れるか触れないかという感じで、蛾が飛びながら顔を擦ったようなものだった。

二カ月が過ぎ、三カ月も、そして遂に、あれほど長いと思われた六カ月も終わった。彼女は覚えているのかしら、とガイは思った。今や、彼女の言うこと全てに、顔の表情の全てに、手の動きの全てに、仔細に注意を払った。それでも内面は窺えなかった。六カ月くれと言った、そしてもう与えたのだ。

沿岸汽船が河口を通過していって、その途中で郵便物を配達していった。復路での集配に間に合わせるために、ガイは忙しく手紙を書いた。二、三日経った。その日は火曜日で、木曜日の夜明けに小型帆船が出発して汽船を待つのであった。夫婦は食事時にドリスが無理して何とか会話をしていたが、それ以外はほとんど喋らなくなっていた。夕食後はいつものようにそれぞれ本をとって、読み出した。しかしボーイがテーブルを片付けて、帰ってしまうと、ドリスは本を置いた。

「あのね、お話があるの」小声で言った。

彼の心臓が急に重たくなり、肋骨にどしんとぶつかった。彼は顔色が変わるのが自分でも分かった。

「そんな顔しないで。そんなひどい話ではないのだから」彼女は笑った。

しかしその声が少し震えていると彼は思った。

「どういう話かな?」

「お願いがあるの」

「君のためならどんなことでもするよ」

彼は彼女の手を握ろうとして手を差し伸べたが、彼女はその手を避けた。

「帰国させてください」

「え、何だって！　いつ？　何故？」

「できるだけ長く我慢してきました。もう限界です」

「どれくらいの期間帰るの？　永久に？」

「さあ、分からないわ。そうね、そうでしょうね」彼女は決心したことを言ってしまおうとした。「そう、永久に」

「何ということだ！」

彼は涙声になり、泣き出すだろうと彼女は思った。

「私を責めないで。私のせいじゃないの。自分で自分の気持をどうにもできないのよ」

「君は六カ月待てと言った。その通りにした。僕は君の邪魔はしなかったと思うよ」

「その通りよ」

「どんなに辛い時を過ごしているか、君には見せないようにしたつもりだ」

「ええ、分かっているわ。あなたに感謝しているわ。とても親切にしてくれたわ。ねえ、あなたがしたことを、私は何ひとつ非難していないのよ。あなたはとても若かったのだし、他の人がしていることをしただけだわ。ここの淋しさがどれほどか、私も経験したわ。御免なさいね。初めからあなたが悪くないのは知っていました。だからこそ六カ月待ってと言ったわ。常識では、私が些細なことを大袈裟にしているのだということになるのでしょうね。私は理不尽であなたに意地悪だと。でも常識は関係ないわ。私の魂が反逆しているの。村であの女と子供たちを見かけると、足ががくがくしてきます。この家にあるあらゆるものもそうなの。私の寝ていたあのベッドを思い出すと、鳥肌が立つ……私がどんなに耐えたかはあなたには分からないでしょう」

「女には立ち去るように言ったと思う。また他の駐在所への転任も願い出たんだ」

「そんなことをしても無駄。彼女の存在はいつまでも残るわ。あなたはあの人たちの仲間です。私とは結びついてない。子供が一人なら、もしかすれば、我慢できたかもしれない。でも三人でしょ。男の子はもう大きいわ。十年間あなたはあの女と一緒に暮らしたのよ」ここで彼女は言おう言おうとしていたことを吐き出してしまった。もう切羽《せっぱ》詰《つ》まったのだ。「生理的な嫌悪感です。どうしようもないの。あの黒い腕があなたの首に回されていたのを思うと、吐き気がしてきます。あの黒い赤ん坊をあなたが抱いているのを想像してしまう。汚らわしい。あなたに触れられるとぞっとするわ。毎晩、お休みのキスをするとき、相当の努力が必要だったのよ。我慢してあなたの頬に触れたのよ」彼女は指を神経質に握り締めたり緩めたりした。声は抑制を失った。「責められるべきは私の方かもしれないわ。馬鹿な、ヒステリー女ですもの。何とか克服できるかと思ったけど、無理でした。これからも出来ません。全部私が悪いのね。責任は取ります。もしあなたが留まれというなら、留まります。でもそうしたら、死んでしまうでしょう。お願い、帰国させて！」

これまで抑えてきた涙が今やわっと溢れ出てきて止まらなかった。悲嘆にくれて泣いた。彼女が泣くのを彼はこれまで見たことがなかった。

「君の意志に逆らってここに留まってもらおうとは思わない」彼は嗄《しゃが》れ声で言った。彼女は疲れきって椅子の背に体を預けた。顔の造作はすべて歪んでいた。いつもは冷静な顔が、これほどまで悲しみをあらわにしているのはひどく哀れだった。

「許してね。あなたの一生を台無しにしてしまって。でも私も自分の一生を台無しにしてしまったわ。私たち、こんなことにならなければ、幸福になりえたでしょうにね」

「いつ出発する？　この木曜日？」

「ええ」

彼女は彼を哀れむように見た。彼は両手に顔を埋めていたが、ようやく顔を上げた。

「疲れた」つぶやくように言った。

「もう行っていいかしら？」

「うん」

おそらく二分間くらい、二人は何も言わずにそこに座っていた。チックチャックが耳を劈《つんざ》くような、かすれた、奇妙に人の声に似た鳴き声をあげると、ドリスははっとした。ガイは立ち上がってベランダに行った。手すりに寄りかかって河のゆったりした流れを見ていた。ドリスが部屋に入る音が聞こえた。

翌朝、いつもより早く起きて、ガイはドリスの部屋のドアをノックした。

「はい？」

「今日は上流まで行かなくてはならない。戻るのは遅くなるよ」

「分かりました」

彼女は夫の気持が分かった。彼女が故国への荷造りをしている間、そばにいたくないと思って、長く留守するように仕事を取り決めたのだ。荷造りは気の重い作業だった。

衣類を荷造りしてから、居間にある品物を見渡した。身近な品を持って行くのは心が痛む。母の写真以外はすべておいてゆこう。夜十時までガイは戻らなかった。

「夕飯に戻れなくて悪かったな。村長に色々仕事を頼まれたので、時間がかかってしまった」

彼の目が居間のあちこちを探り、母の写真が元の場所から消えたのに気付いたのを、彼女は見た。

「準備は全部出来たかい？　船長には夜明けに階段のところに来るように命じておいた」

「ボーイには五時に起こすように言っておいたわ」

「いくらか金を渡しておこう」彼は机まで行き、小切手を書いた。引き出しから紙幣を出した。「これはシンガポールまで行くための現金で、その後シンガポールで小切手を現金化できる」

「お世話様」

「河口まで一緒に行って欲しいかい？」

「いいえ、ここでお別れしたほうがいいわ」

「分かった。もう寝よう。忙しい日だった。へとへとだ」

彼はドリスの手に触れもしなかった。自分の部屋に行った。数分後、彼がベッドに身を投げ出す音が聞こえた。しばらくの間、彼女はこれが最後だと、とても幸福でもあったし、とても惨めでもあった居間をぐるりと見まわした。深い溜息をついた。立ち上がって、自分の部屋に入った。その夜に要るものを除いて、全て荷造りは出来ていた。

ボーイが起こしにきたときはまだ暗かった。二人は急いで服を着た。準備が整うと、朝食が待っていた。まもなくバンガローの下の桟橋に小型帆船が近づく音が聞こえ、使用人たちがドリスの荷物を階下に運んだ。二人は朝食を取ろうとしたが喉がつかえた。暗闇が薄れ、河がぼんやりと見え始めた。まだ昼間ではないが、もう夜ではなかった。沈黙の中で桟橋にいる原住民の声だけがはっきり聞こえた。ガイは手も触れていない妻の皿をちらと見た。

「食事が済んだら、そろそろ出ようか。もう出発したほうがいいな」

ドリスは何も言わずにテーブルを離れた。何か忘れ物はないかと部屋に入り、それから二人は並んで階段を降りていった。短い曲がりくねった小道を行くともう河だった。桟橋では、スマートな制服姿の衛兵が並んでいて、二人が通ると捧げ銃《つつ》をした。船長が帆船に乗り込むドリスの手を取った。彼女は振り返ってガイを見た。最後に慰めの言葉なり、謝罪の言葉なりを言いたいと必死に思ったものの、何故か物が言えなくなっていた。

彼が手を差し出した。

「じゃあ、さよなら、楽しい旅を祈る」

二人は握手した。

ガイが船頭に合図をし、帆船が動き出した。夜明けが河の上を霧のように忍び寄ってきたが、ジャングルの暗い樹木にはまだ夜が潜んでいた。帆船が朝の陰の中に見えなくなるまでガイは桟橋に立っていた。溜息をつきながら振り向いた。衛兵がまた捧げ銃をした時、彼も軽く頷いた。が、バンガローに戻ると、ボーイを呼んだ。家に入ると、ドリスのものだった品々をすべて選び出した。

「これを全部片付けてしまえ。そこらに置いておいても無駄だ」

それからベランダに行き、「昼」が徐々に辛い、不当な、圧倒的な悲哀のように押し寄せるのを眺めた。やがて時計を見た。役所にゆく時間だ。

午後の昼寝はひどい頭痛がして寝られなかった。そこで、銃をもってジャングルに出かけた。何もしとめたわけでなく、ただ体を疲れさせるために歩いた。夕暮れ近くに戻り、二、三杯飲むと、もう夕食のために着替える時間だった。しかし今夜からは、かしこまった服はいらない。軽装でいいのだ。ゆったりした土地のジャケットとサロンを着た。ドリスが来る前はこの服装だったのだ。素足だった。気乗りのせぬ夕食を食べ終えるとボーイが下げて、帰っていった。彼は座って「タトラー」紙を読み出した。読めないで新聞を膝の上に落としてしまった。憔悴していたのだ。考えることも出来ず、心は妙に空虚だった。その夜はチックチャックがとりわけやかましく鳴き、耳障《みみざわ》りな声が突然聞こえると馬鹿にされた気がした。この反響する大きな音があんな小さい鳥の喉から出るとは、ほとんど信じられなかった。しばらくすると控え目に咳払いするのが聞こえた

「誰だ?」

間があった。ドアを見た。チックチャックがまた軋んだような声で笑った。おさない少年が忍び込んできて敷居に立っていた。ぼろのシャツにサロンの混血児だった。二人の息子の上の方だった。

「何の用事だ?」

少年は部屋に入ってきて、あぐらを組んで座った。

「誰がここに来るように言った？」

「母さんだ。用あるか、聞けって」

ガイは少年をしげしげと見た。少年はそれしか言わなかった。目を恥ずかしげに伏せて、座って待っている。それから、ガイは深く苦しい思いに耐えられず、顔を両手の中に埋めた。もう仕方がない。もう終わりだ。終わりだ！　負けた。椅子に深々と座り、深く溜息をついた。

「母さんに言うんだ。自分や子供の荷物をまとめるようにな。ここに来ていいんだ」

「いつ？」子供が無表情に聞いた。

ガイの滑稽な、丸い、にきび面に熱い涙が滴《したた》り落ちた。

「今夜だ」

九月姫

シャムの王様には初め二人の姫がいるだけでしたから、夜姫と昼姫という名前にしていました。それから、二人増えたので、上の二人の名前を変えて、四人の姫を四季にあわせて、春姫、夏姫、秋姫、冬姫と名付けました。しかし時が経つにつれ、更に三人の姫が増えましたから、王様はまた姫の名前を変えて、七人の姫を週の名前にしました。しかし、八番目の姫が生まれ、王様は困りましたが、そうだ、十二カ月の月の名前をつければよい、と突然名案が浮かびました。お后《きさき》は、月は十二しかないじゃありませんか、それに十二もの新しい名前を覚えるのは大変だと言って、王様の意見に反対しました。でも王様は一度決めた以上、それに従うという主義の方でしたから、方針は変わりませんでした。そこで王様は姫全員の名前を変えて、彼女たちを一月姫、二月姫、三月姫と名付け(むろんシャム語でですが)、最後に一番若い姫を八月姫と名付けました。そして次に生まれた姫は九月姫と呼ばれたのです。

「残った月は十月、十一月、十二月だけで、それが終わったら、また全部の姫の名前を付け直すことになるじゃありませんか」お后がおっしゃいました。

「いいや、そうはならん」と王様がおっしゃいました、「というのは、姫は十二人いれば、どんな男にとっても十分じゃ。よって、幼い十二月姫が生まれた後、お前の首を刎《は》ねねばならんのじゃから」

王様はそうおっしゃりながら、涙を流しました。王様はお后が大好きだったのです。むろん、お后もそれを聞いて心配になりました。もし王様が后の首を刎ねなくてはならないのなら、王様はどんなに悲しむだろうかと思ったのです。それに、お后自身にとってもあまり嬉しくないことでした。しかし、二人とも、結局、そんな心配をする必要はありませんでした。というのは、九月姫が最後の姫だったのです。その後生まれたのは、全部王子ばかりでした。王子はアルファベットの文字を取って名付けられましたから、ずっと先まで心配無用でした。事実、お后はJ王子を生んだのが最後でした。

さて、シャムの王様の姫たちは、このように名前を変えなくてはならなかったために、性格がすっかり損なわれてしまいました。年齢が上の方の姫は、下の姫よりも何度も名前を変えねばならなかったので、性格が妹たちより更にひどく歪《ゆが》められてしまいました。その点、九月姫は生まれた時から九月姫と呼ばれていましたから（もっとも意地悪な姉たちから、ひどい綽名《あだな》で呼ばれたことはありましたけれど)、優しく可愛らしい性格でした。

シャムの王様にはある習慣がありました。ヨーロッパで真似ると便利ではないかと私は思っているような習慣です。誕生日に人に贈物を貰うのでなく、贈物をあげるという習慣でした。王様はこの習慣が気に入っていたようです。自分の誕生日は一年に一回しかないのが残念だといつも言っていましたから。このやり方で、結婚の時の贈物、シャムの各都市の市長からの献上品、流行遅れになった王冠などのすべてを徐々に整理することが可能になったのです。ある年の誕生日に王様は手元に何も無かったので、姫の各々に美しい金の籠に入った美しい緑色のオウムを与えました。全部で九羽いて、各自の籠に所有者となる姫の名前が書かれていました。九人の姫は自分のオウムをとても誇りにして、毎日一時間だけ(父である王様に似て、姫たちも整然とした頭を持っていたのです)費やしてオウムに言葉を喋るように教えました。まもなく全てのオウムが「国王万歳!」と(むろん、とても難しいのですが、シャム語でいうのですよ)言えるようになりました。中には、七つの東洋語で「可愛いポリー」と言えるようになったオウムもいました。ところが、九月姫がある日自分のオウムにおはようを言いに行くと、オウムは金の籠の底に倒れて死んでいました。姫はさめざめと泣き出しました。侍女たちが慰めようとしましたが、泣き止みません。あまりに泣くので、侍女たちは途方にくれて、お后に伝えました。お后はそんなに泣くなんて愚かしいと言い、そんな姫には夕飯を与えずに寝かせなさいと命じました。侍女たちは早くパーティーに行きたかったので、九月姫をさっさと寝かせ、一人ぼっちにして、出て行ってしまいました。姫はお腹が空いていたのですが、まだ泣き続けながら、ベッドに横たわっていた時、一羽の小鳥が部屋に飛び込んでくるのを見ました。姫は親指を口から出して、起き上がりました。その時小鳥は歌いだしました。王様の庭の湖や、湖に映る自分の姿を眺める柳の木や、湖面に映る枝の間をすいと泳ぐ金魚などについてそれはそれは綺麗な歌を歌ったのです。小鳥が歌い終わった時、姫はもう泣き止み、夕飯を食べなかったことさえ忘れていました。

「とっても綺麗な歌だったわ」姫が言いました。

小鳥はお辞儀をしました。芸術家というものは、生まれつき礼儀正しいものですし、自分の真価を認められるのが大好きなのです。

「ねえ、オウムの代わりにボクにいて欲しい？　ボク、見たところオウムのように綺麗じゃないけど、その代わり、声はずっといいと思うな」小鳥が言いました。

九月姫は大喜びして拍手しました。それから小鳥は姫のベッドの端まで飛んできて、子守唄を歌って眠らせました。

翌朝姫が眼を覚ますと、小鳥はまだそこに座っていました。そして姫が目を開けると、おはようございます、と挨拶しました。侍女が朝食を運んでくると、小鳥は姫の手からライスを食べ、お皿の中で水浴びをして、その水を飲みました。侍女は水浴びした水を飲むのはあまり上品ではないと言いましたが、九月姫は、そういうのが芸術家気質なのよ、と言いました。小鳥は朝食を食べ終わると、また綺麗な声で歌い始めました。侍女たちはびっくりしました。こんなに美しい歌を聴いたことは一度もなかったのです。九月姫はとても得意で幸福でした。

「さてと、あなたを八人のお姉さんに紹介するわね」姫が言いました。

姫が右手の人差し指を伸ばすと、それが止まり木になり、小鳥は飛んできてそこにとまりました。それから、姫は侍女たちを従えて、宮殿を通り、八人の姫を代わる代わる訪ねました。礼節を大事にする九月姫は、最初に一月姫を訪ね、次々に姉を訪ね、最後に八月姫まで来ました。八人の姫それぞれに小鳥は違う歌を歌いました。でもオウムは「国王万歳！」と「可愛いポリー」としか言えませんでした。九月姫は最後に王様とお后に小鳥を見せました。二人は驚き、また喜びました。

「夕食を食べさせないでお前を寝かせたのは、正しいと分かっていたのです」お后はおっしゃいました。

「この鳥はオウムよりずっと歌がうまい」王様がおっしゃいました。

「私はね、あなたが『国王万歳！』と言われるのにうんざりしているだろう、と思っていたのですよ。それなのに姫たちがオウムにそれを教えるなんて、全く理解できませんの」お后がおっしゃいました。

「わしは、その気持は結構だと思う。『国王万歳！』なら何度聞いても構わない。わしがうんざりするのは、『可愛いポリー』じゃ」王様がおっしゃいました。

「でもオウムは七つの違う言葉で言いますのよ」姫たちは言いました。

「多分その通りじゃろうがな。それを聞くと、わしの顧問官をすぐ思い出してしまうのじゃ。顧問官も同じことを七つの違った言い方で繰り返すのだが、言い方が違っても中味は同じなのじゃ」

姫たちは、前にも述べたように性格が歪んでいたので、そう言われるとすぐ腹を立てました。ただ一人、九月姫だけは、宮殿のどの部屋の中でもヒバリのように歌いながら駆け回りました。小鳥も姫の周りをナイチンゲールのように(実際かれはナイチンゲールだったのです)歌いながら飛び回っていました。

こんな状態が数日間続きました。そこで八人のお姫様は集まって相談しました。彼女たちは皆で九月姫のところに行き、シャムのお姫様に相応《ふさわ》しく足を隠して彼女をぐるりと取り囲みました。

「可哀想な九月姫、あなたの綺麗なオウムが死んでいけなかったわね。私たちと違って、オウムがいないのはつまらないでしょ? それでお小遣いを出し合って、緑と黄色のオウムを買ってあげようと思っているのよ」姉上たちが言いました。

「せっかくだけど結構よ」九月姫が言いました。(あまり礼儀正しい言い方ではありませんが、シャムのお姫様は時にお互いにぶっきらぼうな言い方をしています。)「私にはとても綺麗な歌を聞かせてくれる小鳥がいますから、そんな緑と黄色のオウムを貰ったら、どうしていいか分からないわ」

一月姫は鼻をフンと鳴らしました。それから二月姫も、三月姫もフンと鳴らしました。全ての姫がフンと鼻を鳴らしたのですが、年の順に従っていました。全部の姫が鳴らし終えたとき、九月姫が聞きました。

「どうして鼻を鳴らすの？　みんな風邪でも引いたの？」

「あのねえ、小鳥は自分勝手に部屋を出入りしているじゃないの。それなのに、『自分の』ペットだなんて言うの可笑《おか》しいわよ」姫たちが言いました。それから部屋を見回しました。彼女たちはあまりに眉をしかめたので、額がすっかり見えなくなってしまいました。

「ひどい皺ができるわ」九月姫が言いました。

「あなたの小鳥が今どこにいるのか、聞いてもいいかしら？」

「あの子は義理のお父さんを訪ねに行っているわ」九月姫が答えました。

「で、小鳥があなたのところに戻ってくるという保証はあるの？」姫たちが聞きました。

「いつだって、戻って来ているわ」

「でもね、私たちの言うことを聞いて、そんな危険を冒すのはやめなさいよ。ねえ、もし今度も戻ってきたら――そうよ、もし戻ってきたら、それは運がいいだけのことだわ――直ぐこの籠に入れなさい。いつまでも自分の元に置くにはそれしかないわ」

「でも、あの子が部屋中を飛び回っているのが、私は好きなのよ」

「安全第一よ」姉たちは不気味な口調で言いました。

姫たちは立ち上がり、頭を横に振りながら部屋から出て行きました。後に残った九月姫は不安になりました。そういえば、小鳥は今日は随分長い間留守しているように思えました。一体あの子は何をしているのかしら？　何かが身に降りかかったのかしら？　タカに襲われるとか、人間の仕掛けたわなに捕まったとか、何かの災難に見舞われているのかもしれないわ。それに、私のことを忘れるかもしれないし、あるいは他の人を好きになるかもしれない。もしそんなことになったらと思うだけでもぞっとするわ。早く無事に戻ってきてくれますように！　あの空っぽの金の籠に入っていてくれればなあ！　侍女たちが死んだオウムを埋めてから、籠だけは元の場所に置いたままだったのです。突然、九月姫は耳のすぐ後ろでピーピーという鳴き声を聞きました。見ると小鳥が肩に止まっていました。とても静かに戻ってきて、ふわっと止まったので、姫は気付かなかったのです。

「一体全体どうしたのかと心配していたのよ」姫が言いました。

「ボクそうだろうと思ったんだ」小鳥が言った。「実はね、今晩はもう一寸で帰れなかったところだったの。義父がパーティーを開いていて、皆がボクに泊まっていけって勧めたからね。でも姫が心配すると思って戻ったんだよ」

その時の状況下では、これは不適切な発言でした。

九月姫は心臓の鼓動が激しく胸を打ちました。これ以上危ないことはすまいと決心しました。手を上げて小鳥を摑《つか》みました。小鳥はこれに慣れていました。姫は小鳥の心臓がどきどき脈打つのを、手の中で感じるのが好きだったし、小鳥も姫の小さな手の柔らかさと温かみを好んでいました。そこで小鳥は何も疑わずにいたので、姫が自分を籠のところまで運んで、ポンと中に入れて閉じこめてしまった時には、あまり驚いたので、一瞬何も言えませんでした。でも、すぐに象牙《ぞうげ》の止まり木に跳びのって言いました。

「何ふざけているの？」

「ふざけてなんかいませんよ」九月姫が言いました、「でも今夜はママの猫が何匹かうろつきまわっているのよ。ここにいたほうが安全なの」

「お后があんなに沢山猫を飼っているのがボクには分からないな」小鳥は不満そうに言いました。

「あのね、あれはとても珍しい猫なのよ。青い目で、尻尾によじれがあるし、王室ご用達《ようたし》のシャム猫なの。こんな話、あなたには分からないでしょうけど」姫が説明しました。

「よく分かるよ。でも、どうしてボクに何も断らずに、こんな籠に入れたの？　ボクこんな所いやだよ」

「あなたが安全だと分からなかったら、私一晩中一睡も出来ないと思うの」

「じゃあ今晩だけはいいや。でも朝になったら出してね」

小鳥は夕食を沢山食べて、それから歌い出しました。でも歌を途中で止めてしまいました。

「ボクどうかしたのかな、何だか今晩は歌いたくないみたい」

「分かったわ。それじゃあ、歌わないでお休みなさい」

そこで小鳥は翼の下に頭を入れてすぐにぐっすり寝てしまいました。九月姫も寝ました。でも夜が明けると、姫は精一杯の大声で鳴く小鳥に起こされました。

「起きて、起きて」小鳥が言いました。「籠の戸を開いてボクを出して。ボク、露が地面にある間にうんと飛びたいの」

「ここにいるほうがずっと幸せよ。綺麗な金の籠でしょ？　パパの王国最高の職人が作ったもので、パパは大満足して、同じ籠を作れないように職人の首を刎ねたのよ」

「出して、出して」小鳥が言いました

「あなたは三食侍女に運んでもらうのよ。朝から晩まで何も心配することはないわ。好きなだけ歌っていいのよ」

「出して、出して」小鳥が言いました。そして籠の中から出ようとしましたが無理でした。それから戸口を叩きましたが、開きません。やがて八人の姫がやってきて小鳥を見ました。彼女たちは九月姫に、言ったようにして賢かったわね、と言いました。数日もすれば小鳥は籠にいるのに慣れて、以前空を自由に飛びまわっていたのを忘れるわ、と言いました。姉姫たちがいる間、小鳥は黙っていましたが、いなくなると又「出して、出して」と言い出しました。

「馬鹿なことを言わないで！　私はあなたが大好きだから、籠に入れたのよ。あなたにとって、何が幸福か、私は、あなたよりずっとよく分かっているのよ。さあ、何か短い歌を聞かせて頂戴な。そしたら茶色のお砂糖を上げますから」

しかし小鳥は籠の隅っこに立って、青空を見上げて、一曲も歌いません。結局、一日中全然歌いませんでした。

「すねてもしょうがないわ。歌って、いやなことを忘れたらどう？」九月姫が言いました。

「どうして歌えるというの？　ボクは樹木や湖や田んぼで育つ緑の稲が見たいんだ」

「それだったら散歩に行きましょうね」姫が言いました。

姫は小鳥の籠を持って、外出し、湖岸に柳の木が植わっている湖まで歩いて行き、それから目の届く限りずっと先まで続く田んぼの端に立ちました。

「毎日連れて行ってあげますからね。私はあなたを愛しているのよ。あなたを幸せにしたいだけなの」

「散歩じゃ駄目。田んぼも湖も柳の木も籠の中から見ると全然違って見えるよ」小鳥が言いました。

仕方なく姫は小鳥を家に連れ帰り、夕飯を与えましたが、一口も食べません。それを見て心配になった九月姫はお姉さんたちの意見を求めました。

「小鳥の言いなりになっちゃ駄目よ」姉さんたちが言いました。

「でも食べなければ死んでしまうわ」九月姫が言いました。

「そんなの恩知らずというものよ。あなたが小鳥のためだけを思っているのを知るべきよ。頑固で死ぬなら、当然の報《むく》いだわ。あなたも厄介払いができて丁度いいじゃない」

九月姫はどうしてそんなことが、丁度いいのか分かりませんでした。でも相手は八人、それもお姉さんばかりなので、言い返しませんでした。

「ひょっとすると、明日までにはこの子も籠に慣れてくれるかもしれないわ」九月姫は言いました。

そして翌朝起きると、明るい調子でおはようと言いました。答がありません。ベッドから飛び起きて籠のそばに行きました。あっと驚いて叫び声をあげました。籠の底に目を閉じた小鳥が横向きに倒れていたのです。まるで死んでいるかのようでした。籠の戸をあけて、手を突っ込んで小鳥を外に出しました。小さな心臓がまだ鼓動を打っていたので、姫は安堵の溜息をつきました。

「起きなさい、起きなさい、小鳥ちゃん！」姫が言いました。

姫は泣き出し、涙が小鳥の上に落ちました。小鳥は目を開き、籠の格子が周囲にないのに気付きました。

「ボク自由でないと歌えない。歌えないとボク死ぬんだ」小鳥が言いました。

九月姫は大きくすすり泣きました。

「それでは自由を選びなさい。私があなたを籠に入れたのは、あなたを愛していて、あなたを自分だけのものにしたかったからなの。でも、それがあなたの命を奪うとは知らなかったわ。さあ行きなさい。湖の周りの木々の間を飛び回り、緑の田んぼの上を飛びなさい。あなたが自分の好きなやり方で幸福になるのを認めてあげるわ。だって愛しているのですもの」

姫は窓をさっと開いて、小鳥を窓の下枠にそっと置きました。小鳥は少し体を震わせました。

「小鳥ちゃん、好きなときに出入りなさい。もう決して籠には入れないわ」

「ボク、姫を愛しているから戻って来ます、小さなお姫様。そして知っているなかで一番綺麗な歌を歌ってあげる。遠くに行くけど、必ず帰ってきます。決して姫を忘れません」それから小鳥はまた体をゆすった。「あれまあ、体がすっかりこわばってしまったな」

それから翼を広げ、青空の中へと飛び去って行きました。でも九月姫はわっと泣き出しました。自分の愛する人の幸福を自分の幸福より優先させるのは、誰にとっても大変難しいからです。それに、可愛い小鳥が去ると、姫は急に孤独を覚えたのです。

お姉さんたちは事情を知ると、九月姫をあざ笑い、小鳥はもう戻るものですかと言いました。でもしばらくしてから戻ってきました。そして九月姫の肩にとまり、手から食事をし、世界中の綺麗な土地を飛び回っている間に覚えた美しい歌の数々を歌いました。九月姫は、小鳥がその気になった時、いつでも出入りできるように、昼も夜も部屋の窓を開けておきました。これが健康によかったのです。それで姫は大変な美人になりました。結婚する年齢に達した時、カンボジャの王様と結婚し、王様の住む都市までの遠路を行くのに、美しい白い象の背にのって行きました。でも姉さんたちは窓を開けて寝ることをしなかったので、心だけでなく顔も醜くなりました。年頃になると、国王の顧問官と結婚させられましたが、一ポンドのお茶と一匹のシャム猫だけが持参金だったそうです。

ジェーン

ジェーン・ファウラーに初めて会ったときのことは、とてもよく覚えているつもりだ。実際の話、そのときの彼女の姿形の細部まで鮮明に私の頭に刻み込まれているからこそ、確かに会ったのだと確信できるのだ。何しろ、その後の彼女の変貌を思うと、どうも記憶力が私にとんでもない悪戯《いたずら》をしたのではないかと思えるくらいなのだ。

中国旅行から帰国したばかりだった私は、その日、ミセス・タワーの客間でお茶をご馳走になっていた。夫人は流行の室内装飾熱に取り付かれていて、女性特有の徹底振りを発揮して、それまで愛用していた家具調度品すべてを破棄し、改装を新進装飾家の手に委ねてしまったのだ。結婚以来長年に渡って慣れ親しんできたテーブル、椅子、箪笥、装飾品とか、更には、一世代の間楽しんできた絵画まで、さっさと取り払ってしまったのだ。何らかの点で縁があるとか、思い出があるとか、そういう品は何一つ残っていない。その日私を招待したのは、自分が今流行の先端を行く室内装飾で飾られた邸にいるのを見せるためだった。あらゆる家具がアンティーク仕上げを施され、それが不可能な場合だけ顔料が用いられていた。一つ一つはちぐはぐな感じなのだが、全体として調和がとれていた。

「改装前のあの滑稽な客間の家具セットを覚えていらっしゃる?」ミセス・タワーが尋ねた。

新しいカーテンは豪華だが渋かった。ソファにはイタリアの錦織《ブロケード》が張られ、私の座った椅子にはプチポアン刺繍《ししゅう》の生地が用いられていた。改装後の客間は美しく、豪華だが派手でないし、独創的だが嫌味がなかった。だが、私にしてみると何かが欠けているように思えてならなかった。口先で新しい部屋を褒《ほ》めながら、夫人が蔑《ないがし》ろにした、くたびれたチンツの応接セットや、よく見知ったヴィクトリア朝の水彩画や、暖炉を飾っていたユーモラスなドレスデン焼きなどの方がずっと好ましいのは何故だろうと、心の中で考えていた。最近の室内装飾家たちが、高い金を取って熱心に改造しているあちこちの客間に欠けているものは、一体何だろうか?「心」だろうか?だが、ミセス・タワーは得意げに部屋を見まわした。

「どう、このアラバスターのスタンドは?とても柔らかな光を投げかけてくれるわ」

「私個人としては、物がはっきり見える明かりのほうがいいですね」私は微笑を浮かべて言った。

「そういう明かりと、女が人に見られすぎて困る明かりと、両方のバランスを取るのは、とても難しいんじゃないかしら」夫人は笑った。

夫人が一体いくつになるのか、見当がつかなかった。私がまだ若い青年だった頃、ずっと年長の既婚女性だったが、今は彼女は私を同年輩として扱うのだ。夫人は常々私は年齢を隠したりしません、四十歳よ、と言っていたが、そう言った直後に薄笑いを浮かべて、女というものは五歳は鯖をよむのです、と続けるのだった。また自分が髪を染めている(とても綺麗な褐色で、赤色も混じっていた)事実も隠していなかった。染めているのは、白髪になりつつある過程が醜いからで、いずれ全部白髪になったら染めるのはやめます、と弁明していた。

「その時、皆さん、私が何て若々しい顔をしているっておっしゃるでしょうよ」

その顔は、今のところは、行き過ぎないようにと気をつけつつも、かなりの厚化粧をしていた。目が生き生きしているのは、少なからず、巧みなお化粧のお陰だった。その日の夫人は極上のガウンを着た美女で、アラバスターのスタンドの柔らかい明かりの元で見る限り、自称四十歳より一日でも上だとは思えなかった。

「私が三十二燭の電球の明るさに耐えられるのは、化粧台の前だけね。そこでなら、明るい光で、まず顔のぞっとする真実を見極め、どう修整するか工夫しなくてはなりませんからね」夫人は皮肉っぽく微笑しながら言った。

夫人と共通の友人について噂話をするのは楽しかった。夫人は社交界の最新のスキャンダル情報を教えてくれた。中国旅行で土地によっては不便な生活を余儀なくされた後に、今こうして暖かい暖炉の前で、綺麗なカップなどを並べた洒落《しゃれ》たテーブルを挟んで安楽椅子に座り、話上手で魅力的な夫人とお喋りするのは大変快適だった。夫人は私を飢饉の国から戻った放蕩息子のように扱い、近く私を中心にしてパーティーを催すことを考えてくれたのだった。夫人は自宅での晩餐会を催すのが得意だった。成功させるために、素晴らしい食事を出すと共に、どういう客を招くか、人選に心を砕いていた。社交界で、夫人のパーティーに招待されるのを名誉だと思わない人は一人もいなかった。夫人はパーティーの日を決め、私に誰を一緒に招いて欲しいかと尋ねた。

「あのね、一つお断りしておくことがありますの。もしジェーン・ファウラーがまだここにいるようだったら、予定日を延期しなくてはなりませんわ」

「ジェーン・ファウラーって、一体どなたですか？」

夫人は残念そうに苦笑した。

「ジェーン・ファウラーは頭痛の種なの」

「え、そんな！」

「改装前にピアノの上においてあった写真、覚えていらっしゃらない？　きっちりした袖のタイト・ドレスを着て、金のロケットをつけ、髪を広い額からひっつめて、耳はむき出しにして、低めの鼻にメガネという婦人よ。あれがジェーン・ファウラーです」

「奥様は改装前、お部屋のあちこちに沢山写真を飾っていらっしゃいましたからね」

私は曖昧《あいまい》に言った。

「あの写真のことを思い出すとぞっとするわ。大きな茶色の紙袋に全部入れて屋根裏に隠しましたよ」

「で、ジェーン・ファウラーというのはどなたですか」私は微笑を浮かべながら、また聞いた。

「義理の妹です。亡くなった主人の妹で、北イングランドの製造業者と結婚したのよ。未亡人になってからもう何年にもなるわ。かなりのお金持ちよ」

「頭痛の種というのは、何故ですか」

「あの人が、生真面目で、野暮ったく、田舎ものだから。私より二十歳は老けてみえるのに、学校で私と一緒だったと会う人ごとに言いふらしかねないんですよ。家族愛が馬鹿に強くて、他の親族は皆あの世だものだから、義理の姉の私をとても大事に思ってくれているの。ロンドンに出てくると、決まってここに泊まるのよ。どこか他に泊まろうなんて考えたこともないみたい。そんなことしたら私の心を傷つけると思うらしいのね。しかも三、四週間も泊まってゆくのですからね。この部屋に座って、彼女は刺繡と読書よ。時々、私をクラレッジに食事に連れて行くって言い出すわ。せっかく行ってもあの人が滑稽な家政婦の婆さんみたいに見えるのも不快だし、私がとりわけ見られたくないと思う人が隣の席に座っていることが結構あるのよ。帰りの車の中で言うのには、私に時々ご馳走するのが楽しいんですって。それから、ティーポット・カバーだの、食堂のテーブル用のドイリーやセンターピースだの、みんな手作りで作ってくれるの。あの人の滞在中、そういうのを使わないわけには行かないじゃないの」

ミセス・タワーは言葉を切って、息をついた。

「奥様くらい機転の効く方なら、何とか切り抜けられるものと思いますが」私が言った。

「いいえ、駄目。勝ち目はないの。あの人、親切すぎるんだから。純真なのよ。私、もううんざりしているんだけど、それをあの人に悟られないようにしてしまうのね」

「で、その方はいつこちらに着かれるのですか」

「明日」

しかし、夫人の口からこの答が出るか出ないうちに、ベルが鳴った。玄関で人の気配があり、じきに執事が年配の婦人を案内してきた。

「ミセス・ファウラーです」

「ジェーン！」ミセス・タワーが椅子からさっと立ち上がった。「今日着くとは思わなかったわ」

「執事もそんなこと言ってたわ。手紙で今日だとはっきり書いたのよ」

ミセス・タワーは落ち着きを取り戻した。

「別に構わないわ。あなたがいつ来ても、会えて嬉しいのですもの。幸い、今夜は先約も入ってないしね」

「お義姉《ねえ》さんに面倒かけちゃ悪いわ。夕食はボイルド・エッグで結構よ」

一瞬僅かに不快感を催したらしく、ミセス・タワーの綺麗な顔がゆがんだ。ボイルド・エッグだなんて！

「あら、もう少し手間を掛けますよ」

この二人の婦人が同年輩であるのを思い出し、私は内心で可笑《おか》しく思った。ミセス・ファウラーは、どうみても五十五歳には見える。どちらかというと大柄な人で、幅広のブリムの黒い麦わら帽を被《かぶ》り、そこから垂れる黒レースのヴェールは肩まである。地味だが妙にごてごてしているコート、下に何枚ものペチコートをつけているかのようにふっくらした黒い裾の長いドレス、頑丈そうなブーツという装いである。近眼らしく、大きな金縁メガネを通してこちらを見るのだ。

「ねえ、お茶いかが？」ミセス・タワーが聞いた。

「そうね、お手数でなければね。私、コートを脱ぐわ」

彼女はまず、はめていた黒い手袋を外し、それからコートを脱いだ。純金のネックレスをつけていて、そこから大きな金色のロケットが下がっていた。ロケットにはきっと亡夫の写真が入っているのだろう。それから帽子をとり、手袋とコートと一緒にソファの隅に置いた。ミセス・タワーは唇を一文字に結んだ。確かに、コートも帽子も改装なったばかりの客間の渋い豪華な美と調和しない。ミセス・ファウラーはこういう変わった衣装を一体どこで入手したのかと、私は思った。新調で生地は高価なのだ。四分の一世紀前に廃《すた》れた衣装をいまだに作っているドレスメーカーがまだいるというのは驚くべきことだった。彼女の白髪は素朴な結い方で、額と耳を見せるようにひっつめにし、真ん中で左右に分けていた。マルセルウェーブ用のこてを当てたことは一度もないのは明らかだった。彼女は、ジョージ王朝風の銀製のティーポットと古いウスター焼きのカップの置かれたテーブルに視線を落とした。

「この前上京したとき差し上げたティーポット・カバーはどうしたの？　使っていないの？」彼女が聞いた。

「使っているわよ。毎日使っていたの。ところが、あいにく事故があって焦げてしまったのよ」ミセス・タワーが巧みに答えた。

「あら、この前のも焦がしたじゃない」

「どうも我が家は不注意なようね」

「気にしないで。また作ってあげるから、大丈夫。明日リバティーの店に行って材料を買ってくるわ」彼女はにっこりして言った。

ミセス・タワーは表情を変えなかった。

「それに値しないわ、私は。それより牧師さんの奥さんに上げたら？」

「あの奥さんには、丁度上げたところよ」彼女は明るく言った。

彼女が笑うと、歯並びのよいきれいな白い歯が見えるのに気がついた。とても綺麗な歯だった。彼女の微笑は大変魅力的だった。

それはともかく、二人の婦人の会話の邪魔をしてもいけないので、私はもうお暇《いとま》することにした。

翌朝早くミセス・タワーが電話してきて、その声から夫人がいかに張り切っているか、すぐ分かった。

「お聞かせしたい素晴らしいニュースがあるのよ。ジェーンが結婚するの」

「そんな、馬鹿な！」

「婚約者を今夜私に見せにくるというので、あなたも晩餐にぜひいらしてくださいね」

「でも、私がいてはお邪魔でありませんか？」

「いいえ、ちっとも。ジェーンもあなたに来て欲しいと言っていますし」

夫人は笑い転げているようだった。

「婚約者は一体どんな方ですか？」

「知らないのよ。建築家ですって。ジェーンが結婚しそうな男って想像がつく？」

その夜、私は予定がなかったし、夫人の邸で出される食事が美味なのは確実なので、出かけた。

着くと、夫人は年の割りには派手な茶会服を着てとても素敵だった。一人でいた。

「ジェーンはお化粧の最後の仕上げをしているわ。ぜひあなたに彼女の様子を見て欲しいのよ。とてもそわそわしているわ。相手の男が自分を崇拝しているって言うの。ギルバートという名前で、彼のことを話すとき、あの人、声が奇妙に、震えているみたい。笑わずにはいられないじゃない」

「どんな男でしょうかね」私が言った。

「私には分かっているわ。とても大柄で、肥っていて、頭は禿げで、大きなお腹の上に大きな金色のチェーンが載っかっている。大男で、デブで、髭はなく、赤ら顔によく響く声——そういったところね」

ミセス・ファウラーが入ってきた。幅広のスカートと裾《すそ》のついた、とても堅苦しい絹の黒いドレスを着ていた。襟ぐりはおとなしいV字型になっていて、袖は肘まであった。銀の台にダイヤモンドを並べたネックレスをしていた。長めの黒い手袋をはめ黒い駝鳥の羽根の扇を持っていた。彼女の内実がそのまま服装にも出ていたが、そういう人は滅多にいない。北イングランドの裕福な製造業者の未亡人以外の何者でもないと、誰にでも直ぐ分かったであろう。

「あなたのうなじは、本当に綺麗だわ」ミセス・タワーが愛想よく言った。

確かに、老けた顔と比較すると、そこは驚くほど若々しかった。つるつるしていて皺《しわ》などなく、白い肌だった。さらに彼女の頭が肩の上にとてもバランスよく載っているのに、私はその時気付いた。

「義姉から私のことお聞きになったかしら？」彼女はもう長年の知己であるかのように、素晴らしい微笑を浮かべて私に尋ねた。

「おめでとうございます」私が言った。

「それを言っていただくのは、フィアンセに会ってからにしてくださいな」彼女は笑いながら言った。

ミセス・ファウラーの目はあの変なメガネの奥で悪戯っぽく光った。

「老け込んだ紳士だと予想しないでね。片足を棺桶に突っ込んだ老いぼれと結婚するんじゃ、私が可哀想ですものね」

私を驚かせぬようにと警告のために彼女が言ったのは、これだけだった。もっともそれ以上言う余裕はなかった。執事がドアを開けて大きな声で、客の来訪を告げたからだ。

「ギルバート・ネイピア様です」

とても仕立てのよい夜会服を着た青年が入ってきた。ほっそりとして、背は高くなく、金髪で生まれつきのウェーブがかかっている。髭はなく、青い目をしている。特にハンサムというのではないが、感じのよい、人好きのする顔をしている。十年もたてば、しわくちゃになるかもしれないが、今はとても初々しく、清潔で、若さの盛りだった。せいぜい二十四歳だったのだ。私は最初、彼がフィアンセの息子(フィアンセがやもめだと聞いていたわけではないのだが)であり、父が痛風の発作で来られなくなったと言いにきたものと勘違いした。彼の目は直ぐにミセス・ファウラーを捉えると、顔が明るくなり、両腕を広げて彼女の方に行った。彼女も唇に控え目な微笑を浮かべながら彼を抱きしめ、義姉の方を向いた。

「お義姉さん、こちらが婚約者です」

彼は握手の手を差し出した。

「僕を気に入ってくださるといいのですが。ジェーンから、あなたがこの世の唯一の親族だと聞きました」

ミセス・タワーの顔は、眺めていて見事だった。女の自然な本能と、育ちのよさと社交上の慣習とが競い合い、雄々しくも後者が前者を抑える様子を感心しながら目撃した。夫人は最初は驚き、それから不安を覚え、不安感は流石《さすが》に一瞬見せてしまったが、まもなく、驚きも不安も隠してしまい、愛想のよい歓迎の姿勢を見せた。だが、言葉には窮したようだった。また青年も多少照れくさがっていたとしても、無理からぬことだった。一方、私は笑いをこらえるのに懸命で、適切な言葉を思いつかなかった。とても落ち着いていたのは、結局、ミセス・ファウラーだけだった。

「お義姉さん、きっと彼が気に入るわ。彼くらい美味しい食べ物を楽しむ人はいないもの」それから青年に向かって「義姉の家のご馳走は評判なのよ」と言った。

「ええ、存じています」嬉しそうに彼が言った。

ミセス・タワーは直ぐにそのことで何か言い、それから皆階下に降りて行った。あの晩餐で展開された面白い喜劇はいつまでも覚えているだろう。ミセス・タワーは、婚約した二人が自分をからかっているのかどうか、ジェーンが婚約者の年齢を隠しておいたのは夫人を嘲笑するつもりだったのかどうか、はかりかねていた。しかし、ジェーンはふざけたりしないし、意地悪をすることは出来ない人だ。夫人は驚き、腹立ち、困惑した。それでも自制心を取り戻した。さらに、女主人《ホステス》としての第一の義務は、客を楽しませることだというのを絶対に忘れなかった。夫人は快活に話した。しかし愛想のよい仮面の裏で、その目がどれほど復讐心に燃える厳しいものだったか、ギルバート・ネイピアには恐らく分からなかったであろう。夫人は彼の人物を推し量っていたのだ。彼の奥底の狙いが何か、探りを入れていたのだ。夫人が興奮しているのは私には分かった。ルージュの下で頬が怒りで赤く燃えていたからだ。

「血色がすごくいいわね」義姉を大きな丸メガネを通して優しい目で見ながらジェーンが言った。

「急いで着替えしたからでしょ。もしかするとルージュの付けすぎかもしれないわね」

「あら、ルージュだったの？　自然の肌の色かと思ったわ。さもなければ、褒《ほ》めたりしなかったわ」彼女はギルバートを恥ずかしそうに笑顔を浮かべて見た。「あのね、義姉と私は一緒に学校に行ったのよ。今の私たちを見たのでは、そうは思わないでしょうね。でも、無論、それは私がとても静かな生活を送ってきたからでしょう」

どういうつもりでこんなことを言ったのか、私には分からない。自分の方が若く見えるという意味だったとは信じられないが、とにかくミセス・タワーはすっかり頭にきて、日頃の虚栄心をかなぐり捨てた。明るく笑いながら言った。

「ねえ、ジェーン、あなたも私も五十の大台に入ってしまったわね」

これがジェーンをまごつかせるつもりで言ったとすれば、失敗だった。

「ギルバートは、私が四十九歳以上だと宣伝するのは、彼のためにやめて欲しいと言うのよ」彼女は穏やかに言った。

ミセス・タワーの手は少し震えたが、言い返す言葉を見つけた。

「あなたたちの間には、ある程度の年齢の開きがあるのは確かね」微笑しながら言った。

「二十七よ」ジェーンが言った。「開きすぎると思う？　ギルバートは、私は年の割りには若いって言うのよ。片足を棺桶に突っ込んでいるような人とは結婚したくないって、お義姉さんにも言ったでしょう」

私はそう聞いてお義理で笑うしかなかったし、ギルバートも笑った。彼の笑いは率直で青年らしいものだった。ジェーンが何を言っても面白いと思うらしかった。しかしミセス・タワーはもう一寸《ちょっと》で堪忍袋の緒が切れそうだった。助けがないと、夫人は自分が世慣れた大人であるのを今回に限って、忘れてしまうのではないかと私は恐れた。私が会話を進めるしかなかった。

「花嫁衣裳のことでさぞお忙しいのでしょうね」私がジェーンに聞いた。

「いいえ。最初の結婚の時以来いつも注文しているリヴァプールのドレスメーカーに依頼しようと思ったのですけどね。ギルバートが反対するのです。彼、とても亭主関白なんですよ。むろん、彼は素晴らしい趣味を持っているのですけれど」

彼女は十七歳の少女ででもあるかのように、愛情をこめて、控え目に微笑しながら彼を見た。

ミセス・タワーは化粧の下で真っ青になった。

「ハネムーンにはイタリアに行きます。ギルバートはこれまでイタリア建築を見る機会がなかったのです。むろん建築家には自分の目で物を見るのがとても大事ですわ。で、途中パリに寄って私の衣装を手に入れる予定です」

「旅行は長期間になりますか？」私が聞いた。

「ギルバートは事務所と話し合って、六カ月休めるように決めました。彼にとって大きな楽しみになります。これまで二週間以上の休暇を取ったことがなかったのですからね」

「どうして？」ミセス・タワーの言い方は、いくら努力しても冷淡になってしまっていた。

「お金がなかったからよ」

「あらそう！」意味ありげに夫人が大きな声で言った。

コーヒーが出て、夫人たちは二階に行った。ギルバートと私は、取り留めない話をした。相互に話すべきことがない男同士はそんなものである。ところが、二分もすると、執事がメモを持ってきた。ミセス・タワーからでこんな内容であった。

「すぐ二階にいらして、それからできるだけ早くお引取りくださいな。あの男も一緒に連れて行って。すぐにジェーンと洗いざらい話し合わなければ、私、卒倒しそうなの」

私は思いつきの嘘をついた。

「ミセス・タワーが頭痛だそうで、就寝したいということです。よかったら、そろそろご挨拶して引き上げましょうか」

「はい、分かりました」

二階で挨拶してから五分後には玄関にいた。私はタクシーを呼び、青年に乗車を勧めた。

「結構です。角まで歩いてバスに乗りますから」

ミセス・タワーは玄関の戸が私たちの背後でしまる音を聞くや否やジェーンに食って掛かった。

「あなた、気でも狂ったの？」

「精神病院に普段住んでいない人同様、別に狂ってなどいませんよ」ジェーンは穏やかに答えた。

「あの若者と結婚する理由をお尋ねしてもよろしいかしら？」夫人はぞっとするような馬鹿丁寧さを発揮して言った。

「一つには、私が断っても、あっちが聞きいれてくれなかったから。彼、五回も求婚したのよ。断るのにすっかりくたびれてしまったわ」

「で、どうして彼がそんなにあなたと結婚したがるのだと思う?」

「私って面白いことを言うのですって」

ミセス・タワーはいらいらしたように大きな声で言った。

「あの男は恥しらずの悪者よ。もう少しで、面と向かって彼にそう言ってやるところだったわ」

「でも、それ間違っていたかもしれないわ。それに礼儀にもとることでしょうよ」

「彼は文無しで、あなたは金持ち。お金目当てであなたと結婚しようとしているのが、分からないほど、あなたも愚かじゃないでしょ!」

そこまで言われてもジェーンは少しも慌てない。義姉の興奮ぶりを冷静に観察していた。

「それは違うと思いますよ。私が好きだから求婚したのじゃないかしら」

「ジェーン、あなたは老女なのよ」

「お義姉さんと同い年ね」ジェーンは微笑を浮かべた。

「私は羽目を外したことなどないのよ。それに、私は年の割りには若いわ。四十歳以上だと思う人は誰もいない。でもその私でさえ、自分より二十も若い青年と結婚しようとは夢にも思わないのよ」ミセス・タワーが言った。

「二十七よ」ジェーンが訂正した。

「青年が自分の母親ほどの年齢の女を恋するなんて、まさか信じているわけじゃないでしょう?」

「私は長年田舎暮らしだったから、人間性について知らないことが沢山あるのでしょうね。何でもフロイトっていう人がいて、この人、確かオーストリアの人だったわね……」

ミセス・タワーは礼儀を忘れて、遮《さえぎ》った。

「馬鹿なことは、やめにして! みっともない。下品よ。あなたは理性のある人だと思っていたのに。あんな若い子に恋するなんて! ありえないことだと思っていたのに!」

「でも、私、恋しているのではないのよ。彼にもそう言ってあるわ。もちろん、好きよ。さもなければ、結婚しようとなんて思わない。私の彼への気持がどういうものか、はっきり伝えておくのが正々堂々たる態度だと思ったの」

ミセス・タワーは喘《あえ》いだ。頭に血が上り、息苦しくなった。扇子がないので、夕刊をつかんで、それでせっせと顔を扇《あお》いだ。

「もし恋していないのなら、どうして結婚したがるの?」

「長いこと未亡人だったし、とてもひっそりと暮らしていたから、気分転換をしたかったのよ」

「ただ結婚したいというだけなら、どうして自分の年齢に相応《ふさわ》しい男を選ばないの?」

「私と同じ年の男性は五回も求婚しなかったもの。実のところ、同い年の男性は誰も一度も求婚しなかったわ」

ジェーンはそう言いながらくすくす笑った。それを聞いてミセス・タワーは完全に頭に血が上ってしまった。

「ジェーン、笑わないで。やめてちょうだい。あなた頭がどうかしているわ。ひどすぎる」

ミセス・タワーはもう堪えきれなくなり、泣き出した。彼女の年で涙を流すのは化粧を台無しにすると分かっていた。顔が二十四時間腫れてしまい、人前に出られない顔になってしまう。でも、今は気にしている余裕はない。思う存分泣いた。ジェーンは冷静なままだった。大きなメガネ越しに義姉を見て、思案ありげに黒い絹のドレスの膝をなでていた。

「ものすごく不幸になるわよ」ミセス・タワーは、アイライナーで目の周りが汚れないようにしようと、目を注意深く軽く押さえつつ、泣きじゃくりながら言った。

「別に不幸にはならないと思うわ」ジェーンはいつもの平板な穏やかな声で言ったが、言いながら少し笑っているようであった。「結婚後のことはとくと話し合っているの。私は一緒に暮らすのが楽な人間だと思っているわ。ギルバートをとても幸福で気分よくしてあげられると思うのよ。あの人、誰かにちゃんと世話してもらった経験がない。十分に考えた末に結婚するわけなのよ。それに、どちらか一方が、自由になりたくなったら、もう一方はそれを絶対に邪魔しないという約束もしているわ」

ミセス・タワーはこの時までに平静を取り戻し、皮肉を言えるようになっていた。

「あの男、どれだけの金額を貰えるようしてくれと、あなたを説得したの?」

「私は年一千ポンド贈与したかったけど、彼は聞き入れなかったわ。贈与の話題を出したら、彼当惑していたわ。必要なものくらい自分で稼ぐというの」

「思った以上にずる賢いのね」夫人は冷ややかに言った。

ジェーンはちょっと間をおいてから、義姉を穏やかな、しかし思い切ったような目で見た。

「あのね、お義姉さんと私では違うのよ。同じ境遇でも、お義姉さんは未亡人らしい生き方をしてこなかったじゃありませんか」

ミセス・タワーはジェーンを見た。少し赤面した。少し不愉快ですらあった。でも当てこすりを言うなんて、素朴なジェーンにはありえないことだわ。夫人は気を取り直し、澄まして言った。

「気分が動転したからもう休みます。明日の朝また話を続けましょう」

「それは無理ね。ギルバートと私は明日の午前中に結婚許可証を貰いに行きますからね」

ミセス・タワーはがっかりしたように両手を挙げたが、もうそれ以上言うことはなかった。

結婚は登記所で執《と》り行《おこな》われた。ミセス・タワーと私が立ち会った。ギルバートはスマートな紺のスーツを着て可笑《おか》しなくらい若くみえた。明らかにぎこちなくしていたが、こんな瞬間は誰だって緊張するものだ。一方、ジェーンの落ち着きぶりは見上げたものだった。まるで社交界の花形で、何回も結婚するのに慣れているというような感じだった。頬がほんの少し赤らんでいるので、冷静な表面の下で僅かに興奮しているのが分かった。どんな女性にとってもわくわくする瞬間である。彼女は銀色がかったグレイの正装だったが、その仕立てに、彼女が贔屓《ひいき》にしているリヴァプールのドレスメーカーらしさが現れているのに私は気付いた。ドレスメーカーはきっとジェーンと同じく操《みさお》正しい未亡人で、もうずっと前からジェーンのガウンを何着も作ってきたのだろう。しかし、ジェーンも結婚の華やかさに妥協して、青い駝鳥の羽根を飾った大きな帽子をかぶっていた。金縁メガネをかけているため、帽子はひどくグロテスクに見えた。式が済むと、登記所の役人が(夫婦の年齢の開きにちょっと驚いたようだったが)ジェーンと握手をし、型通りの祝いの言葉を述べた。花婿は少し赤面しながら花嫁にキスをした。ミセス・タワーは諦めていたが、まだ恨みがましさを見せながら、彼女にキスした。それから、花嫁は期待するように私を見た。私もキスするのが当然ということのようだった。私もキスした。登記所を出るときは、結婚したカップルを見物してやろうという皮肉な暇人がうろうろしていたので、その連中の側を通るのが、一寸恥ずかしかった。ようやくミセス・タワーの車に乗り込んでほっとした。私たちはヴィクトリア駅に向かった。新婚の二人は二時の列車でパリに向かうことになっていて、ジェーンは駅の食堂で結婚後の最初の食事を取ろうと主張したからだった。列車に乗る時は早く駅にいないと不安になると彼女は言っていた。ミセス・タワーは家族としてのお義理で仕方なく出席したけれど、食事の場を楽しくすることは出来なかった。夫人は食事に手をつけなかったし(ひどい料理だから無理もなかった。私も昼のシャンパンは苦手だった)、無理して少し喋っただけだった。しかしジェーンは出てくるものすべてをきちんと食べた。

「旅行に出るときは、しっかり食べておくべき、というのが、私の主義よ」

二人を見送ってから、私は車に同乗して、夫人を邸まで送った。

「どれくらいもつと思う？　六カ月かしら」夫人が聞いた。

「うまく行くかもしれませんよ」私が言った。

「馬鹿なこと言わないでよ。うまくなんて行くものですか。お金目当て以外で彼がジェーンと結婚するなんてありえないもの。むろん、長続きはしません。私としては、当然の報《むく》いとはいえ、彼女があんまりひどい目に遭わなければいいと願うだけね」

私は笑った。きれいごとを言っているが、本心は見え透いていた。

「長続きしなければ、『だから言ったでしょう』と言える楽しみがありますね」

「そんなこと言わないと、約束するわ」

「もし本当におっしゃらなければ、『だから言ったでしょう』と言えるのに自分をおさえて感心だと、ご自分を褒める楽しみがあります」

「ジェーンは年だし、野暮ったいし、退屈だわ」

「本当に退屈だとお思いですか？　確かに口数は少ないけれど、話し出すと、なかなか気の利いたことをおっしゃいますよ」

「でも、私は生まれてこのかた、彼女が冗談を言うのを一度だって聞いたことがありませんからね」


ジェーンとギルバートがハネムーンから戻った時、私はもう一度東洋を旅行していた。この時はほぼ二年間外地に滞在したのである。ミセス・タワーは筆不精で、私が時々絵葉書を出しても返事はなかった。しかし、ロンドンに戻ってから一週間もしないうちに夫人と出会えた。ある晩餐会に招かれ、席についてみると隣に夫人がいたのだ。大人数のパーティーで、伝承童謡にある「パイに焼かれた黒ツグミ」の数と同じく、二十四名の客が列席していた。私は遅れて着いたので人混みでまごつき、相客がどういう人なのか注意する余裕はなかった。席について長いテーブルを見回してみると、写真入り新聞などで一般大衆に顔を知られている著名人が多数出席しているのが分かった。女主人《ホステス》はいわゆるセレブが大好きであり、今夜は滅多にないほどの輝かしい集いであった。ミセス・タワーと私は、しばらく会っていなかった友人同士がするようなお定まりの挨拶を交わし、それが済むと私はジェーンのことを尋ねた。

「元気よ」夫人は一寸冷ややかに言った。

「結婚はその後どうなったのですか？」

夫人は一寸間を置いて、目の前の皿から塩漬けのアーモンドを取った。

「どうやら大成功だったようね」

「では、奥様の予測は間違っていたのですね」

「長続きしないと言ったでしょ。今でも長続きしないと言いますよ。人間性に反しますからね」

「幸福なのでしょうか」

「二人とも幸福そうよ」

「彼らとはあまりお会いにならないのでしょうね」

「結婚当初は結構よく会っていました。でも今は……」ミセス・タワーは一寸口を一文字にした。「ジェーンはね、今は著名人になってしまったわ」

「まさか、あのジェーンが？　冗談でしょ？」私は笑いながら言った。

「あのね、今夜、ジェーンはこの席にも来ているのよ」

「ここにですって！」

私は驚いた。またテーブルを見渡した。女主人は親切で楽しい人だけれど、この晩餐会に、名もない建築家の年配の野暮ったい妻を招待するとは想像できなかった。ミセス・タワーは私が驚いている様を観察し、私が何を考えているのかを見透かした。そしてかすかに微笑んだ。

「ご主人《ホスト》の左側を御覧なさいな」

私は見た。奇妙なことだが、その場所に座って居る婦人は、とっぴな服装のせいで、この混雑する客間に案内された瞬間に、私の注意を捕らえた人だった。その人は私と視線が会ったとき、こちらを知っているかのように頷《うなず》いたのだが、私は前に会ったことは決してないと思ったのだ。髪が白いので、若い女性のはずはなかった。髪は断髪で、きつくカールしたいくつもの束が、形のよい頭の周囲を取り囲んでいた。彼女は自分を若く見せようとなど全くしていなかった。並入る客の中で、口紅、ルージュ、白粉《おしろい》を使用していないのは彼女しか居ないので、目立っていた。特に綺麗というのではない顔は、赤っぽく、日焼けしていた。しかし、全然化粧をしていないので、一種の自然のままというのが好ましかった。肩の白さと顔が奇妙に対照をなしていた。美しい肩だった。三十歳の女性でも、このような肩なら自慢したであろう。だがドレスは驚くべきものだった。こんなに大胆な服は滅多に見たことがない。極端なローカットで、スカートは流行にあわせて短く、色彩は黒と黄だった。まるで仮装舞踏会の仮装服の感じであるが、もし他の人が着れば常軌を逸していると見られようが、彼女にはとてもよく似合い、自然の素朴さを表しているようだった。その人には気取りはないし、見栄もないらしいけれど、世間一般では風変わりで、行き過ぎだと見られるだろう。その上、幅広の黒いリボンから単眼鏡《モノクル》がぶら下がっている。

「まさか、あの人が義妹さんだというのではないでしょうね」私はポカンと口を開けて言った。

「あれがジェーン・ネイピアよ」

丁度その時ジェーンは何か言っているところだった。ご主人は面白い話を期待するように微笑を浮かべて彼女を見た。彼女の左側の、きりっとしたインテリ風の頭の薄い白髪の紳士は一言も聞き漏らすまいと、ジェーンのほうに身を屈めた。テーブルを隔てた席の二人は相互の会話を中断して、ジェーンの話に聞き耳をたてた。ジェーンが話終わると、聞いていた客は全員、可笑しくてたまらないとばかり、突然体を震わせ、椅子の背に体を反らせ大声をあげて一斉に笑い出した。テーブルの向こう側にいた男性の一人がミセス・タワーに話し掛けた。

「義妹さんはまたジョークを飛ばしたようですな」

夫人はにっこりした。

「ええ、とても面白いでしょう?」夫人が答えた。

「さて、シャンパンを沢山頂いたところで、是非とも全部話してください。一体全体どういうことになっているのかを」私はミセス・タワーに頼んだ。

以下のようなことが起こったのだった。ハネムーンの最初にギルバートはジェーンをパリの様々なドレスメーカーに案内した。そしてジェーンが自分好みの「ガウン」をいくつか選んでも反対しなかった。しかし彼は、一、二着、彼自身のデザインによる服も注文するようにと説得した。どうやらギルバートは婦人服のデザインにも勘がよく働くようだった。それから彼は頭のよいフランス人のメードを雇った。ジェーンはメードを雇ったことがなかった。服の直しは自分でやっていたのだ。着付けを手伝って欲しいときは、ベルを鳴らして家事をするメードを呼んでいたものだ。ギルバートがデザインした服は以前彼女が着ていたものと随分違っていた。しかし彼もすぐに極端に走らないように配慮したし、彼女も彼を喜ばせたいのとで、結局、不安ながらも、自分の選んだものより、彼のデザインした服を着るように努力したのであった。もちろん、新しい服を着るには、ずっと以前から使用していた大きなペチコートは着られないので、ペチコートは、迷った末に廃棄した。

「今はね」とミセス・タワーはさも不賛成だという口ぶりで言った。「薄い絹のタイツしか着ないんですからね。あの年でよく風邪を引いて死なないものだと、不思議だわ」

ギルバートとフランス人のメードはジェーンに服の着付けを教えた。意外にも彼女は呑み込みがとても速かった。彼女の腕と肩を見てフランス人のメードは有頂天になった。「このような見事なものを隠しておいたりしたら恥でございます」とメードは言った。

「まあ待っていなさい」ギルバートはメードに言った。「この次に僕がデザインするドレスで、奥さんは見違えるようになるから」

メガネはむろんマイナスだった。金縁メガネを掛けて魅力的に見える人はいない。最初ギルバートは鼈甲縁《べっこう》のメガネに変えさせようと考えた。しかし頭を横に振った。

「若い娘なら鼈甲もいいが、ジェーン、君は年が上だからな」それから急にひらめいた。「あ、そうだ、分かったぞ。単眼鏡《モノクル》がいい」

「あら、嫌だわ」

そう言って彼をみると、思いついて大喜びしていた。それを見ると彼女はにっこりした。彼を喜ばせるためなら、何でもしよう、と同意した。

「いいわ、やってみましょう」

メガネ店に行き、合うサイズのを選んで、片目に気取ってはめてみせると、ギルバートは拍手した。その時、その場で、驚いているメガネ屋の前で彼は彼女の両頬にキスをした。

「素敵だよ」彼は大きな声で言った。

こうして二人はイタリアに行き、ルネッサンスとバロック時代の建築を学びながら幸福な数カ月を過ごした。ジェーンは以前と違う自分の外観に慣れていっただけでなく、気に入ったのであった。ホテルの食堂に入り、人々が振り向いて彼女をじろじろ見るので、最初は恥ずかしかった。以前はそんな経験は皆無だった。やがて悪い気はしなくなった。婦人たちは近寄ってきて、どこのドレスメーカーでお作りになったかと尋ねた。「お気に召しまして？　夫が私のためにデザインしてくれました」彼女は遠慮勝ちに答えた。

「構わなければ、写させてくださいませんか？」

ジェーンは長年田舎で静かに暮らしていたのであったが、女性の普通の本能に欠けているわけでは決してなかった。すぐに答えた。

「申し訳ないのですが、夫はうるさ型でしてね。どなたにせよ、私の服のデザインを写すというのを聞き入れません。私に他にない装いをさせたがりますの」

こんなことを言ったら人が笑うかと思ったが、笑わなかった。このように答えるだけだった。

「むろん、分かりますわ。あなたの装いは他では見られませんものね」

しかし、婦人たちが彼女のドレスを頭で覚えようとしているのが分かった。このことに、何故か彼女は不愉快を覚えた。私は生まれて初めて、他の人が着ていない服を着ているんだけど、それを他の人が真似しようなんて変だわ、と感じた。

「ねえ、あなた」と彼女にしては厳しい口調でギルバートに言った、「今度私のドレスをデザインする時は、他の人が真似できないのにしてね」

「そうする唯一の方法は、君だけしか着られないようなドレスをデザインすることだな」

「そういうこと、出来ないの?」

「できるよ。君があることをしてくれるならね」

「何を」

「髪を切ることだよ」

ジェーンがためらったのはこの時が最初だったと思う。髪は長く豊かだったから、少女の頃随分誇りにしていた。それを切るなんて、退路を断つことだった。彼女の場合は、犠牲を強いられたのは最初に彼のデザインの服を着た時でなく、この最後の髪を切ることだった。しかし彼女は思い切って同意した。(「義姉は私を大馬鹿だと思うでしょうね。それに、もうリヴァプールへは顔出しできなくなるでしょう」と彼女は言った。)そこで、帰国の途中でパリを通過したとき、ギルバートは彼女を(髪を切ると思うと胸が悪くなり、心臓は鼓動を激しく打ったが)世界一の美容室に案内した。店から出たときには、彼女の頭は洒落た、小生意気な、縮れた灰色の巻き毛になっていた。こうしてピグマリオンは奇想天外な傑作を完成し、ガラテアは生命を吹き込まれた。

「分かりました。でも、それだけではこの席にジェーンがいるわけは、まだはっきりしませんね。何しろ、ここには公爵夫人だの閣僚だのというお偉方がいますしね。それから、どうして彼女が招待主と連合艦隊提督との間に席を占めているのかも分かりません」

「ジェーンはジョークの名人なのよ」ミセス・タワーが言った。「さっき皆がジェーンの言ったことで大笑いしていたでしょ？」

夫人の心中におだやかならざるものがあるのは、今や明白だった。

「ハネムーンから戻ったという手紙がジェーンから来たとき、二人を招かなくてはと思ったのよ。でも気が進まなかった。相客の選択が難しくてね。二人がいたのではパーティーは退屈なものになるのは分かっていたから、大事な友人を招いていやな思いをさせたくないの。その一方、ジェーンに私にはよい友人がいないと思われてもいやだし。私の家では八人以上はお招きしないことにしているでしょ。でも、その時はパーティーを成功させるために、特別に十二人にしたの。パーティーの夕方までは、忙しくてジェーンに会う機会がなかったわ。当日、彼女たちは、他のお客を少し待たせたのよ。ギルバートの作戦だったのね。で、ようやく登場したわ。どんなに驚いたことでしょう！　他の女性客を野暮ったく、田舎者に見せてしまったのよ。私は自分が厚化粧の老いた娼婦のような気がしたわ。

ミセス・タワーは少しシャンパンを飲んだ。

「あの衣装がどんな物だったか説明できればいいのだけど。彼女以外の女では絶対に駄目なの。でもジェーンが着ると完璧。それからあの単眼鏡《モノクル》！　あの人と知り合って三十五年になるけど、金縁メガネをかけていないところは一度も見たことがなかったのに」

「でもスタイルがいいのはご存じだったでしょ？」

「どうして分かるの？　あなたが最初に彼女に会ったときのあの服装以外のところは、私一度も見たことがなかったから。あなたはスタイルがいいと思っていたの？　登場した時、皆さんを感心させたのに気付いたようだったけど、それを当然視しているようでしたわ。私は晩餐会がうまく行くかどうかを思って、安堵の溜息をもらしたわ。彼女が社交下手でも、あの服装なら、問題はないだろうと思ったわけよ。彼女の席はテーブルの向こう側の端だったのだけど、そっちから随分笑い声が聞こえてきたの。てっきり、周囲の人が彼女に調子を合わせてくれているのだろうと思って感謝したわ。ところが、食後三人もの男性がやってきて、義妹さんはとても面白い話をなさいますね、と言いに来たの。おまけに、あの方を訪問したいのだが、受け入れていただけるだろうか、と聞くのよ。何が何だか頭が混乱したわ。それから二十四時間後に今夜の女主人から電話があり、妹さんがロンドンにいらっしゃり、とても面白い話をなさる方だと聞いたというのよ。そして私が女主人を昼食会に招待して義妹さんに会えるように取り計らっていただけませんか、ですって！　あの女主人は絶対はずれぬ直感が働く人なの。一カ月後には社交界はジェーンの噂で持ちきりになったわ。現に、私が今夜この席にいるのも、私が女主人を二十年間知っていて、何百回も晩餐会に招いたからではなく、ジェーンの義姉だからなのよ」

ミセス・タワーは気の毒だった。今の立場はさぞ悔しかったことだろう。義妹と立場がすっかり逆転したことを私は滑稽だと思ったけれど、夫人には同情すべきだと思った。

「笑わせてくれる人は、どうしても人気者になりますね」夫人を慰めるつもりで私は言った。

「ジェーンは私を笑わせたことなど一度もないわ」

テーブルの向こうの方から再び大きな笑い声があがったので、ジェーンがまた面白いことを言ったのだと想像できた。

「ジェーンを面白いと思わないのは、奥様くらいでしょうか？」私はにやりとして聞いた。

「じゃあ、あなたはジェーンを面白いことをいう人だと思ったことあるの？」

「いいえ、ありませんね」

「彼女は過去三十五年間言っていたのと少しも変わらないことを言っているだけよ。他の人が笑うので私も笑うけれど、それは冗談の分からぬ馬鹿と思われたくないからで、本当はちっとも面白くないの」

「容易に笑わぬヴィクトリア女王と同じということですか」

これは気の利かぬ洒落であり、ミセス・タワーに叱られたが、からかった私が悪かった。そこで話を別の方向に持っていった。

「ギルバートは来ていますか」テーブルを見渡しながら聞いた。

「彼も招かれたんですよ。ジェーンが夫も一緒でないと来ないから。でも今夜は建築家協会とかの集まりがあって来ていません」

「僕はジェーンとぜひまたお近づきになりたいですね」

「食後に行って話せばいいわ。火曜日に招いてくれるでしょ」

「火曜日？」

「毎週火曜日の夜にパーティーを開くのよ。行けば、噂などで聞いている有名人が皆きているわ。ロンドン随一のパーティーだそうよ。私が二十年かけても不可能だったことを、ジェーンはたった一年でやってのけたわ」

「伺ったところでは正に奇跡ですね。どうやってやり遂げたのでしょうか？」

ミセス・タワーは、綺麗なしかし肉付きのよい肩をすくめた。

「私こそ教わりたいものだわ」

食後私はジェーンが座っているソファに近づこうとしたが、人に阻まれてしまった。

少し後になって、女主人が私のところに来て言った。

「晩餐会の花形にご紹介しましょうね。ジェーン・ネイピアをご存じ？　ジェーンはすごく面白い話を聞かせてくれますのよ。あなたの書く喜劇よりずっと面白いですわ」

私はソファに連れて行かれた。晩餐の席で隣にいた提督がまだ居て、立ち去る様子はなかった。ジェーンは私と握手をして、私を提督に紹介した。

「レジナルド・フロビシャー卿をご存じ？」

皆でお喋りを始めた。ジェーンは以前の彼女とまったく同じく、とても素朴で、家庭的で、気取らなかった。ただ突飛《とっぴ》な装いが彼女の言葉に独特の味を添えていたのは確かだ。気付いてみると、私は体を震わせて大笑いしていた。彼女は気のきいた、核心をついた発言はしたけれど、とてもウイットに富む話は出来ない。だが、独特の喋り方と単眼鏡《モノクル》を通して見せる物柔らかな表情とのために、吹き出してしまうような滑稽味が生じるようだ。私も聞いていると、気が軽くなり、陽気になった。別れ際に彼女が言った。

「他になさる、もっとよいことが無ければ、火曜の夜にいらしてください。ギルバートもお会いできれば喜びます」

「モームさんが、一カ月もロンドンにいれば、他になすべきよいことなんて、他にありえないと分かりますよ」提督が言った。

そこで私は火曜日に、多少遅れてジェーンの邸に出かけた。正直言って、私は集まっている人たちを見て圧倒された。名だたる作家、画家、政治家、俳優、位の高い貴婦人、美女が集まっていたのだ。ミセス・タワーの言った通り、豪華な夜会だった。有名なスタフォード・ハウスが売却されて以来、このような豪華な夜会は久しぶりだった。特にこれというもてなしがあるというのではなかった。出される飲食物は贅沢《ぜいたく》ではないが適切だった。ジェーンは控え目ながら、とても楽しんでいるようだった。客に対して特に努力して楽しませようとなどしていなかった。でも客はジェーンの夜会に出ているだけで十分有難がり、陽気で楽しいパーティーは深夜二時にようやくお開きになる有様だった。私はその後たびたび彼女と会うことになった。しばしば彼女の邸を訪ねただけでなく、他の昼食会や夜会に行くと、大抵彼女が来ていたのだ。私はユーモアについては素人なので、ジェーン独特の才能の秘密を探りたいと願った。彼女が言ったことを紙面で再現することは出来なかった。面白みは、ある種のワインと同じで、「移動に耐えない」からだ。彼女には警句の才能はなかった。あっと驚く当意即妙の応答も出来なかった。彼女の発言には悪意はなく、返答には棘がなかった。「簡潔は機知の精髄」でなく「下品が機知の精髄」だと主張する人がいるが、ジェーンは上品なヴィクトリア朝人を赤面させるようなことは絶対に言わない。おそらく、彼女のユーモアは無意識のもので、予め《あらかじ》準備したものではないのだろう。花から花へと、自分の気紛れだけに従い、手段も意図もなく、飛び移って行く蝶々と似ている。ユーモアは彼女の物言い、容姿から生じるところもある。ギルバートが彼女のためにデザインした、人目を引く奇抜な外観によって、面白さが増しているのも確かだ。しかし外観はユーモアの一要素に過ぎない。むろん今では彼女は流行の中心であり、口を開きさえすれば、人々は笑い転げるのであった。ギルバートがずっと年長の女性と、どうして結婚したのかと不思議がる人はもういなかった。ジェーンは年齢など問題にならない優れた人だと皆思った。ギルバートこそ稀にみる幸運な男だと見られた。提督は『アントニーとクレオパトラ』のクレオパトラの描写を引用して「年齢も彼女の美をしぼます能《あた》わず、習俗も変幻きわまりなき彼女の個性を奪うこと能わざるなり」と言った。ギルバートは彼女の成功に満足していた。彼をよく知るにつれ、私は好意をいだくようになった。悪者でも財産狙いでもないのは明白だった。ジェーンをとても誇りにしているだけでなく、真実惚れこんでいた。妻への気配りには感心した。彼は妻に献身的で、心優しい青年だった。

「どう思われますか？　最近のジェーンを？」若者らしい誇らしげな態度で私に聞いたことがあった。

「君たち二人のどっちがより素晴らしいか分からないな」私は答えた。

「いいえ、僕など数に入りません」

「何を言うのです。今日のジェーンは君のお陰で、君だけのお陰で誕生したのが分からないほど、私が馬鹿だと思いますか？」

「僕の唯一の功績は、彼女の中に埋もれていた素晴らしいものを、普通では誰にも見えなかった時に、発見したというだけです」彼は答えた。

「彼女の中に、あの見事な外観の可能性を発見したというのは分かるけど、一体全体どのようにして彼女をユーモアの天才に育てたのですか？」

「でも、僕は最初から彼女が言うことはすごく面白いと思っていたのですよ」

「そのように思ったのは君だけなのですがね」私は言った。

ミセス・タワーは、寛大にも自分がギルバートを勘違いしていたと素直に認めた。夫人も彼に好意を抱くようになった。しかし、夫人は心の奥で(そんな素振りは見せなかったけれど)あの結婚が長続きしないという持論を変えようとは決してしなかった。私はそのことでは夫人を笑わざるをえなかった。

「あんな仲の良い夫婦なんて見たことないですよ」と私は言った。

「ギルバートは今二十七歳ね。可愛い女の子が現れる時よ。この間の夜、ジェーンのパーティーに来ていた、レジナルド卿の姪御さんに気付いた？　ジェーンがあの子とギルバートをちらちらと見ていて、気になったのよ」

「ジェーンがどんな女の子にせよ、ライバルの出現を気にしているとは私は思いませんね」

「いいから、待っていてごらんなさい」

「奥様は六カ月もつだけと予想されましたね」

「今度は、三年にしましょう」夫人が言った。


誰かが、意見にあまりたっぷり自信がありそうな場合、それが間違っていればいい、と思うのが人情である。ミセス・タワーは絶対に自信があるようだった。しかし、「予想が外れたじゃないですか」と言う満足を、私は得られなかった。夫人が終始変わらず密かに予測していた終わりが実際にやってきたのだ。もっとも、人間が期待したような形で物事が運ぶようには、運命の女神はしてくれないのが常である。だから、夫人は、「私の予言した通りになったでしょ」と誇れた筈なのに、むしろ、予測が間違いだった方がよかったと思ったに違いない。事態は夫人が予想したものとは、全く違った形で展開したのだ。

ある日、ミセス・タワーから緊急の連絡が入り、幸い直ちに夫人の元に駆けつけることができた。部屋に通されると、夫人は、ヒョウが獲物を狙う時のように、こっそり、しかもすばしこく近寄ってきた。興奮しているのが分かった。

「ジェーンとギルバートが別れたわ」

「まさか！　じゃあ、奥様の予測が当たったのですか」

夫人が私を見る目つきは、どうも理解できないものだった。

「ジェーンも気の毒だな」私が小声で言った。

「何が気の毒なもんですか！」あまりにきつい言い方なので、私はあっけにとられた。

夫人は事情をうまく説明するのが難しいようだった。

私を呼び出そうと電話に飛びついた直前、ギルバートは帰って行ったということだった。彼が突然やってきた時、青い顔で取り乱していたので、すぐひどいことが起きたのだと分かった。彼が話し始める前に夫人は分かっていた。

「実はジェーンが出ていってしまいました」

夫人はちょっと微笑し、彼の手を取った。

「やはりあなたは紳士らしく振舞ったのね。あなたが彼女を棄てたというのが世間に知れたら、辛かったでしょうからね」

「奥様の同情心におすがりできると分かっていたので、ここに参りました」

「ああ、ギルバート、あなたを責めたりはしないわよ」ミセス・タワーは親切に言った。「いずれ起こると分かっていたのですもの」

ギルバートは溜息をついた。

「そうなのでしょうね。いつまでも彼女に側に居てもらうことは無理だったのですね。あの人はあまりにも傑出した人なのに、僕はごく平凡な男ですからね」

夫人は彼の手を軽くたたいた。彼、本当に親切に行動して感心だわ、と思った。

「で、これからどういう運びになるの？」夫人が聞いた。

「ジェーンが僕を離婚します」

「あなたが若い子と結婚したがったら、その邪魔はしないと、彼女は前から言っていましたからね」

「何ですって？　ジェーンの夫だった者が、他の女などと結婚したがるなんて、まさか、お思いではないでしょうね」彼が言った。

夫人は頭が混乱した。

「あの、さっきからあなたが話していたのは、実際はあなたがジェーンを棄てたということでしょ？」

「僕が？　とんでもない。絶対にありえません」

「ではどうして彼女があなたを離婚するの？」

「ジェーンは僕との離婚届が受理され次第、レジナルド・フロビシャー卿と結婚するのです」

ミセス・タワーは本当に叫び声を上げた。気絶しそうになり、気付け薬を嗅ぐ始末だった。

「あなたにあんなにお世話になったのに？」

「僕は何もしていません」

「あなたは彼女に利用されたままで、文句も言わないの？」

「結婚前に、どちらか一方が自由を求めたら、他方は邪魔立てをしないと約束しました」

「でもそれはあなたのためにした約束よ。だって、あなたは二十七歳も彼女より若かったからよ」

「その約束は彼女に役立つ結果になりました」彼は辛そうに言った。

ミセス・タワーはいさめたり、文句を言ったり、理屈を述べたりした。でもギルバートはジェーンには常識は通用しないし、彼女の望む通りにするしかない、と主張した。彼が帰ったとき、夫人は打ちひしがれた状態だった。駆けつけてきた私に以上の話し合いを全部伝えたので、少し気分が収まったようだった。私が彼女と同じく驚いたので喜んだ。ジェーンのことを、私が夫人ほどは怒らなかったのは、男性のけしからぬ道理の感覚の欠如のせいにした。

夫人がまだ興奮冷めやらぬ状態の時に、ドアが開き、執事は、何と、ジェーンその人を案内してきた。ジェーンは、すこし曖昧な今の立場に見合うように白と黒のドレスを着ていたが、余りにも独創的で突飛なドレスに、これまた余りに目立つ帽子を被っていたので、私は彼女を一目見て思わず息を飲んだ。しかし彼女は普段と少しも変わらず、冷静だった。ミセス・タワーに近寄ってキスしようとしたが、夫人はつんとして、冷たく体を逸らせた。

「ギルバートがここに来ていましたよ」

「ええ、知っているわ。私がここを訪ねるようにって言ったのよ。実は今夜パリに発つので、留守の間、彼に優しくしてやってください。最初は彼、とても淋しがると思うの。それでお義姉さんが彼を見守ってくだされば、私も安心しますわ」

ミセス・タワーは両手を握り締めた。

「ギルバートはついさっき、とうてい信じられないことを話しました。あなたはレジナルド・フロビシャー卿と結婚するのでギルバートを離婚する、と彼は言いました」

「ギルバートと結婚する前、お義姉さまは、年に相応《ふさわ》しい男と結婚するように助言してくださったわ、提督は五十三歳よ」

「でもジェーン、あなたは全ての点でギルバートのお陰をこうむっているのよ。彼なしでは、あなたは存在しないも同然。彼にドレスのデザインをして貰わなかったら、あなたは存在しないのよ」

「デザインは続けてくれると約束しているわ」ジェーンは落ち着いた口調で答えた。

「あんないい夫はいないわ。あなたにずっと尽くしてくれたでしょ？」

「ええ、優しいのはよく分かっているのよ」

「どうしてそんなに非情になれるの？」

「でも、ギルバートを恋していたことは一度もないのよ。いつも彼にそう言っていたわ。私、同年配の人と居たくなったの。ギルバートとは十分長く結婚していたわ。若い人って、会話をあまりしないわね」彼女はそこで一息いれて、夫人と私を微笑を浮かべて見た。「もちろん、ギルバートとは今後も付き合うつもりよ。それはレジナルドとも話し合っています。提督には姪がいて、ギルバートとお似合いなの。結婚したら、マルタ島の官舎にあの二人を招くつもりだわ。提督は地中海方面艦隊総司令官に任命されるの。あの二人がそうしている中《うち》に好き合うようになっても不思議はないわね」

ミセス・タワーは一寸鼻を鳴らした。

「提督との間でも、自由が欲しくなったら、互いに邪魔をしないという約束をしたの？」

「私はしようと言ったわ」ジェーンは落ち着いて答えた。「でも彼は、自分はいいものを見れば、目に狂いはない。他の女と結婚したくなるなんてことは、絶対にありえない。それから、もしどこかの男が私と結婚したがるようなことがあれば、旗艦の八門の十二インチ砲があるので、それをバックにして男と議論してやると言うのよ」彼女は単眼鏡《モノクル》を通してこちらを見た。私はそれを見て、ミセス・タワーの怒りも怖かったけれど、吹き出してしまった。「提督って、とても情熱的な男よ」ジェーンが言った。

ミセス・タワーは実際私を怒ったように睨んだ。

「私はね、あなたが言うことを滑稽だと思ったことないのよ。どうして人々があなたの言葉を聞いてあんなに笑うのか、さっぱり理解できないわ」夫人が言った。

「私自身も自分が滑稽なことを言っていると思ってないわ」ジェーンは綺麗な白い歯をみせながら笑った。「お義姉さんと私の意見に人々が同意するようになる前に、ロンドンを離れるので嬉しいわ」

「大成功の秘密を私に教えてくださいませんか」私が言った。

彼女はこちらを、おなじみの例の落ち着いた、飾らない目でみた。

「ギルバートと結婚して、ロンドンで暮らし始めて、人々が私の言うことを聞いて笑い出したとき、他の誰よりもこの私が驚いたのよ。三十年間同じようなことを言ってきて、誰も滑稽だと思わなかったのよ。最初はドレスのせいか、髪型のせいか、単眼鏡《モノクル》のせいか、と思ったわ。その後分かったのは、私が本当のことを言うからなのだとね。真実というのはとても珍しいので、それで皆さんは面白いと思ったのね。その中に人々がこの秘密に気付いて、誰も彼も日常的に真実を話し出したら、もう私の話に誰も笑わなくなるでしょうね」

「どうして私だけはあなたの話を面白がらないのかしら?」ミセス・タワーが聞いた。

ジェーンはあたかも満足できる答を探しているかのように、しばらくためらっていた。

「もしかすると、お義姉さんは、真実を見てもそれが分からないからじゃないかしら」

彼女はおだやかな親切な言い方で言った。

これには流石《さすが》の夫人も反論できなかった。ジェーンは人が反論できない言葉を言うのだ。やはり稀にみるユーモアの名手なのだ。

十二人目の妻

私はエルサムが気に入っている。南部イングランドにある保養地で、ブライトンからそう遠くない所にあるせいか、ブライトンにある後期ジョージ王朝特有の魅力を僅かながら分かち持っている土地だ。それでいてブライトンのように騒がしくないし、けばけばしくもない。十年前、私がよく訪ねていた頃は、町のあちらこちらに、頑丈で一寸《ちょっと》気取った古い屋敷を見かけたものだった。零落した良家の子女が、自分の先祖をそれとなく誇るのを聞いて、不快になるより微笑ましく感じることがよくあるが、そんな感じで気取っているのだ。

どの屋敷もヨーロッパ最初の紳士と称された、あの洒落者《しゃれもの》のジョージ四世の治世に建てられ、不運な宮廷人が晩年を送ったと思われる館であった。目抜き通りには無気力な雰囲気が漂い、せわしい医者の車などがもし駐車していれば、いささか場違いに思えるであろう。主婦たちは家事をのんびりと行っていた。肉屋で買い物するときには、主人がサウスダウン種の羊の大きな骨付き肉から首根っこの最上肉を切り取るのを眺めながら、彼と噂話をした。食料雑貨店では、店の主人が買い物袋に半ポンドの紅茶と一袋の塩を入れてくれている間に「おかみさんはお元気かしら」などと愛想よく尋ねるのである。エルサムが一度でも流行の先端を行ったことがあるのかどうか私は知らない。十年前そうでなかったのは確かだ。しかし上品で、しかも物価の安い町だった。

この町で暮らすのは、初老の独身女と未亡人、元インドの行政官、退役軍人などだった。これらの住人は八月、九月が来るのを多少恨めしい気持で待っていた。休暇を楽しむ都会人が大勢やってくるからだが、それでいて、部屋を貸すのを拒むというのでもなかった。間貸し代で、スイスのペンションで数週間のんびり過ごせるのを結構楽しみにしていたのである。そういう混雑した時期のエルサムを私自身は経験していないが、宿はどこもいっぱいで、ブレザー姿の若者が海岸通りをぶらつき、ピエロが海岸で芸を演じ、ドルフィンホテルのビリヤード室ではボールのぶつかり合う音が夜の十一時まで聞こえるそうだ。私が知っているのは冬のエルサムだけである。この時期には、海岸沿いの全ての家に「貸間有り」という看板が出ていた。いずれも百年前に建てられた、弓形の張出し窓のある漆喰《しっくい》塗りの家だった。ドルフィンの宿泊客の世話をするのはボーイ一人と雑役夫だけだった。夜十時になるとポーターが喫煙室に入ってきて、こちらを意味ありげにじろじろ見るので、立ち上がって寝室に行かざるをえない。冬のエルサムは閑静な町で、ドルフィンは快適なホテルである。ジョージ四世が摂政時代に一度ならず、愛人のフィッツハーバート夫人を連れてこのホテルに現れ、喫茶室でお茶を召し上がったと考えると愉快である。玄関にはサッカレーからの手紙が額にいれて飾ってある。その手紙は、海に面した居間と二つの寝室を予約し、駅に馬車で出迎えるように指示する内容のものである。

大戦後二、三年経ったある年の十一月、私はインフルエンザにかかり、体力の回復のためエルサムにやってきた。着いたのは午後で、荷物をとくと海岸通りに散歩に出た。空はどんより曇り、静かな海は灰色でひんやりした感じだった。二、三羽のカモメが海岸近くを飛んでいた。冬の間はマストを下ろしている帆船が小石の多い浜辺の高いところまで引きあげられ、海水浴用の小屋が長い、灰色の列をなして雑然と並んでいた。町議会が設置したベンチに座っている人は皆無だったが、数名の人が運動のためゆっくり足を運んでいた。半ズボン姿でテリアを連れてのしのしと歩く赤鼻の老大佐や、短めのスカートに頑丈な靴の二人の年配の婦人や、房のついたベレー帽をかぶった平凡な顔立ちの娘などとすれ違った。これほど侘しい海岸は初めてだった。宿はどれも決して戻ることのない愛人を待ちわびる薄汚れた老嬢のようだった。いつもは快適なドルフィンもうらぶれた様子だった。心が沈んだ。人生が急にとても侘しく感じられた。

私は宿に戻り、居間のカーテンを閉め、暖炉の火を掻き立て、読書で気を紛らわそうとした。だが、夕食のための着替えの時間がくると喜んで立ち上がった。食堂に行くと、泊り客が既に席に着いていた。ざっと見渡すと、中年の婦人が一人、年配の紳士が二人いたが、多分ゴルフに来ているらしく、赤ら顔ではげている。この二人は不機嫌に押し黙って食べている。残りは張り出し窓に座る三人組だけである。この三人を見て、私は一寸驚いて注目した。一行は老紳士と二人の女性で、女性の一方は老婦人で多分紳士の妻であろう。もう一方は若く、娘のようだ。最初に私の注意をひきつけたのは老婦人だった。

黒シルクのかさばったドレスに黒いレースの帽子を被り、手首に重そうな金の腕輪、うなじには大きな金のロケットつきの太い金のネックレス、更に襟元に大きな金のブローチという装いである。この種の宝石類を今でも着けている女性がいるなど驚きだった。以前に古物商や質屋の前を通りすぎる時、一寸立ち止まってショウウインドウにある、こういう妙に古風な品々を眺めたことがある。頑丈で値も張るのだが、今では見るとぎょっとするような装飾品だ。眺めながら、こういうものを身につけていた、今は亡き婦人たちのことを、いささか悲哀の情をこめて思い浮かべたものだった。これらは腰当て《バッスル》やフリルが、フープスカートに取って代わり、フェルト製のソフト帽がブリムの広い帽子を追放しつつあった時代の流行を暗示していた。その頃のイギリス人は頑丈で内容のある品を好んだ。日曜日の午前中には教会に行き、その後は公園を散歩した。一ダースの皿数からなるコースの晩餐会を催し、テーブルで主人がビーフとチキンを切り分けたのである。食後の余興に、ピアノを弾ける婦人がメンデルスゾーンの「無言歌」を演奏し、きれいなバリトンの声の紳士が古いイギリス民謡を歌うのだった。

若い婦人はこちらに背を向けていたので、最初はほっそりした若々しいスタイルをしていることしか分からなかった。豊かな茶色の髪を、手の込んだ髪型に結っているようだった。グレイの服だった。三人は低い声で話し合っていたが、程なく若い婦人が顔の向きを変えたので、横顔が見えた。あっと驚くほど美しかった。鼻は真っ直ぐで上品だ。頬の線は見とれんばかりだった。そのとき分かったのだが、髪形はアレクサンドラ女王風に結っていた。食事はまもなく終わり、三人は席を立った。老婦人は左右に視線を走らせることなく、さっさと部屋を出て行き、若い方もそれに従った。その時、娘はもう若くないと気付き、はっとした。彼女のワンピースはごくあっさりしたもので、スカート丈は一般のものより長めで、形にどこか古風なところがあった。多分ウェストが普通より強調されていたが、若向きのワンピースだった。彼女はテニソンの描く女主人公のように、背が高く、痩せていて、脚が長く、身のこなしは優雅だった。鼻はギリシャの女神の鼻そっくりであったから見憶えがあった。美しい口をしていて、目は大きくて青かった。肌は少しつややかさを欠いていて、額と目尻に皺があったが、もっと若い頃はさぞ綺麗だったであろう。彼女はラファエル前派のアルマ＝タデマの絵画によく描かれている見事な目鼻立ちの古代ローマの婦人たちを思い起こさせた。アルマ＝タデマの描く婦人は古代の衣装をつけていても、実は間違いなくイギリス婦人であった。彼女はもう二十五年はお目にかかっていない冷たい美人の一典型だったのだ。この種の美形は、警句《エピグラム》と同じく、まったく流行《はや》らなくなっていた。私は長い間地中に埋もれていた像を発見した考古学者のような気分を味わい、全く思いがけぬ時に、過去の時代の生き残りに出くわして胸が踊った。少し以前の時代というのは、ばかに大昔であるかのように感じられるものだ。

二人の婦人が席を立ったとき、紳士は立ち上がったけれど、また座りなおした。ボーイが彼のところに強いポートワインを一杯運んできた。紳士は香りを嗅《か》ぎ、啜《すす》り、舌の上で転がした。私はじっと観察した。小柄で、堂々たる奥方よりずっと背が低かった。肥っているという程ではないが、肉付きはよく、灰色の巻き毛の形のよい頭をしている。顔には皺が多く、少しはユーモアを解するというような表情がみえる。口元はきりっとしていて、あごは角ばっている。服装は今日の感覚からすれば、いささか風変わりだった。黒いビロウドの上着、低いカラーのフリル付のワイシャツ、大きな黒タイ、非常に幅広の夜会用のズボンという装いだった。何だか舞台用の衣装を着けているような感じが漠然とした。ポートワインをゆっくり味わってから、立ち上がり、ゆったりした足取りで部屋を出て行った。

この一風変った一家がどんな人なのかと好奇心が働き、私はホールを通るとき、宿帳に目を通した。角ばった女の字で名前と住所が記されていた。この字体は四十年前にモダンな学校で若い女性に教えられたものだった。名前はエドウイン・セント・クレア夫妻、およびミス・ポーチェスターで、住所はロンドン、ベイウォーター区、レンスター広場、六十八番地とあった。あの興味深い連中はこういう名で、こういう所に住んでいるのか。女支配人に聞いてみると、セント・クレア氏はロンドンの財界人だと思いますということだった。私はビリヤード室に行き、しばらくボールを転がし、それから二階の部屋に行く途中で休憩室を通った。二人の赤ら顔の紳士が夕刊を読み、年配の婦人が小説を読みかけてうとうとしていた。三人のグループは部屋の隅に座っていた。ミセス・セント・クレアは編み物、若い方は刺繍に余念がなかった。そしてセント・クレア氏は周囲に気を配りながら、よく通る声で本を朗読していた。通り過ぎるとき、それがディケンズの『荒涼館』だと知った。

翌日、私はかなりの間読んだり書いたりしたが、午後になると散歩に出て、帰途海辺に置かれた便利なベンチの一つに座った。昨日ほどは寒くなかったし、大気は心地よかった。他にすることもないので、遠くからこちらに向かって進んでくる人物に注目した。男性で、近寄ってくるにつれみすぼらしい小男だと分かった。薄い黒いコートを着て、ややくたびれた山高帽を被っていた。両手をポケットに入れて歩いていて、寒そうだ。ベンチの側を通り過ぎる時、ちらとこちらを見て、そのまま数歩進んだが、躊躇《ちゅうちょ》し、止まり、引き返した。ベンチまで戻ると、ポケットから手を出し、かるく帽子に触れた。みすぼらしい黒い手袋をしているのに気付き、この男は妻を亡くし、貧乏しているのだろうと見当をつけた。あるいは、私と同じく、インフルエンザから回復中の、だんまり役者か何かかもしれないと思った。

「すみませんが、マッチを貸していただけませんか?」彼が口を開いた。

「いいですとも」

彼は私の隣に座った。私がマッチを出そうとポケットに手を入れている間に、彼もポケットからタバコを取り出そうとした。出てきたのは「ゴールド・フレーク」の小箱だったが、彼は失望した様子だった。

「おや、困ったな。一本も残っていませんな」

「一本差し上げますよ」私はにっこりして言った。

私がタバコケースを取り出すと、彼は一本取った。

「金製ですかな?」私がケースを閉じようとすると、指で軽くたたいて言った。「金製ですな。私は金製のはすぐ失くしてしまうのですよ。これまでで三つ持っていました。全部盗まれましたよ」

彼の目は自分のブーツに悲しげに注がれた。確かに修理が必要なものだった。しなびた小男で、細長い鼻をして、目は薄青である。肌は土色で皺が多い。年齢は見当がつかなかった。三十五かもしれないし、六十かもしれない。冴えない男という以外に何ひとつ特徴がない。でも、明らかに貧乏なのだが、身奇麗にしていた。お体裁屋で、体裁を保つことに必死だった。だんまり役者というのは私の勘違いで、彼は弁護士事務所の書記で、最近妻を亡くし、悲しみを癒すためにエルサムで休養をとるようにと、寛大な雇用者に勧められたのだ。

「長期のご滞在ですか？」彼が聞いた。

「十日か二週間というところです」

「エルサムへは初めてですか？」

「以前も来ています」

「私はここをよく存じておりますですよ。こう言っちゃあ何ですが、海岸の保養地で、私がいつかの時期に訪問していない所はありませんん。エルサムは他の土地に負けませんな。来ている人に品があります。エルサムには騒々しいとか、俗っぽいとか、そういうところがないのです。この土地には、私にはとても楽しい思い出があるのです。昔のエルサムをよく知っておりますす。セント・マーチン教会で結婚式を挙げましたよ」

「そうでしたか」私は気のない返事をした。

「とても幸福な結婚でした」

「それは結構ですな」

「あれは、九カ月続きましたよ」彼は思い出すように言った。奇妙な言い方だった。彼が自分の結婚生活を私に話しそうなのを予想して、私はややうんざりしていたのだが、この発言を聞いて、彼の次なる発言を、熱意とまではいかなくとも、好奇心を持って待った。ところがそれ以上何も言わなかった。彼は少し溜息を漏らした。痺れを切らして、私が沈黙を破った。

「訪問者はあまり多くないようですね」

「それがいいとこです。私は混雑が苦手です。さっきも言いましたが、私はいろいろな海岸の保養地で結構長い年月を費やしました。でも常に盛りの時期は避けました。冬に来るのが好きです」

「少し陰鬱ではありませんか？」

彼は私のほうに向き直り、黒い手袋をした手を一瞬私の腕に置いた。

「陰鬱がいいんですよ！　陰鬱であればこそ、一筋の日光が歓迎されるのですから」

この発言は完全にとんちんかんであったので、私は返事をしなかった。彼は私の腕から手を引っ込め、立ち上がった。

「お引止めしてはいけませんな。お知り合いになれて嬉しいです」

彼は汚い帽子を丁寧に脱いで挨拶し、立ち去った。そろそろ寒くなってきたので、私は宿に戻ろうと思った。ホテルの入口の幅広い階段まで来たとき、二頭の痩せた馬に引かれた四輪馬車が着き、中からセント・クレア氏が降りてきた。山高帽とシルク・ハットを合わせたような妙な帽子を被っていた。彼はまず妻に、それから姪に手を貸した。ポーターがひざ掛けとクッションを運んだ。セント・クレア氏が御者に支払っているとき、明日もいつもの時間にと言っていたので、セント・クレア一家は毎午後四輪馬車でドライヴをしているのだと分かった。彼らが車に乗ったことが一度も無いと聞いても、私は驚かなかったであろう。

女支配人の話では、三人は自分たちだけで居るのを好み、ホテルの他の客と交際する気がないようだった。そこで私は勝手に想像を羽ばたかせることにした。私は彼らが日に三回食事を取るのを観察した。夫妻が朝ホテルの階段の一番上に座っているのを観察した。夫は「タイムズ」を読み、妻は編み物をしている。おそらく夫人は新聞を一度も読んだことがないのであろう。一家は「タイムズ」以外の新聞を取っていないし、むろん夫は「タイムズ」を会社に持っていってしまうからだ。十二時になるとミス・ポーチェスターが加わる。

「エリナー、散歩は楽しかった？」ミセス・セント・クレアが聞いた。

「ええ、とても楽しかったですわ、ガートルード叔母様」ミス・ポーチェスターが答えた。

この会話から、叔母が毎午後「いつものドライヴ」を楽しむように、姪は毎朝「いつもの散歩」を楽しむのだと分かった。

「今編んでいる列の終わりまで済んだところで、昼食前に健康のために散歩に出かけたらどうかね？」妻の編み物を眺めていたセント・クレア氏が提案した。

「そうですね」ミセス・セント・クレアが同意した。彼女は編み物をたたんで、姪に渡した。「部屋に上がるのなら、これ持っていってくださらない？」

「はい、叔母様」

「エリナー、あなた、散歩して少し疲れたのじゃない？」

「ええ、昼食前に一寸休みますわ」

ミス・ポーチェスターはホテルの中に入り、セント・クレア夫妻はゆっくりと海岸に沿って歩きだし、ある地点まで行くと、またゆっくりと引き返してきた。

私は三人の誰かと階段で会うと、お辞儀をしたのだが、にこりともしないで、丁寧にお辞儀を返されるだけだった。朝出会ったときは、思い切っておはようございますと言ったのだが、言葉による返答はなかった。どうも彼らとは口をきく機会は決して来ないように思われた。しかし、しばらくすると、セント・クレア氏が私のほうを時々ちらちらと見るような気がした。私の名前を誰かから聞いて、私に関心を抱いているのかと思った。でもこれは私の自惚《うぬぼ》れかもしれなかった。その数日後、部屋にいるとポーターが伝言をもってやってきた。

「セント・クレア様がよろしくということです。そしてウィテカー年鑑をお貸しねがえないか、ということです」

私はびっくり仰天した。

「何だって私がそんなものを持っていると思われるのだろうな？」

「恐らく支配人がお客様が作家だとお伝えしたからでございましょう」

私には話のつながりが摑《つか》めなかった。

「残念ながら、ウィテカー年鑑は所持していませんが、もし所持していれば、喜んでお貸ししますと、セント・クレア氏に伝えてください」

どうやらうまい切っ掛けが得られた。何しろこの時までに、この不思議な連中を身近に知ってみたいという願いが強くなっていた。時々、アジアの中心部で経験したことだが、小さな村で異人種に取り囲まれて、独立して暮らしている種族に出会うのだ。どうしてそこにやってきたのか、なぜそこに定住したのか、誰も知らない。自分たちだけで暮らし、自分たちだけの言語を喋り、周囲とは一切関係を避けている。民族大移動の際に取り残された種族なのか、それとも、国で大昔に権勢を誇っていた種族の末裔なのか、誰も知らない。謎である。彼らには未来もないし、過去もない。例の三人のグループはこういう種族と類似しているような気がしてならなかった。彼らはもう過ぎ去った時代の人である。親の世代の人が読んでいた冗漫で古風な小説に登場する人物を思い起こさせるのだ。前世紀の八十年代の人間で、それ以来変化していないのだ。この四十年間、まるで世の中がじっと静止していたかのごとく、変化せずに生き続けてきたなんて、全く驚くべきことだった。彼らを見ていると、私は自分の子供時代を思い出し、とうの昔に亡くなった人々が頭に浮かんでくる。昔の人が今の人より個性的だと思えるのは、時の隔たりのせいだけだろうか。昔は誰かが「個性的だ」と評された場合、ほんとうに独特な人物だったものだ。

そこで私はその夜、夕食後に休憩室に入って行き、大胆にセント・クレア氏に話しかけてみた。

「ウィテカー年鑑を所持していませんで、失礼しました。もし他にお役に立つような本がありましたら、喜んでお貸ししますが」

セント・クレア氏が驚いたのは明白だった。二人の女性はそれぞれの仕事から目を上げなかった。気まずい沈黙があった。

「謝っていただくことはありません。ただ、支配人からあなたが小説家だと伺ったものですからね」

私は頭を捻った。私の職業とウィテカー年鑑には、私の知らない関連があるらしい。

「昔のことになりますが、トロロープ氏がレンスター広場の私どもの家で食事をされたものでした。そして、小説家にもっとも大事な書物は聖書とウィテカー年鑑だと氏が言われたのを覚えていたものですから」

「そういえばサッカレーがこのホテルに滞在したことがあるそうですね」私は会話を中断させないために、言ってみた。

「サッカレー氏ですがね、彼は家内の父の故サージェント・ソンダーズ氏の家で一度ならず食事をされたのですが、私は好きになれなかったですな。あまりにも皮肉家なので、好みにあいませんでした。姪には、今に至るまで『虚栄の市』を読ませておりません」

ミス・ポーチェスターは話が自分のことに及んだので、少し顔を赤らめた。その時ボーイがコーヒーを運んできたので、ミセス・セント・クレアが夫に言った。

「ねえあなた、この方にコーヒーをご一緒するようにお勧めしたらどう？」

私は直接言われたのではないけれど、即座に答えた。

「ありがとうございます」

私は腰を下ろした。

「私はトロロープ氏の小説を好んでいました。本質的に紳士でしたからな。チャールズ・ディケンズも尊敬はしていますが、紳士を描くことは出来なかったように思いますよ。最近の若者はトロロープ氏を少しテンポが遅いと思うのだと聞いております。姪のミス・ポーチェスターはウィリアム・ブラック氏の小説をより好んでおります」セント・クレア氏が言った。

「ブラック氏は読んだことがございません」私が言った。

「ああそうですか。私と同じで、今風の好みではないのですな。姪は以前ミス・ローダ・ブロートンという人の小説を私に勧めました。しかし、百ページから先はどうしても読めませんでした」

「エドウィン叔父さま、私も好きだとは言いませんでしたわ」ミス・ポーチェスターはまた赤くなりながら、弁解した。「テンポがやや速いとは言いました。でも誰もが話題にしていました」

「ガートルード叔母様がお前に読んで欲しいと思うような本ではないと確信するね」

叔父が言った。

「ミス・ブロートンから聞いたのですがね」私が言葉を挟んだ、「彼女が若い頃は人々は彼女がテンポの速い小説を書くといい、彼女が年長になったら人々がテンポが遅いと言うので困る。だって、自分は四十年間まったく同じような本を書いているだけなのだからってね」

「あらまあ、ミス・ブロートンを直接ご存じですの？」ミス・ポーチェスターが初めて私に向かって言った。「何て面白いのでしょう！　ではウィーダもご存じでしたか？」

「エリナー、驚いたな！　何を言い出すか怖いみたいだ。ウィーダを読んだなんて叔父さんは信じないよ」

「エドウィン叔父様、読んでいますわ。『二つの旗の下で』を読んで、とても気に入りましたわ」

「これは驚いた。ショックだな。最近の若い人はどうなっているのだろうか！　私には理解できない」

「叔父様は私が三十になったら、何でも好きなものを読んでいいと、おっしゃっていましたわ」

「自由と放縦とは違うのだよ」叔父は非難を和らげるためにちょっと微笑したけれど、やや厳しい口調で言った。

このやり取りを聞いて私は魅力的な古風な印象を受けたのだが、ここでそれを再現できたかどうか自信はない。一八八〇年代の若者の堕落について彼らが話し合っているのを一晩中聞いても飽きなかったと思う。レンスター広場の彼らの広々とした屋敷をちょっとでもいいから、見せて欲しいと強く願った。客間には赤いブロケードの応接セットがそれぞれ決まった場所に鹿爪らしく配置され、キャビネットにはドレスデンの陶器が飾られていて、私に自分の子供時代を思い出させることであろう。客間はパーティーの時にしか使わないので、一家はいつも食堂に座っているが、そこにはトルコ絨毯《じゅうたん》が敷かれ、銀製品で「うなっている」大きなマホガニーのサイドボードが置かれている。壁には、ミセス・ハンフリ・ウォードとその伯父のマシュー・アーノルドが一八八〇年の王立美術院展で感嘆した絵画が飾られているに違いない。

翌朝エルサムの裏手の綺麗な小道を散歩していると、ミス・ポーチェスターに出会った。彼女は「いつもの散歩」中だったのだ。私はできれば少し一緒に歩きたいと思ったが、私のような年配の男でも、五十の独身婦人には一緒に歩くのは決まり悪いだろうと思って遠慮した。私とすれ違った時、彼女はお辞儀をし、赤くなった。奇妙なことに、彼女の後ろから数ヤードはなれて、昨日海岸で数分喋った、黒手袋のみすぼらしい小男に出くわした。彼は古ぼけた山高帽に手を触れた。

「失礼ですがマッチを貸していただけますか?」彼が聞いた。

「いいですとも。でもタバコを持ち合わせていませんよ」

「では私のタバコを一本さしあげましょう」そう言って、ポケットから紙箱を取り出した。空だった。「おやまあ、私も持っていません。なんという偶然でしょう!」

彼は先に進んだが、少しばかり歩みを速めたように感じられた。どうも怪しい奴だと私は思い始めた。ミス・ポーチェスターに迷惑をかけたりすることがなければいいがと思った。一瞬、後戻りをしようかなとも考えたが、そうしなかった。一応礼儀は心得ているようだから、独身女性を困らせるようなことはしないだろうと思い直したのだ。

同じ日の午後、この男にまた会った。私が海岸のベンチに座っていた時だ。彼はこちらに向かって、小刻みに歩いてきた。風が少しあり、彼は風に吹き飛ばされている枯葉のようだった。今回はためらうことなく隣に座った。

「またお会いしましたな。世の中は狭いものです。ご迷惑でなければ、一寸だけ休ませてください。少々疲れましたので」

「ここは公共のベンチです。誰にだって座る権利があります」

私はマッチを貸してくれと言われるのを待たずに、すぐタバコを勧めた。

「それはご親切ですな。私は一日に何本以上はいかんと禁じられていますが、吸うときは楽しみます。年とともに人生の喜びは減りますな。しかし、私の経験では、残っている喜びを以前より深く味わえるような気がします」

「それは慰めとなる考えですね」

「失礼ですが、あなたは著名な作家だと考えてよろしいでしょうか？」

「作家ですが、どうしてそう思ったのですか？」私が聞いた。

「写真入り新聞でお見かけしたのです。ところで、私が誰だかお分かりでないでしょうな？」

こざっぱりしているけれど、みすぼらしい黒服の、長い鼻と涙の出ているような青い目の小男を再度眺めた。

「どうも分かりませんね」

「私も変わりましたからな」彼は溜息をついた。「ひと頃は、私の写真がイギリスのあらゆる新聞に出ていたものでした。むろん、新聞写真というのは実物より悪くみえるものです。写真の下に名前が無かったなら、本人の私でも自分の写真だと気付かなかったとこですよ」

彼はしばらく黙った。潮が引いて、海岸の石ころの向こうには一筋の黄色の泥が見えた。防波堤はその泥に埋まっていて、有史以前の動物の背骨のようだった。

「先生、作家というのはさぞ面白いものでしょうな。私も自分に書く才能があるんじゃないかと思ったことが何度もありました。一時期は随分読書をしていました。最近はあんまり読みませんんです。一つには視力が前ほどよくなくなったからです。やってみれば、私も書けるんじゃないかと思っています」

「誰でも一冊は書けると言われています」私は言った。

「小説ではないですよ。小説は苦手ですな。歴史とか、そういうのが好みです。回想記がいいです。どこかで書かせてくれるなら、回想記を書いてみたいです」

「今の時代、回想記が流行っています」

「色々な点で私のような経験をした人は多くないと思いますんでね。実際一度日曜新聞に執筆する気がある旨《むね》を、手紙で伝えたのですが、何の返事も無かったのです」

彼は私をじっと推し量るように見た。体裁屋なので、私に半クラウン銀貨を恵んでくださいとは言えない様子だった。

「むろん、私が誰だかご存じないでしょうね？」

「正直言って、知りません」

彼はしばらく考えている様子だったが、それから黒手袋の皺を伸ばし、そこにある穴をじっと眺め、それから多少照れくさそうにこちらを向いた。

「私は有名なモーティマー・エリスなのです」と言った。

「えっ？」

ほかにどう言ったらいいのか分からなかった。どう考えても、私の聞いたことのない名前だった。彼の顔に失望の色が浮かんだのを見て、ちょっと決まりが悪かった。

「モーティマー・エリス」と彼はもう一度言い、「まさかご存じないとおっしゃるのでは、ないでしょう?」

「申し訳ないが、そうなのです。イギリスにいなかったことも多いものですから」

何で有名なのだろうかと頭を捻った。様々な可能性を考えた。運動選手というのは、イギリスだけでのことだが、有名になれるけれど、そんな体格ではない。信仰治療師という手合いか、それともビリヤードの選手という可能性はあるかもしれない。内閣閣僚ほど辞めるとすぐ忘れられる職はないから、もしかすると、昔の内閣の商務大臣だったのかもしれない。だが、政治家らしい所などまるでない。

「名声なんてものは、そんなものですなあ。何週間にわたって私はイギリス全土で噂の種だったのですがね。私をご覧ください。新聞でご覧になったでしょう。モーティマー・エリスです」

「申し訳ないが」私は頭を横に振った。

彼は告白を効果的にするためしばらく間を置いた。

「私は有名な結婚詐欺師なのです」

皆さん、赤の他人に等しい男が、自分は有名な結婚詐欺師だと言ったら、一体何と返事をしますか？　私は普段は返事に困ることはないと自惚れているけれど、この時ばかりは、返事に窮した。

「これまで十一人の妻を持ちました」彼は言葉を続けた。

「たいていの男は一人の妻でも持て余しているのに」私が言った。

「練習不足だからです。十一人の妻を持ちますと、女に関して知らぬことなしになるものです」

「でも、どうして十一人で止めたのですか？」

「ほら、そうお聞きになると思っていましたよ。先生のお顔に注目した瞬間から、賢明なお顔だと思いましたよ。おっしゃる通りでして、十一というのは頭痛の種なのです。十一とは変な数字です。どこか未完成なところがあります。三は珍しくないし、七も結構だし、九は幸運だと言われるし、十はむろん問題なしです。しかし十一というのはね！　私が残念なのは、正に十一で終わったことです。もし一ダースにしていたら、思い残すことが無かったのに！」

彼はコートのボタンを外し、内ポケットからふくれた、べとべとする札入れを取り出した。そこから新聞の切り抜きの束を取り出した。皺がより、汚れていた。彼はその二、三枚を広げた。

「この写真をご覧ください。私に似ていましょうか？　侮辱ですよ。この写真を見たら、誰だって犯人だと思ってしまいますからね」

切り抜きは結構な長さだった。デスクの見解では、モーティマー・エリスは新聞種として有用だったのだ。見出しは「何度も結婚した男」、「非情な悪漢遂に被告席へ」、「唾《だ》棄《き》すべきゴロツキ逮捕」などとあった。

「好評ではないようですな」私が言った。

「私は新聞がどのように書こうと気にしません」彼は痩せた肩をすくめて言った。「沢山のジャーナリストを知っていますからね。私が許せないのは判事です。あの判事は私をひどい目にあわせましたよ。まあ、それで、判事自身にもろくなことはなかったようで、判決の一年後に死亡しました」

私は記事をざっと読んでみた。

「なるほど、五年も入っていたのですか」

「恥知らずですよ。そこに書いてあることを見てください」彼は人差し指で記事の一点を指した。「ほら『犠牲者の三名は被告に寛大な処置を嘆願した』とあるでしょう。それで彼女たちが私をどう思ったか、分かるのです。嘆願があったのに、判事は五年の懲役を言い渡したのですよ！　それから、判事が私のことを、非情な悪漢と呼びました。世にも珍しい親切なこの私をですよ。社会の敵、一般人への危険だと言いました。私を鞭で打つ権限が自分にあればいいのだが、と判事はいいました。懲役五年は重過ぎるとは思いますが、それは我慢します。ですが、判事は私にあんなことを言う権利があったのでしょうか？　いいえ、そんなことはありません。あの判事は絶対に許せません。たとえ私が百歳まで生きたとしても」

結婚詐欺師の頬は紅潮し、涙っぽい目は一瞬燃え上がった。彼にとって悔しくてたまらない点だったのだ。

「切り抜きを読んでいいですか」私が聞いた。

「そのためにお渡ししたのです。ぜひ読んでください。読めば、私がひどく不当に扱われたものだと、おっしゃいますよ。さもなければ、私の目が節穴だったことになります」

切り抜きを次々に読んでゆくと、モーティマー・エリスがどうしてイギリス中の海岸の保養地をよく知っているのかわけが分かった。彼の狩猟場だったのだ。手口はこうだった。季節外れの保養地に行き、空いている貸家のどこかで部屋を借りる。女性と知り合うのには時間はかからないようで、相手は未亡人か老嬢で、年齢は三十五から五十の間である。被害者はみな海岸で初めて会ったと証人席で証言している。知り合って二週間以内に求婚し、その後まもなく結婚している。相手の女性をうまくくどいて貯金を彼に預けるようにさせる。それから数ヵ月経った頃、用事でロンドンに行くと称して、彼は姿を消すのだった。証言するために被告席の彼を見るまで、一人の例外以外ほとんどの被害者は彼と二度と会わなかった。みなある程度身分のある女性だった。医者の娘、牧師の娘、貸家の管理人、巡回商人の未亡人、仕事をやめた婦人服仕立て人などなど。大方の場合、女性の財産は五百ポンドから一千ポンドという範囲だった。金額の如何にかかわりなく、最後の一セントまで奪われたのであった。彼に全財産を奪われて、貧乏暮らしに追い込まれたという悲惨な訴えもないではなかったが、被害にあったすべての女性が、彼がよい夫だったと証言している。三人が寛大な処置を実際に願っただけでなく、ある被害者は証人席で、彼が戻ってきたいというのなら、迎え入れてもいい、とまで述べた。ここの部分を私が読んでいるのに彼は気付いた。

「そしてこの女は、私を食わせるために働いてくれたでしょうな。その点は確かです。しかし『過ぎたことは過ぎたこと』ですよ。私はうまい肉には目がないほうですがね。でも正直な話、冷えたマトンのローストでは好みじゃありませんな」

モーティマー・エリスが十二人目の女と結婚し、一ダースの妻を持つという——恐らく「切りがいい」のを好む彼の美意識から出た——目標に達し損なったのは、偶然のせいだった。というのはミス・ハバードという女と婚約まで行っていたのだ。「戦時公債で二千ポンドは間違いなく持っていました」と彼は打ち明けた。結婚予告が教会に張り出され、以前の妻の一人が彼を見て、問い合わせ、警察に通報した。十二回目の結婚式の丁度前日逮捕された。

「通報したのは悪い女でした。私をうまく騙《だま》しましたからな」

「どうやってあなたを騙したのですか?」私は聞いた。

「その女にはイーストボーンで会いました。十二月のある日の波止場でした。喋っているうちに、婦人帽子販売をやっていて今は退職したと言いました。小金を貯めたといいました。はっきり金額を言わなかったのですが、一万五千ポンド前後だと匂わせました。ところが、いざ結婚してみると、嘘みたいな話ですが、三百ポンドも持っていないのです。それなのに、そいつが訴えたのです。申しておきますが、私は一度もその女に文句など言いませんでしたよ。騙されたと知ったとき、辛く当たる夫が多いでしょうがね。私はがっかりした素振りも見せませんでした。何も言わずに姿をくらましただけです」

「でも三百ポンドはしっかり持っていったのでしょう?」

「無茶なこと、おっしゃいますな!」彼は心を傷つけられたような声を出した。「三百ポンドなんてじきに減ります。女が真実を白状するまで、四カ月も結婚生活を送ったのですよ」

「こんな質問して気を悪くしないでくださいよ。あなたの外観が悪いと言っていると取らないでください。でも、女たちはどうしてあなたと結婚したのですか?」

「だって、プロポーズしたからですよ」私の質問に驚いたのは明白だった。

「でも断られたことはないのですか?」

「滅多にありませんでした。この道に入って、せいぜい四回か五回くらいです。大丈夫と見当がついてからしか求婚しませんでしたし、時には空クジを引いたこともありました。毎回成功するっていうのは無理です。何週間も言い寄ってみて、これはものにならんと断念したことも、よくありました」

私はしばらくの間、あれこれ考えていた。が、結婚詐欺師の表情豊かな顔に微笑が広がってゆくのに気づいた。

「先生のおっしゃる意味、わかりますよ。私の外観がぱっとしないのが気になるのでしょう。女たちが私のどこに引かれるのか納得できないのでしょう。小説を読んだり、映画を見てばかりいるとそうなります。女が望むのは、カウボーイとか、古いスペイン風のロマンスとか、キラキラ輝く目とか、オリーブ色の肌とか、ハンサムな舞踊師とか、そういうのだと勘違いするのです。それは大きな誤りです」

「それはよかった」私が言った。

「先生は結婚されていますか?」

「ええ、でも妻は一人です」

「それでは女は分かりませんな。一つの例からじゃ一般論は引き出せません。いいですか、もしブルテリアしか飼ったことがなければ、犬一般のことなど、どうしてわかりましょう?」

これは修辞学上の疑問文であり、答を要求していないと確信した。彼は効果のために少し間を置いてから言った。

「女の望むものが何か、皆さん分かっていない。全然分かっていない。そりゃ、若い美男子に憧れるかもしれませんが、結婚は考えない。顔の美醜なんてどうでもいいのです」

「劇作家のダグラス・ジェロルドなども、機知に富んでいたが美男ではなかった。その彼が、女を口説く時に十分早く始められれば、部屋で一番ハンサムな男を出し抜ける、とよく言っていましたな」私が言った。

「でも口説くのに機知は要りません。女は男が面白いことを言うのを望みません。却《かえ》って、不真面目だと思うのです。美男も望みません。やはり不真面目だと思うのです。真面目が好きなのです。安全第一ですな。それから、親切にされることを好みます。私はハンサムでもなく、笑わすこともできないかもしれませんが、すべての女が望むものを持っています。落ち着きです。その証拠に、どの妻も幸せにしました」

「確かに、三人までがあなたへの寛大な処置を訴え、一人があなたを再び迎え入れると言ったのは、あなたがよい夫だったからでしょうね」私が言った。

「その女のことじゃあ、刑務所にいる間ずっと気がかりでしたよ。釈放された時に門で待っているんじゃないかと心配でした。そこで刑務所長に、誰にも見られないようにこっそり出して欲しい、と頼みました」

彼は両手にはめている手袋の皺をのばし、人差し指の穴を見た。

「一人暮らしだとこんなことになります。女が世話してくれなかったら、男はどうやって身奇麗にしていられますか？　これまで何回も結婚したので、妻なしでやってゆくのは難しいですよ。世間には結婚を嫌う男もいますが、私には理解できません。実際の話、何事であれ、心をこめてやらなければ、うまく行きません。私は結婚生活をうまくやって行くのが好きです。女が好むような些細なことをするのは、私には面倒じゃありません。男の中には面倒がる人もいますがね。さっきも言いましたが、女は親切にされたがります。私は家を出るときは必ずキスをし、帰宅したら必ずキスします。帰宅の際はチョコレートとか花を買ってきます。費用は惜しみません」

「たとえ使うのが女の金であってもですな」私が言葉を挟んだ。

「だとしても、それが何だというのです？　贈物というのは、払った金じゃなく心の問題ですよ。それが女には肝心です。いや、私は自慢は嫌いですが、自分がよい夫だと思います」

私はまだ手にしていた裁判の記事をざっと眺めた。

「相手の女性は、みな家柄がよく、ある年齢に達していて、おとなしく、まともな人ですね。こういう女性が、あなたと知り合ってごく短い期間しか経たないのに、何も調べずに、結婚したというのは、驚きですな」

彼は自信ありげに手を私の腕に置いた。

「まだ分かっていらっしゃいませんね。女は結婚願望が強いのです。若いのも、年取ったのも、背が高いのも低いのも、金髪も黒髪も、共通して結婚したいと願っています。それから大事なのは、私が教会で結婚したことです。教会で結婚するのでなければ、本当に安全だとはどの女も思いません。先生は私が美男でないと言われますが、仮に片脚で、せむしだったとしても、私と結婚する機会があれば、喜んで飛びつく女を幾人でも見出せます。結婚願望は執心というか、一種の病気です。本当の話、大抵の女は、私の方が態度を決めるまで慎重でなかったなら、会って二度目の時、もう私と結婚する気になっていましたよ。全てが法廷で明かされたとき、私が十一回結婚したというので大騒ぎになりました。十一回？　そんなのわけないです。一ダースですらわけない。私がその気になれば、三十回だって結婚可能でしたよ。誓っていいますが、いくらでも機会があったのに、この回数に抑えたなんて、我ながら遠慮深さに驚いています」

「歴史を読むのが好きだということでしたな」私が言った。

「ええ、初代インド提督のウォレン・ヘイスチングズも『自分の遠慮深さに驚いている』と言ったとおっしゃりたいのでしょ？　総督のあの発言を読んだとき、感銘を受けましたよ。私にぴったりだと思いました」

「お聞きしますがね、ひっきりなしに求婚していて退屈ではなかったですか？」

「私は論理的な頭をしていると思いましてね。同じ原因が同じ結果を生むのを見るととてもよい気分になります。例えば、結婚したことのない女だと、私は妻に死なれた男の振りをします。まじないみたいに効きます。老嬢には男は世間を知っているほうがいいのです。でも未亡人相手では独身を装います。未亡人は結婚したことのある男は知り過ぎていると思うのです」

切り抜きを返した。彼はきちんと折りたたんで、べとべとした札入れに戻した。

「思うのですが、私は間違った評価を受けてきました。社会の敵だの無節操な悪者だの、唾棄すべきならず者だのと言われました。さあ、私をご覧ください。そんな種類の男に見えますか？　先生は私を知っておられる。性格の判断が出来る方だ。全てをお話ししました。私は悪人でしょうか？」

「まだ知り合って間がありませんし」と私はかなり巧みにかわしたつもりだった。

「判事にせよ、陪審にせよ、傍聴人にせよ、事件を私の側から見たことが一体あるのでしょうかね。傍聴人は私が法廷に引き出された時、ブーと言いまして、警察は彼らの暴力から私の身を守らねばなりませんでした。私が妻にたいしてどんなことをしてやったか、彼らは知っているでしょうか？」

「金を取ったと思っているのでしょうな」

「むろん金は取りました。人間誰しも食っていかねばなりませんから。でもそのお返しにどれだけのものを与えたでしょうか？」

これも修辞学上の質問であり、彼は答を期待しているようにこちらを見たが、私は沈黙を守った。答えようがなかった。彼は声を高め、力強く語った。大真面目だったのだ。

「金銭と交換で何を与えたか、申します。ロマンスです。この土地を御覧なさい」手振りで海と地平線を含む大きな輪を作った。「イギリスにはここと同じような土地がいくらもあります。海と空をご覧なさい。貸家を御覧なさい。埠頭と海岸通りを御覧なさい。意気消沈しませんか。全く廃《すた》れています。一、二週間、静養のために来るのなら、結構ですよ。でも来る年も来る年もずっとここで暮らす女たちのことを考えてみてください。何の機会もない。誰も知らない。暮らしてゆくだけの金があるだけです。彼女らの生活がどれほど惨めか、お分かりでしょうか。海岸通りと同じです。長い真っ直ぐなセメントの散歩道で、ある保養地から次の保養地までえんえんと続いてゆくのです。行楽シーズンになっても、彼女らはそこから外れています。死んだも同然ですな。そういう所に私が登場します。自分はもう三十五歳だと進んで認めないような女に言い寄ったことは一度もありませんよ。私は彼女らに愛を与えます。男に背中のボタンをかけてもらうのがどんなものか、経験したことがない女が結構いるのです。暗闇でベンチに腰かけ、男が腰に手を回すという経験もありません。そこに私が変化と興奮をもたらすのです。彼女らに自尊心を取り戻させます。棚晒しになっていたところに、私がそっと現れて、丁寧に棚から下ろすのです。薄暗い人生における一筋の陽光、それが私です。彼女らが私を歓迎し、近寄って欲しいと望むのも無理からぬことです。私を裏切ったのは、あの帽子屋だけです。あの女は未亡人だと言っていましたが、実際は、一度も結婚していないのだろうと思います。私が女をひどい目に遭わせたと言いますが、実は、生きる喜びなど味わう機会はもう来ないと絶望していた時に、幸福と輝きを十一の人生に齎《もたら》したのです。私を悪漢だの卑劣漢だのというのは誤りです。博愛主義者です。五年の懲役になりましたが、本来なら、王立人道協会から勲章を授かるべきです」

彼はゴールド・フレークの空箱を取り出し、憂鬱そうに頭を左右に振った。私が煙草入れを渡すと、何も言わずに一本取った。彼が内心の思いと格闘している情況を観察した。

「私が受けた報酬はと言えば何だったのか。食と宿とタバコを買う小銭です。貯金というのは出来なかったのです。その証拠に、もう若くはなくなった今になって、ポケットに半クラウン銀貨もないのです」彼は斜めに私を眺めた。「こんな貧乏になるなんて不名誉なことです。これまでは払うべき金は自分で払ってきたのです。友人に借金を頼んだこともありません。僅かばかりの金を用立て願えませんか？　そんなことをお願いするのは恥ずかしいのですが、一ポンド貸して頂ければ、大助かりなのですが」

私が一ポンド分の面白い話を結婚詐欺師から聞いたのは確かだった。ポケットから財布を出した。

「いいですよ」私が言った。

彼は私が取り出した札を見た。

「二ポンドにして頂いてはいけませんかね」

「かまいませんよ」

私が二ポンドを渡すと、彼はちょと溜息をついた。

「家庭生活の快適さを知った者が今夜の宿もわからない、というのがどれ程辛いかお分かりではないでしょうな」

「だが一つ、教えて欲しいことがあるのです」私が言った。「私を皮肉屋だと思ってほしくないのですがね、女というのは、『受けるより与えるほうが幸いなり』という金言を男についてだけのものだと考えています。それなのに、お体裁屋で明らかにケチな女たちに、どうやって貯金を全部あなたに安心して預けるように説得できたのですか？」

面白がっているような笑いが彼のさえない顔全体に広がった。

「欲張りすぎてしくじる、ということをシェイクスピアが言ってますでしょ。それで説明がつきます。『六カ月で二倍にしてやる』と言えば、どんな女でも、すぐさま金を渡します。貪欲ですな。貪欲以外の何ものでもありません」

気晴らしになる結婚詐欺師の話から、セント・クレア夫妻とミス・ポーチェスターのラベンダーのポプリ袋とフープスカートのお上品な世界に移行するのは、熱いソースの後でアイスクリームを食べるのに似た、食欲をそそる、刺激的な気分であった。私はこの一家と毎晩一緒に過ごすようになった。婦人たちが食堂から引き上げると、セント・クレア氏は私のテーブルに使いをよこし、よろしかったらポートワインをご一緒しましょうと言ってきた。ポートワインを飲んだ後、休憩室に移り、コーヒーを飲んだ。セント・クレア氏は年代物のブランデーを好んだ。こうして彼らと過ごした時間はあまりにも見事に退屈なものなので、私には却って独特の魅力があった。彼らは支配人から私が芝居を書いたことがあると聞いていた。

「ヘンリー・アーヴィング卿がライシアム座で出演していた頃、よく劇場に行ったものです」セント・クレア氏が言った。「一度お会いしたことがありましてな。エヴェラード・ミレー卿にギャリック・クラブでの夕食に連れてゆかれました。そこで、受爵する以前のアーヴィング氏に紹介されました」

「あなた、その方に言われたことをお話しなさったら」ミセス・セント・クレアが言った。

セント・クレア氏は急に芝居めいた口調になり、ヘンリー・アーヴィングの口調を結構巧みに真似した。

「彼は『セント・クレアさん、あなたは俳優のようなお顔をしています。もし舞台に出ようと思いたったら、いらっしゃい。役を差し上げましょう』とおっしゃいましたよ」それからまた普通の口調に戻った。「若者はそんなことを言われるとのぼせ上がりますな」

「しかしあなたはのぼせあがらなかった、のですね」私が言った。

「もし環境が違っていたら、誘惑に駆られたかもしれないのは否定しません。でも家族のことを考えなくてはなりませんでした。父の跡を継がなかったら、父はさぞかし失望したでしょうからな」

「で、そのお仕事は何ですか」私が聞いた。

「お茶を扱っております。私の会社はロンドンの商業区《シティ》で一番古いのです。生涯の四十年間、若い頃ひろく飲まれていた中国茶でなく、セイロン茶をイギリス中の人が飲むようにしようと最大限の努力をしました」

生涯を費やして、同胞が飲みたがっているお茶でなく、飲みたがらないお茶を買うよ

うに勧めるというのは、いかにもセント・クレア氏らしいと思った

「でも若い頃は、夫も素人芝居を随分やったのですよ。そして上手だという評判を得ていましたのよ」夫人が言った。

「やったのはシェイクスピアと、シェリダンの『悪口学校』なんかでしたよ。下らぬ作品を演じるなんて、我慢できませんでした。でも、みな昔の話です。まあ何ですな、私に俳優になる天分が仮にあったとすれば、それを生かさなかったのは残念だったかもしれません。でも、今さらそんなことを言っても始まりません。晩餐会の席で、ご婦人方の要望で、『ハムレット』の有名な独白を暗唱することは、時にありますがね。それ以上は致しません」

これは、これは！　この晩餐会のことを想像して私の心は躍った。わくわくした。私もそこに招待されることが一体あるだろうか。ミセス・セント・クレアは、半ば驚いたような、半ば気取った様子で、少し微笑んだ。

「主人は青年時代は、結構ボヘミアンでしたの」

「若気の至りで道楽もしました。画家や作家を沢山知っていましてね。例えば、ウィルキー・コリンズとか、他に新聞に寄稿するような人も知っていました。画家では、ワ

ッツが家内の肖像画を描きましたし、ミレーを一枚買いました。ラファエル前派の連中を多数知っていました」セント・クレア氏が言った。

「ロゼッティの絵もお持ちでしょうか？」

「いいえ。ロゼッティの画家としての才能は評価しましたが、どうも私生活は不快でしてね。家でのパーティーに招待する気になれないような画家の絵は一枚も買いませんでした」

私は胸が踊り目がまわった。その時、ミス・ポーチェスターが時計を見ながら、「叔父さま、今夜は朗読をしてくださらないのですか？」と言った。

私は引き下がった。

ある夜、セント・クレア氏とポートワインを飲んでいるとき、ミス・ポーチェスターの気の毒な話を聞いた。ミセス・セント・クレアの甥である、ある法廷弁護士と婚約していたのだが、この男が出入りのクリーニング屋の娘といかがわしい関係になっているのが露見したという。

「ひどい話でしたよ、まったく。むろん姪はこういう場合にとるべき道を歩みました。指輪、手紙、写真を返し、結婚できませんと伝えました。そして誘惑した女性と結婚するように懇願し、自分はその女性の姉になろうと言いました。姪はすっかり心を傷つけられて、それ以後他の男に心を引かれることはありませんでした」

「で、婚約者は相手の娘と結婚したのですか？」私が聞いた。

セント・クレア氏は頭を左右に振り、溜息を漏らした。

「いいえ、あの青年をひどく見損ないました。家内は、自分の甥がひどい不始末をしたので、大変悲しみました。その後しばらくして、その甥が、一万ポンドの持参金のある身分のよい若い女性と婚約したということを聞きました。その女性の父上に手紙を書き、事実をお伝えするのが、私の義務だと思いました。ところが、その父親はひどく無礼な返事を寄越したのです。自分は、娘の夫となる男が、結婚後でなく結婚前に浮気をするほうがよいと思う、などと書いてきましたよ」

「それからどうなりましたか？」

「結局、結婚しました。甥は今では高等法院判事の一人になっていまして、妻は卿夫人と呼ばれています。でも私どもは甥夫妻を受け入れようと同意したことはありません。彼がナイトの爵位を与えられた時、エリナーが夫婦を晩餐に招待しようと提案しましたが、家内は彼らが我が家に入ることを絶対に許さないと言いました。私も同意しました」

「で、クリーニング屋の娘はどうなりましたか?」

「同じ階級の男と結婚し、今はカンタベリーでパブを経営しています。姪は自分の財産を少し持っているので、その娘のために親切を尽くしてやりました。一番上の子供の名付け親になっています」

ミス・ポーチェスターも気の毒だな。ヴィクトリア朝の道徳意識の犠牲者だ。自分が清く正しく振舞ったという満足だけが褒美《ほうび》だった。

「ミス・ポーチェスターははっと驚くような姿をしておられます。若いころはさぞ美しかったでしょうね。どうして他の誰かと結婚されなかったのか不思議です」

「姪は美人だと言われていました。アルマ=タデマがすっかり感心して、ぜひモデルになってくださいと、頼んできましたが、むろんそのようなことを許すわけには行きませんでした」セント・クレア氏の口調だと、そんな提案はひどく礼節にもとると言わんばかりだった。「ミス・ポーチェスターはあの従兄以外は誰も好きにならなかった。彼のことを話題にするようなことはありませんし、別れてから三十年になりますが、今でも愛していると私は確信しています。真実の女です。一生に一度の愛。結婚と母性を経験しなかったのは、気の毒でしたが、あの子の貞節には心を打たれますよ」

しかし、女の心くらい予測できないもののない。だから女が同じ状態にいつまでも留まると思う者は思慮が浅いのである。エドウィン叔父さん、あなたも思慮が浅いのです。あなたはエリナーを何十年も見てこられましたね。彼女の母が病弱で亡くなり、孤児になった彼女を快適な、贅沢《ぜいたく》でさえあるレンスター広場の邸宅へ引き取った時、彼女はまだ子供だったのだから。しかしながら、実際のところ、あなたは娃御さんを本当に知っていたのでしょうか?

どうして彼女が老嬢になったのかという哀れな物語をセント・クレア氏から打ち明けられてからほんの二日たった日の午後、ゴルフをワンラウンドやってからホテルに戻ると、女支配人が興奮した様子で駆け寄ってきた。

「セント・クレア様からのお願いですが、すぐに二十七号室にいらしてくださいということです」

「いいですとも。でも何故ですか?」

「とんでもない騒ぎが起きました。すぐお分かりになります」

私はドアをノックした。「どうぞお入りください、どうぞお入りください」という声が聞こえた。それを聞いて、セント・クレア氏がかつて多分ロンドン一上品な素人劇団でシェイクスピア劇の役を演じたのを思いだした。部屋に入ると、ミセス・セント・クレアがオーデ・コロンを浸したハンカチを額に当て、手に気付け薬を持って、ソファに横になっていた。セント・クレア氏は暖炉の火の前にすっと立ち、誰にも火に当たらせぬという勢いだった。

「このような無礼な仕方で部屋にお呼びして申し訳ありません。ですが、私ども大変困惑していまして、あなたなら起きたことを説明してくださるかもしれないと思ったものですから」

彼が途方に暮れているのは誰の目にも明らかだった。

「一体、何が起きたのですか？」

「ミス・ポーチェスターが駆け落ちしたのです。今朝、家内にいつもの頭痛がすると連絡してきました。頭痛の時は、完全に一人きりでいたがるものですから、午後になって初めて、家内が何かしてやれるかどうか聞きに行ったのです。そしたら姪の部屋は空っぽでした。スーツケースが荷造りしてありました。銀の留め金のついた化粧道具入れはなくなっていました。枕のところに、あの子の軽率な行動を説明する手紙があったのです」

「それはいけませんね。でも私がどのようにお役に立てるか、わかりませんが」私は言った。

「あの子がエルサムでお知り合いになった紳士といえば、あなただけでしたから」

相手のいう意味が頭をよぎった。

「私は姪御さんと駆け落ちしていませんよ。結婚もしていますしね」

「確かに、あなたではありませんな。最初、もしかしたらと思いまして……ですが、あなたでないとすると、一体誰と一緒なのでしょうか？」

「私には分かりません」

「あなた、手紙をお見せしたら？」ソファから夫人が言った。

「ガートルード、動いちゃいかん。いつもの腰痛がでるから」

ミス・ポーチェスターにはいつもの頭痛、ミセス・セント・クレアにはいつもの腰痛、という言い方が古風だった。ではセント・クレア氏には何が？　いつもの痛風だということに、五ポンド賭けてもいい。彼は手紙を渡した。私はいかにも丁寧な同情の面持ちで読んだ。

親愛なるエドウィン叔父様、ガートルード叔母様

この手紙をご覧になっている頃、私は遠くにおります。今朝とても大切な方と結婚します。このように駆け落ちするのはよくないと分かっていますが、叔父様たちが結婚の邪魔をなさるだろうと恐れました。どんなことがあっても私の決心は変わりませんので、何も話さずに立ち去ったほうが悲しみが少ないと判断しました。婚約者は、弱い体なのに長いこと熱帯地方で暮らしたため、引きこもり勝ちな性質です。そこで、こっそり二人だけで結婚したほうがよいと思ったのです。私が今どんなに晴れ晴れと幸福であるかを知っていただけば、きっと許してくださいましょう。スーツケースはヴィクトリア駅の荷物預かり所に送ってください。

あなた方を愛する姪エリナーより

「私は絶対に姪を許しません」セント・クレア氏は私が手紙を返すと言った。「絶対に家には入らせない。ガートルード、私のいるところでは、あれの名前は口にしないで欲

しい」

ミセス・セント・クレアは静かに泣きだした。

「厳しすぎませんか？　ミス・ポーチェスターが結婚してはならない理由でもあるのですか？」私が聞いた。

「あの年で結婚なんて！　滑稽だ。レンスター広場で物笑いの種にされます。姪の年をご存じですか？　五十一ですよ」

「五十四です」ミセス・セント・クレアが泣きながら言った。

「あの子のことを、目にいれても痛くないほど愛しておりました。私たちには実の娘と同じでした。ずっと何年も独身だったのです。結婚を考えるなんて、まったく不自然です」セント・クレア氏が言った。

「私たちにとっては、幼い女の子でしたわね」夫人が言った。

「あの子が結婚した相手は一体誰でしょうか？　癇にさわるのは姪が私たちを欺いたことです。姪は私たちの目と鼻の先で男と親しくしておったのでしょう。名前すら教えません。最悪の事態が見えるようです」

突然私に勘が働いた。その日の朝、私がタバコを買いに行ったとき、タバコ屋のところでモーティマー・エリスとすれ違ったのだ。二、三日彼の姿を見かけていなかった。

「こざっぱりしていますな」私が彼に言った。

ブーツは修理してあり、きちんと磨かれていた。帽子にはブラシがかけられ、清潔なカラーと新品の手袋をはめていた。私の与えた二ポンドを有効に活用したと思った。

「今朝用事でロンドンに行かねばなりません」彼が言った。

私は頷《うなず》き、タバコ屋を出た。

そういえば二週間前、田舎道を散歩していたらミス・ポーチェスターに会い、その数ヤード後ろでモーティマー・エリスにも会った。一緒に歩いていて、私に気付いて、彼がわざと遅れたというのはありうるだろうか？　そうだ！　間違いない。あいつだ！

「ミス・ポーチェスターには自由になる財産があるとおっしゃっていましたね？」聞いてみた。

「僅かですがね。三千ポンドぐらいです」

これで確信が持てた。私は二人をぼんやりと眺めた。その時急にミセス・セント・クレアが叫び声を上げて立ちあがった。

「あなた、あなた、もし男があの子と結婚しなかったらどうしましょう！」

それを聞くと、セント・クレア氏は頭に手をやり、どさりと椅子にくずれ落ちた。

「もしそんなことになったら、恥辱で私は死ぬ思いをするだろう」呻《うめ》くように彼が言った。

「ご心配には及びませんよ。彼は間違いなく結婚しますから。いつだってそうです。教会でしますよ」

私の言った言葉に夫婦は注意を払わなかった。私が気が狂ったとでも思ったのであろう。しかし私はもう確信した。モーティマー・エリスは結局一ダース結婚の願望を叶えたのだ。ミス・ポーチェスターは十二人目の妻となったのだ。

解　説

長篇小説『人間の絆』『月と六ペンス』、評論『世界の十大小説』『サミング・アップ』、戯曲『ひとめぐり』などで日本でもよく知られている二十世紀前半のイギリス作家サマセット・モーム(一八七四―一九六五)は、文学において詩以外のあらゆる領域で活躍した。短篇作家としての功績も大きい。

本書は百点以上に及ぶ短篇の中から厳選した十八点からなるモーム短篇選(全二冊)の上巻である。この作家の短篇といえば、誰も「雨」と「赤毛」を挙げる。この有名な二作は、この岩波文庫で、一九四〇年一月に中野好夫訳『雨 他二篇』として出た。日本のモーム紹介史上で画期的な出来事であった。伝え聞くところでは、「未知の作家のものでもいいから、とにかく面白いものを」という編集部の要望に応えての訳出であり、それが意外なほど多数の読者に歓迎されたという。モーム文学の紹介は第二次世界大戦で中断され、本格的な再開は戦後であったが、最初がこの優れた短篇訳であったのはモームにとっても、日本の読者にとっても、幸運であったと思う。中野氏の作品選択の眼の的確さと、訳文の巧みさのお陰で、戦後のモーム・ブームが到来したといっても過言ではない。

モームの短篇は、「雨」と「赤毛」以外にも数多くあるが、日本には英語学習と絡めて、懐かしく思い出す年配の読者が意外に多い。学生時代に英語のテキストとして読んだことがあるというのだ。コミュニケーション手段としての英語習得重視の昨今と違い、昭和五十年代は英米作家の短篇、エッセイなどを講読するのが、大学の英語教育の中心であった。全国の大学の教養課程の英語の授業において、他のどの英米作家にも増して、モームの短篇を教科書版で、あるいはプリントで読むのが流行《はや》っていたのだ。

当時はどの出版社の文庫でもモームの短篇が必ず入っていた。しかし、モームの一九五九年十一月の日本訪問で頂点に達したかに見えたブームは、何故かその後急速に治まり、今ではモームの短篇を文庫で入手するのは困難になってしまった。そこで、およそ半世紀ぶりに、中野好夫氏のよい前例にならい、同じ岩波文庫で「どなたでも楽しめる」を基準にして作品を選び、モームを懐かしむ方はもちろん、若い読者も念頭に置きつつ、上下二冊を編んだのである。各作品が収められた単行本の刊行年代に従って十八点を並べた。上巻の六点について個別に解説するに先立って、長篇小説と短篇とではどこが違うか、さらに英米の短篇の中でモームの短篇はどのような特色を持つか、について述べてみよう。

イギリス文学史において、短篇が、長篇小説家の余技でなく、文学の一ジャンルとして作家自身にも読者にも意識されて、執筆と鑑賞が本格的に行われるようになった歴史は浅い。近代の小説が十八世紀の半ばに誕生したのに対して、近代の短篇は十九世紀末からである。

長篇と短篇はともに人生、人間を対象とするものであっても、カンバスの大きさが違うために、前者が人生の全体像を伝えようとする場合が多いのに対して、後者は人生の断面の提示を目的としがちである。後者では複雑なテーマは無理であり、登場人物の数も限定されるし、主人公が経験を通して変貌する過程を追求することなどは不可能に近い。大まかにこのような特徴を共通に持つとはいえ、一口に短篇といっても、長篇の粗筋のようなものから、長い一生の象徴的な瞬間を短いエピソードで鮮明に浮き上がらせるものまであり、用いられている手法も多岐に渡っている。

けれども近代の短篇に二つの大きな系譜を認めることが慣例的に行われている。そしてロシアのチェーホフとフランスのモーパッサンがそれぞれの代表とされている。前者が情緒的で一つのムードとか人生の漠然たる印象を伝えるのに対して、後者は理知的で話の面白さを身上としている。前者はルースな構成で事件らしいものは起らず、だらだらと盛り上がりなしに話が続くのに対して、後者は緊密に構成されていて起承転結があり、話が途切れなく進展してゆく。作品の終わり方も、前者は何となく消えるように終わり、後者ははっきりと、ときには「落ち」があって終わることもある。

むろん、いずれの系譜にも長所と短所がある。物語性に欠け、とらえどころのない前者は、しばしば人生の悲哀、歓喜、さびしさ、いつまでも心に残る印象などを伝えて、作り物でない人生の味わいをしみじみと感じさせる。後者は興味深い話を聞きたいという人間本来の欲求を満足させてくれる一方、ややもすると話の面白さのために真実を犠牲にしているという感じを与えてしまうことがある。いずれの系譜であっても、作者の人間性の深さ、芸術家としての力量次第で、優れた短篇小説が生まれるはずである。

イギリス文学におけるチェーホフ流の代表者はキャサリン・マンスフィールド、モーパッサン流のそれはモームというのが定説になっている。（なおアメリカの著名な短篇作家であるオー・ヘンリーはモーパッサンの系譜である。）

事実、短篇小説家としてのモームは、しばしば「イギリスのモーパッサン」と称されることが多く、モーム自身も修業時代にモーパッサンから多くを学んだと述べている。短篇に限らず、長篇の場合でも、作者が物語の巧みな語り手《ストーリー・テラー》であることは、自他ともに認められているモームの最大の特質である。『サミング・アップ』の五十六章には、自分の短篇の作風をチェーホフと比較している箇所があるので、引用する。

英米の高級な作家がチェーホフの影響にすっかりのぼせ上がっていた時に短篇を本気で書き出したというのは、私にとって不運なことだった。文壇というのはいささかバランスを欠いたところで、ある思いつきに心を奪われると、それが一時的な流行だとはみなさず、天から下った至上命令だと思い込む。芸術的な才能を持ち、短篇を書こうとする者は皆チェーホフ流に書かねばならない、という考えがまさにそれだった。……チェーホフは大変巧みな短篇小説家だったが、……彼にはまとまったドラマティックな話、例えばモーパッサンの「遺産」とか「首飾り」のように食卓で話せば受けるような話を創作する才能はなかった。……私も書こうと思えば、チェーホフ流の短篇を書けたかどうかは分からない。書きたくなかった。私が書きたかったのは、話の最初から最後までしっかりまとまっていて、途切れずに進んでゆく物語だった。短篇は内的あるいは外的な出来事を物語るものであり、その説明に必要なもの以外の全てを排除することによって劇的な統一を与えうるのだと思った。私はいわゆる「落ち」があるのを恐れなかった。「落ち」は論理的でない場合にのみ非難されるべきだと思った。それが非難されるのは、効果を挙げる目的だけで、まともな理由もなくしばしば付け加えられたからに過ぎないと思う。要するに、私は自分の物語が「……」でなく、終止符《ピリオド》で終わるほうがよいと思ったのだ。

もう一つ短篇集『環境の動物』の序文からも引用する。

人類は歴史はじまって以来、キャンプ・ファイアの周りに集まり、あるいは市場で群を作って、話が語られるのに耳を傾けてきた。話を聞きたいという気持は、人間という生物にとって、所有欲と同じくらい深く根ざしているようだ。私は昔から、一介の話の語り手以外の何ものかであるなどと大きな口をきいたことは一度もない。

話を語るのが面白くて、数多くの話を語ってきた。私にとって不幸なことに、ただ話そのもののためのみに話を語るということは、インテリ階級のお気に召さない仕事である。だが、私は毅然としてこの不幸に耐えて行くつもりである。

モームという作家は客観的に自分と自分の作品を見ることが出来る人であり、この引用でも、他の作家と比較した上で、彼の短篇の特質が過不足なく述べられていると思う。ただ、面白い話、絶妙な話術といっても、そこに窺われる作者の人生、人間に対する見方、姿勢が魅力に乏しければ、複雑極まる現代に生きる高尚な、ある意味で悪擦れした読者は、ついて来ないはずで、モームの作品には、絶妙な語りの技術だけでなく、人生経験ある読者にアピールする充実した話の中味がしっかり存在していることも見逃してはならない。

では収録作品を順を追って解説してゆく。初めにお断りしておくが、どの作品も注釈や解説などなくても十分に味わえると思うので、以下の解説など無視されても一向に構わない。あくまでご参考までに気付いたことを述べるだけである。

「エドワード・バーナードの転落」は短篇集『木の葉のそよぎ』(一九二一年刊行)に収められている。背景となっているのは、第一次大戦後に経済的に大きく成長しつつあるシカゴと原始的なタヒチ島であり、両者の対比に読者の目はひきつけられる。独立心旺盛な典型的な現代アメリカ娘のイザベルを愛する二人、エドワード・バーナードとベイトマン・ハンターももともとはアメリカの発展を信じ、それに貢献しようという典型的なアメリカ青年であったが、エドワードが財産を失って、止むを得ずタヒチに滞在するようになってからは、二年の間に大きな変貌を遂げ、親友であった二人の間には隔たりが生じた。国の発展、繁栄を信じ、余裕なくあくせく働く会社人間であることに、嫌悪を覚える人物は、『月と六ペンス』の主人公をはじめ枚挙にいとまがないくらい再三モームの世界に登場する。作者自身が、決められた路線から外れたいという希求を抱いたことが始終あったに違いない。

表題は「転落」あるいは「堕落」となっているが、これはシカゴの側から、つまりイザベル一家、ベイトマン・ハンターから見た場合の話である。タヒチ側から、つまりエドワード・バーナード、アーノルド・ジャクソン一家から見れば、「転落」でなく成功、栄光、勝利、啓発などという語に代えたいところであろう。(直接には何の関係もないことだが、一八九六年刊行のアメリカの小説『セロン・ウエアの転落』はメソジスト派牧師が知識、ヨーロッパ的な教養を増したが故に身を滅ぼす話だが、イギリス版の題名は『啓発』になっていて、同一の事態を見る英米それぞれの差を端的に示す。私はそれを思い出した。）モーム自身はどう思ったか？　それを考えるには、ベイトマンがジャクソンと接しても、前科者という狭量な尺度でしか見ないために、深みのある人間性に触れて、どぎまぎする姿をかなり皮肉に描いているのに対して、エドワードの寛容な人間観が堂々と披瀝されていることなどが参考になろう。

どの作品でも見られることだが、ここでも「人間は相互に矛盾する要素をたっぷり持つ複雑な存在であり、首尾一貫した人などいないのだ」という彼の人間不可知論の実例として、アーノルド・ジャクソンが生き生きと描かれていることが注目される。イザベルにしても外観と中味に一見したところ「矛盾がありながら、全体としてもっともらしい調和をみせた」人間の一例である。

「手紙」は短篇集『キャジュアリーナの木』（一九二六年刊行）に収められている。イギリスの植民地時代のシンガポール及びその近郊奥地のゴム農園が舞台になっている。この時期のモームが得意とした「南海もの」である。モーム自身が劇に書き直したものが、英米の劇団で長期公演されたり、二回も映画化されていて、知名度はおそらく「雨」「赤毛」に次ぐと思われる。一九四〇年の中野訳『雨他二篇』にも収められた。

大の旅行好きなモームは、シンガポール、タヒチ、ボルネオ、マレー半島、サモア諸島など、かつて欧米の植民地だった地域にも足を伸ばしている。そこで行政官その他の仕事に従事しているイギリス人の生態をつぶさに観察したのであった。奥地駐在所などでは、久しぶりに会う本国人というので、歓迎され、時には二度と会うこともないという安心感から、個人的な打ち明け話なども聞かされたようである。異郷の地の慣れない環境で、文明社会では隠されている生の人間性が観察できるのを作家として、モームは喜んだ。原住民との交流は無理であったから、主要な登場人物はイギリス人がほとんどである。

ゴム農園主のバンガローで、夜一人でいた妻レズリーを旧知の別の農園主が訪ねてきて、レイプしようと襲いかかってきた。護身用に手元にあったピストルで男を殺害したという事件が起き、レズリーの夫の友人であることから、弁護を引き受けたジョイスの視点から真相が暴かれてゆく。事件後収監されているレズリーの澄ました姿の描写から、中国人による謎の手紙の存在の通報、レズリーの事件の説明を挟み、次第に謎が深まり、レズリーの変貌、遂に最後に全ての真実が開示されるまで、読者はぐんぐん話に引き込まれてゆく。

レズリーを身近に観察するジョイスの驚きという形で、読者は彼女の矛盾する諸要素に注目させられる。淑やかで、上品で、自己抑制のきいた彼女が、激情と嫉妬から殺人まで犯すとは、一般人の想像を越える。人間不可解説の例として描こうという作者の意図は明白である。一篇の最後で、真相を知らぬミセス・ジョイスへのレズリーの落ち着き払った返事はジョイスにも読者にも不気味に響いたのではなかろうか。

「環境の力」は「手紙」と同じ短篇集に入っている。一九二二年の作者のボルネオ旅行からの産物の一つである。どうしてもガイを許せず、彼も自分も双方を不幸にするドリスを作者がどう見ているのだろうか。潔癖さに感心しているのか、それとも、些細なことにこだわって幸福を断念するのは愚かしいというのであろうか。現地妻を持つのは、当時の植民地で働くイギリスの独身男に当然なことであったし、帰国後のドリスを待つのは孤独な一生である。だから、過去は水に流すがよい、というのが「大人の知恵」だろう。

ドリスの潔癖さは、白人女性の人種的偏見であり、今の読者の中には抵抗を覚える人もいるであろうが、古い世代の作者も同じ偏見を持っていたのは間違いないと思われる。「大人の知恵」にどうしても従うことができないドリスのような人間も確かに存在する。それが作者の示したかったことであり、彼女はこれまた作者の人間不可解説を裏付ける見本と言ってよい。

ドリスもガイも、どこにもいる平凡な人間だが、高望みなどしない善意の人であり、もしイギリス本国で暮らしていたのなら、程ほどの幸福を味わえたはずである。それが植民地主義のせいで、ボルネオ奥地という異郷の環境に置かれたために、その「環境の力」で悲劇を経験することになった。二人の不幸を描く筆には、いつもの皮肉なタッチが控え目であるようだ。

「九月姫」は旅行記『一等室の紳士』(一九三〇年刊行)に収められている御伽噺《おとぎばなし》である。もともとは一九二二年にある雑誌に発表され、その後一九三九年には『九月姫とナイチンゲール』という題名で挿絵入りの単行本として刊行された。作者自身気に入った話のようだ。この旅行記は「ラングーンからハイフォンまで」という副題を持つように、昔のビルマ、シャム、インドシナの旅行記であるが、その一章として挿入されている。シャム(タイ国の旧名)の王女である「九月姫」は、可愛がっていた歌が抜群にうまい小鳥を、悪意ある姉たちの助言で金の籠に閉じ込めたため、小鳥が歌を失い、命まで失いそうになるので、籠から解放することを遂に決意する。この最後の場面で、喜んだ小鳥が青空に向かって飛び去ってゆくと、姫はわっと泣き出す。作者は「自分の愛する人の幸福を自分の幸福より優先させるのは、誰にとっても大変難しい」という注釈を入れている。人間は基本的に自分が一番可愛いのだという、作者の皮肉な人間観が童話にも顔を出すのは面白い。理屈を言えば、小鳥が歌を披露するには自由がなければ不可能だという話から、作者は芸術家の活躍できる条件を童話の形で示した、と言ってもよいかもしれない。

「ジェーン」は短篇集『一人称単数』(一九三一年刊行)に収められている。作者がよく知っていたイギリスの社交界を舞台とする、異色な話である。ジェーンという、野暮ったい田舎の未亡人の華やかなロンドンの社交界での成功話であり、作者の異色な人物への興味と、社交界への批判とが合わさっている。

ジェーンは題名になっているように、短篇のヒロインであるが、もし長篇小説のヒロインであれば、作者はその変貌の軌跡を読者が納得するように辿らねばならない。その点、短篇であるので、作者は初対面の時の彼女の姿を示した後、数回、数年の間隔を置いて、変貌した姿を報告するだけでよいのだ。ジェーンは年下の好青年と結婚し、社交界の花形となり、好青年と別れて年相応の海軍提督と再再婚するわけだが、その過程、心的な葛藤などは、当然触れられていない。

彼女の社交界での成功の秘密は冗談を飛ばす才能だとされていて、晩餐の席で洗練された社交界のお歴々がジェーンの冗談に礼儀を忘れて腹を抱えて笑い転げている様が描かれている。読者の一人として、その見本を聞きたいところである。しかし、ジェーンによれば、人々が笑うのは「私が本当のことを言うからだと分かったわ。真実というのはとても珍しいので、それで皆さんは面白いと思ったのね」という。このあたり、内容に乏しく、言葉だけ綺麗な会話を得意とする社交界への風刺であろう。また彼女の冗談について、作者はそれが機知によるものでないので、その場の雰囲気を抜きにして再現は不可能だと述べている。広い世間には、こういう人も実際に存在するが、その存在は説明しきれるものではない。素直に受け入れたらよいというモームの声が聞こえるようだ。

「**十二人目の妻**」は「ジェーン」と同じ短篇集に収められている。これもイギリスの保養地で作者が実際に目撃した事件を描いたという形で語られている。当時の新聞で知った結婚詐欺事件にヒントを得て創作したのであろう。

夏の盛りの過ぎた侘しい海岸で、ベンチで座り合わせた貧相な男が自分は有名な結婚詐欺師だと名乗ったときの、「私」の驚きなどユーモアをもって巧みに描かれている。「皆さん、赤の他人に等しい男が、自分は有名な結婚詐欺師だと言ったら、一体何と返事をしますか？　私は普段は返事に困ることはないと自惚れているけれど、この時ばかりは、返事に窮した」こんな調子である。

物語の展開するのは二十世紀初頭であり、当時はまだ厳然たる階級制度が存在していたので、ここに登場するミス・ポーチェスターのように中産階級以上の階級の中年の未婚の女性は、イギリス社会に少なからず存在したのは事実である。結婚詐欺師が活躍できる事情は存在したのであるが、彼は女性の結婚願望について、今日のフェミニズムの立場からは容認できないような、身勝手な事を言う。これには、いささか食傷気味の読者は、ミス・ポーチェスターの叔父叔母の姿に興味をそそられると思う。富裕な商人で、昔は小説家トロロープやサッカレーが自分らの屋敷を訪ねてきたという。画家ワッツが奥方の肖像画を描いたが、アルマ＝タデマが姪の美しさに感心してモデルになってと頼んだ時には、そんな品のないことは許さなかった、という。十九世紀末期の古風な時代の雰囲気を体現する一家の描き方は秀逸であると思う。モームの好奇心だけでなく、懐古趣味がよく伝わってくる。この古風な道徳感を持つ叔父叔母であるだけに、姪の駆け落ちで失神せんばかりのショックを受ける。その姿を描くときには、今度は作者の、この時代への批判が出て、相手の男が姪と正式に結婚するかどうかと、この後に及んでなお、そのような体裁を気にする叔母を滑稽に描いている。作者の女性観、懐古趣味、人間への好奇心、結婚観、ユーモア感覚など、様々な要素の入り混じったこの作品は、どこに目をつけるかで読者の好みが分かれそうに思える。

今回翻訳したすべての短篇には、中野好夫、朱牟田夏雄、龍口直太郎、河野一郎、田中西二郎諸氏など、私の恩師や先輩にあたる方々による既訳がある。今では、そのすべては入手できないのだが、入手できたものは、翻訳段階で、特に校正段階で参考にさせていただいた。比較的平易な英文を書くというモームではあるが、細部まで検討すると解釈に問題がある箇所もあった。私はこれらの先輩と、英文解釈を含む架空のモーム談義をしながら、仕事を進められたことを有難いと感じた。日本のモーム研究と翻訳は既におよそ七十年の歴史があるのを実感した次第である。モームが日本語で書いたら、このようになるかと思われる日本文を想定しながら、正確でしかも読みやすい訳文を心がけた。

いつものように、妻恵美子は原稿を徹底的に検討し助言してくれた。畏友吉村信亮氏は「解説」に加筆してくれた。また編集部の市こうた氏は作品選定の段階で、塩尻親雄氏はその後の校正など全般で、貴重な助言を惜しまれなかった。ここに記して感謝したい。

二〇〇八年七月一五日

行方昭夫

岩波文庫の最新刊

テス　全二冊　ハーディ　井上宗次　石田英二訳
はるかな国　とおい昔　ハドソン　寿岳しづ訳
宝島　スティーヴンスン　阿部知二訳
ジーキル博士とハイド氏　スティーヴンスン　海保眞夫訳
新アラビヤ夜話　スティーヴンスン　佐藤緑葉訳
怪談 ―不思議なことの物語と研究　ラフカディオ・ハーン　平井呈一訳
心 ―日本の内面生活の暗示と影響　ラフカディオ・ハーン　平井呈一訳
ドリアン・グレイの画像　ワイルド　西村孝次訳
サロメ　オスカー・ワイルド　福田恆存訳
ヘンリ・ライクロフトの私記　ギッシング　平井正穂訳
南イタリア周遊記　ギッシング　小池滋訳
闇の奥　コンラッド　中野好夫訳
西欧人の眼に　全二冊　コンラッド　中島賢二訳
コンラッド短篇集　中島賢二編訳
アラン島　シング　姉崎正見訳
月と六ペンス　モーム　行方昭夫訳
読書案内 ―世界文学　W・S・モーム　西川正身訳

世界の十大小説　全二冊　W・S・モーム　西川正身訳
人間の絆　全三冊　モーム　行方昭夫訳
サミング・アップ　モーム　行方昭夫訳
モーム短篇選　全二冊　行方昭夫編訳
アシェンデン ―英国情報部員のファイル　モーム　中島賢二　岡田久雄訳
ダブリンの市民　ジョイス　結城英雄訳
若い芸術家の肖像　ジョイス　大澤正佳訳
文芸批評論　T・S・エリオット　矢本貞幹訳
対訳キーツ詩集 ―イギリス詩人選(10)　宮崎雄行編
ギャスケル短篇集　松岡光治編訳
阿片常用者の告白　ド・クインシー　野島秀勝訳
深き淵よりの嘆息 ―『阿片常用者の告白』続篇　ド・クインシー　野島秀勝訳
りんごの木・人生の小春日和　ゴールズワージー　河野一郎訳
20世紀イギリス短篇選　全二冊　小野寺健編訳
ローソン短篇集　伊澤龍雄編訳
イギリス名詩選　平井正穂編
中世イギリス英雄叙事詩 ベーオウルフ　忍足欣四郎訳

タイム・マシン　他九篇　H・G・ウエルズ　橋本槇矩訳
モロー博士の島　他九篇　H・G・ウェルズ　橋本槇矩　鈴木万里訳
トーノ・バンゲイ　全二冊　ウェルズ　中西信太郎訳
解放された世界　H・G・ウエルズ　浜野輝訳
大転落　イーヴリン・ウォー　富山太佳夫訳
回想のブライズヘッド　全二冊　イーヴリン・ウォー　小野寺健訳
果てしなき旅　全二冊　E・M・フォースター　高橋和久訳
白衣の女　全三冊　ウィルキー・コリンズ　中島賢二訳
夢の女・恐怖のベッド　他六篇　ウィルキー・コリンズ　中島賢二訳
さらば古きものよ　全二冊　ロバート・グレーヴズ　工藤政司訳
アイルランド短篇選　橋本槇矩編訳
ピーター・シムプル　全三冊　マリアット　伊藤俊男訳
完訳ナンセンスの絵本　エドワード・リア　柳瀬尚紀訳
対訳ブラウニング詩集 ―イギリス詩人選(6)　富士川義之編
灯台へ　ヴァージニア・ウルフ　御輿哲也訳
世の習い　コングリーヴ　笹山隆訳
曖昧の七つの型　全二冊　ウィリアム・エンプソン　岩崎宗治訳

読書子に寄す

――岩波文庫発刊に際して――

岩波茂雄

真理は万人によって求められることを自ら欲し、芸術は万人によって愛されることを自ら望む。かつては民を愚昧ならしめるために学芸が最も狭き堂宇に閉鎖されたことがあった。今や知識と美とを特権階級の独占より奪い返すことはつねに進取的なる民衆の切実なる要求である。岩波文庫はこの要求に応じそれに励まされて生まれた。それは生命ある不朽の書を少数者の書斎と研究室とより解放して街頭にくまなく立たしめ民衆に伍せしめるであろう。近時大量生産予約出版の流行を見る。その広告宣伝の狂態はしばらくおくも、後代にのこすと誇称する全集がその編集に万全の用意をなしたるか。千古の典籍の翻訳企図に敬虔の態度を欠かざりしか。さらに分売を許さず読者を繫縛して数十冊を強うるがごとき、はたしてその揚言する学芸解放のゆえんなりや。吾人は天下の名士の声に和してこれを推挙するに躊躇するものである。このときにあたって、岩波書店は自己の責務のいよいよ重大なるを思い、従来の方針の徹底を期するため、すでに十数年以前より志して来た計画を慎重審議この際断然実行することにした。吾人は範をかのレクラム文庫にとり、古今東西にわたって文芸・哲学・社会科学・自然科学等種類のいかんを問わず、いやしくも万人の必読すべき真に古典的価値ある書をきわめて簡易なる形式において逐次刊行し、あらゆる人間に須要なる生活向上の資料、生活批判の原理を提供せんと欲する。この文庫は予約出版の方法を排したるがゆえに、読者は自己の欲する時に自己の欲する書物を各個に自由に選択することができる。携帯に便にして価格の低きを最主とするがゆえに、外観を顧みざるも内容に至っては厳選最も力を尽くし、従来の岩波出版物の特色をますます発揮せしめようとする。この計画たるや世間の一時の投機的なるものと異なり、永遠の事業として吾人は微力を傾倒し、あらゆる犠牲を忍んで今後永久に継続発展せしめ、もって文庫の使命を遺憾なく果たさしめることを期する。芸術を愛し知識を求むる士の自ら進んでこの挙に参加し、希望と忠言とを寄せられることは吾人の熱望するところである。その性質上経済的には最も困難多きこの事業にあえて当たらんとする吾人の志を諒として、その達成のため世の読書子とのうるわしき共同を期待する。

昭和二年七月

モーム短篇選《たんぺんせん》（上）〔全2冊〕

2008年9月17日　第1刷発行
2010年4月5日　第3刷発行

編訳者　行方昭夫《なめかたあきお》

発行者　山口昭男

発行所　株式会社 岩波書店
〒101-8002 東京都千代田区一ツ橋2-5-5

案内 03-5210-4000　販売部 03-5210-4111
文庫編集部 03-5210-4051
http://www.iwanami.co.jp/

印刷・精興社　製本・桂川製本

ISBN 978-4-00-372502-3　Printed in Japan

モーム略年譜

1874年(明治7年)　1月25日，パリに生まれる．ヴィクトリア女王の君臨していた時代で，首相はディズレーリであった．父ロバート・モームは在仏英国大使館の顧問弁護士，母は軍人の娘であった．ウィリアムは5人兄弟の末っ子だった．兄の1人は後に大法官となった著名な法律家であった．

1882年(8歳)　母が41歳で肺結核により死亡．モームはやさしく美しかった母について懐かしい思い出を持っていて，『人間の絆』(*Of Human Bondage*)の冒頭に，その死を感動的な文章で描いている．

1884年(10歳)　父が61歳で癌により死亡．このため，イギリスのケント州ウィットステイブルの牧師だった父の弟ヘンリ・マクドナルド・モームに引き取られ，カンタベリーのキングズ・スクール付属の小学校へ入学．パリでの自由な楽しい生活から，突然，子どものいない厳格な牧師の家庭に引き取られたので，少年モームは孤独と不幸を感じる．叔母はやさしい人であったが，叔父は俗物で，その卑小な性格は『人間の絆』や『お菓子とビール』(*Cakes and Ale*)の中で辛辣に描かれている．

1885年(11歳)　キングズ・スクールに入学．フランス語訛りの英語と生来の吃音のため，いじめにあい，学校生活は楽しくない．彼はますます内向的な，自意識の強い少年になってゆく．しかし中等部から高等部に進学する頃には優等生となり，友人も出来た．

1888年(14歳)　冬に肺結核に感染していることが分かり，1学期休学して南仏に転地療養する．短期間の滞在であるが，何にも拘束されない楽しい青春の日々を送る．

1889年(15歳)　春，健康を取り戻して帰国し，復学するが，勉強に熱が入らず，オックスフォードに進学し聖職に就かせようという叔父の反対を押し切ってキングズ・スクールを退学.

1890年(16歳)　前半の冬に再び南仏を訪ねて，春に帰国. ドイツ生まれの叔母の勧めでハイデルベルクに遊学する. 風光明媚な古都で，再びのびのびと青春のよき日を楽しむ. 正式の学生にはならなかったが，ハイデルベルク大学に出入りして講義を聴講し，学生たちと交際する. 絵画，文学，演劇，友人との議論などの与える楽しみを満喫する. キリスト教信仰から完全に自由になったのもこの頃である. 演劇ではイプセン，音楽ではヴァーグナーが評判であったので，その影響を受ける. また大学での講義から，ショーペンハウアーの思想に共鳴する. 私生活では，慕っていた年長の青年ブルックスと同性愛の経験をする.

1892年(18歳)　春，ひそかに作家になろうと決意して帰国. 2カ月ほど特許会計士の見習いとしてロンドンのある法律事務所に勤めたが失敗に終わる. 10月，ロンドンの聖トマス病院付属医学校へ入学. 最初の2年間は医学の勉強は怠けて作家としての勉強に専念する. 2年の終わりに外来患者係のインターンになってからは，興味を覚え始める. 虚飾を剝いだ赤裸々の人間に接し，絶好の人間観察の機会を与えられたからである. 医学生としての経験はモームに，自己を含めて人間を冷静に突き放して見ることを教えた. 人間を自然法則に支配される一個の生物と見る傾向が彼に強いのもこの経験の影響であろう.

1894年(20歳)　復活祭の休日に，イタリアにいるブルックスを訪ね，初めてイタリア旅行をする.

1895年(21歳)　初めてカプリを訪ね，その後もしばしば同地に行く. この年，オスカー・ワイルドが同性愛の罪で投獄された.

1896年(22歳)　『作家の手帳』(*A Writer's Notebook*)のこの年の項には次のような記載がある.「僕はひとりでさまよい歩く.

果てしなく自問を続けながら．人生の意義とは何であろうか？それには何か目的があるのだろうか？　人生には道徳というものがあるのだろうか？　人は人生においていかになすべきか？指針は何か？　他よりすぐれた生き方などあろうか？」

1897年(23歳)　処女作，長篇『ランベスのライザ』(*Liza of Lambeth*)出版．医学生時代の見聞をもとにし，貧民街の人気娘の恋をモーパッサン流の自然主義的な筆致で描いた初期の秀作で，一応の成功を収める．聖トマス病院付属医学校を卒業，医師の免状を得るが，処女作の成功で自信を得，文学で身を立てようと決心して，憧れの国スペインを訪れる．セビリアに落ち着いてアンダルシア地方を旅行する．その後も毎年のようにスペインを訪れる．

1898年(24歳)　長篇『ある聖者の半生』(*The Making of a Saint*)出版．ルネッサンス期のイタリアを舞台にした歴史小説．『人間の絆』の原形といわれる『スティーヴン・ケアリの芸術的気質』(*The Artistic Temperament of Stephen Carey*)執筆．「腕は未熟だったし書きたい事実との時間的距離も不充分だった」とモームは告白しているが，ともかく，この原稿は陽の目を見ることがなかった．スペインからイタリアまで足を伸ばす．

1899年(25歳)　短篇集『定位』(*Orientations*)出版．戯曲『探検家』(*The Explorer*)を執筆．

1901年(27歳)　長篇『英雄』(*The Hero*)出版．

1902年(28歳)　長篇『クラドック夫人』(*Mrs. Craddock*)出版．相反する生活態度の夫婦の葛藤を描いたテーマ小説．最初の1幕物の戯曲『難破』(*Schiffbrüchig*)，ベルリンで上演．

1903年(29歳)　2月，1898年に書いた4幕物の戯曲『廉潔の人』(*A Man of Honour*)出版，舞台協会(グランヴィル・バーカーを指導者とする実験劇場)の手で上演．2日間しか続かなかった．『パンと魚』(*Loaves and Fishes*)と『フレデリック夫人』(*Lady Frederick*)の2つの喜劇を執筆するが，上演されない．

1904年(30歳)　長篇『回転木馬』(*The Merry-Go-Round*)出版. 手法上興味深い作で, 書評はよかったが, あまり売れず, 作者は失望した. 笑劇『ドット夫人』(*Mrs. Dot*)を執筆.

1905年(31歳)　2月, パリに行き, 長期滞在をする. モンパルナスのアパートに住み, 芸術家志望の青年たちと交際し, ボヘミアンの生活を知る. 旅行記『聖母の国』(*The Land of the Blessed Virgin*)出版. アンダルシア地方への旅行の産物.

1906年(32歳)　ギリシャとエジプトに旅行. 4月,『お菓子とビール』のロウジーの原型となった若い女優スーを知り, 親密な関係が8年間続く. モームが心から愛した唯一の異性と言われる. 長篇『監督の前垂れ』(*The Bishop's Apron*)出版.

1907年(33歳)　10月,『フレデリック夫人』がロンドンのコート劇場でほんのつなぎに上演される. 経営者にとってもモームにとっても意外の大成功で, 1年以上にわたり, 422回も続演された.『作家の手帳』には次のような感想がある.「成功. 格別のことはない. 1つには予期していたために, 大騒ぎの必要を認めないからだ. 掛値のないところ, 成功の価値は経済的な煩いからぼくを解放してくれたことだ. 貧乏はいやだった.」戯曲『ジャック・ストロウ』(*Jack Straw*)を執筆.

1908年(34歳)　3月,『ジャック・ストロウ』, 4月,『ドット夫人』, 6月,『探検家』が上演され,『フレデリック夫人』と合わせて同時に4つの戯曲がロンドンの大劇場の脚光を浴びる. 社交界の名士となる. ウィンストン・チャーチルとも知り合い, 生涯の友となる. かくして求めていた富も名声も彼のものとなる. しかし, この商業的大成功のために高踏的な批評家からは通俗作家の刻印を押される. 長篇『探検家』(*The Explorer*), 長篇『魔術師』(*The Magician*)出版. 後者はオカルティズムが主題.

1909年(35歳)　4月, イタリアを訪問. その後も毎年のように訪れる. 戯曲『ペネロペ』(*Penelope*), 戯曲『スミス』(*Smith*)

上演.

1910年(36歳)　2月,『10人目の男』(*The Tenth Man*),『地主』(*Landed Gentry*)上演. 10月,『フレデリック夫人』以下いくつもの劇が上演されていたアメリカを初めて訪問し, 名士として歓迎される.

1911年(37歳)　2月,『パンと魚』上演.

1912年(38歳)　劇場の支配人がしきりに契約したがっているのを断って, 長篇『人間の絆』を書き始める.

1913年(39歳)　秋にスーに求婚するが, 断られる. この前後に離婚訴訟中の社交界の花形シリーを知る. クリスマスにニューヨークで, 戯曲『約束の地』(*The Land of Promise*)上演.

1914年(40歳)　2月,『約束の地』がロンドンで上演. スーに拒否された反動でシリーと親密な関係になる.『人間の絆』を脱稿. 7月, 第1次世界大戦勃発.「戦争が始まった. 私の人生の1章がちょうど終わったところだった. 新しい章が始まった」とモームは記している. 10月野戦病院隊を志願してフランス戦線に出る. まもなく情報部勤務に転じ, ジュネーヴを本拠に諜報活動に従事. 長年にわたる秘書兼友人となるジェラルド・ハックストンを知る.

1915年(41歳)『人間の絆』出版. 作者自身の精神形成のあとを克明にたどったもので, 20世紀のイギリス小説の傑作の1つに数えられる. 発表されたのが大戦さなかのことであまり評判にならなかったが, アメリカでセオドア・ドライサーが激賞した. 9月, モームとシリーの間の子どもが誕生. 諜報活動を続ける一方, 戯曲『手の届かぬもの』(*The Unattainable*), 戯曲『おえら方』(*Our Betters*)を執筆.

1916年(42歳)　2月,『手の届かぬもの』上演. スイスでの諜報活動で健康を害し, 静養もあってアメリカに赴き, さらに南海の島々まで足を伸ばす. タヒチ島では腹案の長篇『月と六ペンス』(*The Moon and Sixpence*)の材料を集める. 南海の島々は,

そのエキゾチックな風物とそこに住む人びとの赤裸々な姿のゆえに，モームの心を魅了する．

1917年(43歳)　3月，『おえら方』，ニューヨークで上演．ロンドンの社交界に入ろうとする富裕なアメリカ人を風刺する内容なので，観客の怒りを買ったが，評判となり，興行的には成功だった．5月，アメリカでシリーと正式に結婚．秘密の重大任務を帯びて革命下のロシアに潜入．使命を遂行できる自信はないが，一度行きたいと考えていたトルストイ，ドストエフスキー，チェーホフの国に滞在できるという魅力にひかれて，病軀を押して出かける．しかし肺結核が悪化し，11月から数カ月，スコットランドのサナトリウムに入院．

1918年(44歳)　サナトリウムにいる間に，戯曲『家庭と美人』(*Home and Beauty*)を執筆．『月と六ペンス』を執筆．脱稿は南英サリー州の邸で家族と暮らした夏．11月に再入院し，ここで終戦を知った．

1919年(45歳)　春に退院し，2回目の東方旅行を行なう．シカゴと中西部を見物してからカリフォルニアに行き，そこからハワイ，サモア，マレー，中国，ジャヴァなどを旅行．とくにゴーギャンが最後に住んだマルケサス群島中のラ・ドミニク島で取材する．長篇『月と六ペンス』出版．ゴーギャンを思わせる，デーモンに取りつかれた天才画家の話を一人称で物語ったもので，ベストセラーになり，各国語に訳される．これが契機となって『人間の絆』も読まれ出す．3月，戯曲『シーザーの妻』(*Caesar's Wife*)，8月，『家庭と美人』上演(なお，アメリカでの上演の際のタイトルは『夫が多すぎて』)．

1920年(46歳)　8月，戯曲『未知のもの』(*The Unknown*)上演．中国に旅行．

1921年(47歳)　**短篇集『木の葉のそよぎ』**(*The Trembling of a Leaf*)出版．「雨」(*Rain*)，「赤毛」(*Red*)，「エドワード・バーナードの転落」(*The Fall of Edward Barnard*)など6篇を収録．

1916年の南洋旅行の産物．3月，『ひとめぐり』(*The Circle*)上演．上演回数180回を越える大成功．1921年から1931年の10年間，極東，アメリカ，近東，ヨーロッパ諸国，北アフリカなどを次々に旅行した．

1922年(48歳)　旅行記『中国の屏風』(*On a Chinese Screen*)出版．戯曲『スエズの東』(*East of Suez*)上演．共に1920年の中国旅行の産物．翌年にかけてボルネオ，マレー旅行．ボルネオの川で高潮に襲われ，九死に一生を得る．

1923年(49歳)　ロンドンで『おえら方』上演．上演回数は548回となり，『ひとめぐり』と共に20世紀における風俗喜劇の代表作．

1925年(51歳)　長篇『五彩のヴェール』(*The Painted Veil*)出版．通俗的な姦通の物語で始まるが，後半では作者の代弁者が出て来て女主人公の人間的成長が見られ，前半の安易さを救っている．

1926年(52歳)　**短篇集『キャジュアリーナの木』**(*The Casuarina Tree*)出版．「奥地駐在所」(*The Outstation*)，「手紙」(*The Letter*)，「環境の力」(*The Force of Circumstance*)など6篇を収録．11月，戯曲『貞淑な妻』(*The Constant Wife*)上演．南仏リヴィエラのカップ・フェラに邸宅「ヴィラ・モーレスク」を買い求める．

1927年(53歳)　2月，戯曲『手紙』(*The Letter*)上演．妻と離婚の手続きを開始．正式に認められるのは1929年．この結婚は最初からうまくいかず，モームは『回想』(*Looking Back*)の中で夫人を痛烈に批判している．だが結婚の失敗をモームの同性愛に責任ありとする論者もいる．夫人は，その後，カナダで室内装飾の仕事をしていたが，1955年に亡くなった．

1928年(54歳)　短篇集『アシェンデン』(*Ashenden*)出版．諜報活動の経験をもとにした15篇からなる．戯曲『聖火』(*The Sacred Flame*)，ニューヨークで上演．この作から『シェピ

ー』(*Sheppey*)にいたる4作は演劇界引退を覚悟した上で，観客の好悪を念頭に置くことなく自らのために書いたもので，いずれもイプセン流の問題劇である．

1930年(56歳)　**旅行記『一等室の紳士』**(*The Gentleman in the Parlour*)出版．ボルネオ，マレー半島旅行記．「九月姫」(*Princess September*)などの短篇も収められている．長篇『お菓子とビール』出版．人間の気取りを風刺した一種の文壇小説．ストーリー・テラーとしてのモームの手腕をもっともよく発揮した作で，現在の話に過去のエピソードがたくみに織り込まれる構成には少しも無理がなく，円熟期の傑作といえる．作中の小説家ドリッフィールドが，そのころ死んだトマス・ハーディをモデルにしているというので非難を受ける．小説家の最初の妻ロウジーの肖像は実に魅力的．モームは自作の中で一番好きだと言っている．9月，戯曲『働き手』(*The Breadwinner*)上演．

1931年(57歳)　**短篇集『一人称単数』**(*First Person Singular*)出版．「変り種」(*Alien Corn*)，「ジェーン」(*Jane*)，「12人目の妻」(*The Round Dozen*)など6篇を収録．

1932年(58歳)　長篇『片隅の人生』(*The Narrow Corner*)出版．モームには珍しい海を背景にした作．視点が人生の無常さに徹した傍観者的な人物にあるので，作者のペシミスティックな人間観が1篇の基調になっている．11月，戯曲『報いられたもの』(*For Services Rendered*)上演．

1933年(59歳)　短篇集『阿慶』(*Ah King*)出版．「怒りの器」(*The Vessel of Wrath*)，「書物袋」(*The Book-Bag*)など6篇を収録．9月，戯曲『シェピー』上演．この劇を最後に劇壇と訣別する．四半世紀にわたって30篇以上の劇を発表したことになる．スペインに絵画を見に行く．

1934年(60歳)　短篇集『全集』(*Altogether*)出版．これまでの短篇の大部分を収録．

1935年(61歳)　旅行記『ドン・フェルナンド』(*Don Fernando*)

出版．たんなるスペイン紀行ではなく，主となっているのは，スペイン黄金時代の異色ある聖人，文人，画家，神秘思想家などの生涯と業績を縦横に論じたもので，モームのスペインへの情熱を解く鍵として面白い．

1936年(62歳)　一人娘の結婚式に出席のため，南仏からロンドンに出る．娘夫婦に家を贈った．**短篇集『コスモポリタン』**(*Cosmopolitans*)出版．『コスモポリタン』誌に発表した，非常に短いもの，「ランチ」(*The Luncheon*)，「物知り博士」(*Mr. Know-All*)，「詩人」(*The Poet*)，「漁夫サルヴァトーレ」(*Salvatore*)，「蟻とキリギリス」(*The Ant and the Grasshopper*)など29篇を収録．

1937年(63歳)　長篇『劇場』(*Theatre*)出版．中年女優の愛欲を心憎いまでの心理描写で描いたもので，女主人公のジュリアは，『お菓子とビール』のロウジーと共にモームの創造した娼婦型の女性像のなかでも出色の出来である．12月，翌年にかけてインドを旅行．

1938年(64歳)　自伝『サミング・アップ』(*The Summing Up*)出版．64歳になったモームが自分の生涯を締めくくるような気持で人生や文学について思うままを率直に述べた興味深い随想．モームを知る上で不可欠の書物である．

1939年(65歳)　長篇『クリスマスの休暇』(*Christmas Holiday*)出版．イギリスの良家の青年が休暇をパリで過ごし，そこで今まで知らなかった人生の一面に接して驚くという話．編著『世界文学100選』(*Tellers of Tales*)，ニューヨークで出版．英米独仏露の近代短篇名作100篇の選集．9月1日，第2次世界大戦勃発．英国情報省の依頼で戦時下のフランスを視察に行く．

1940年(66歳)　評論『読書案内』(*Books and You*)出版．**短篇集『処方は前に同じ』**(*The Mixture as Before*)出版．「ジゴロとジゴレット」(*Gigolo and Gigolette*)，「人生の実相」(*The Facts of Life*)，「マウントドレイゴ卿」(*Lord Mountdrago*)，「ロータ

ス・イーター」(*The Lotus Eater*)など10篇を収録．1月，『雨他2篇』，8月，『月と六ペンス』の日本最初の翻訳が中野好夫氏の訳で刊行され，これを機にモームの本格的な紹介が日本で始まる．6月15日，パリ陥落の報を聞き，付近の避難者と共にカンヌから石炭船に乗船，3週間も費して帰国．英国情報省から宣伝と親善の使命を受けて，10月，飛行機でリスボン経由ニューヨークに向かう．1946年までアメリカに滞在することになる．

1941年(67歳)　中篇『山荘にて』(*Up at the Villa*)出版．自伝『内緒の話』(*Strictly Personal*)，ニューヨークで出版．第2次大戦開始前後のモームの動静を記したもの．

1942年(68歳)　長篇『夜明け前のひととき』(*The Hour before the Dawn*)出版．

1943年(69歳)　編著『現代英米文学選』(*Modern English and American Literature*)，ニューヨークで出版．

1944年(70歳)　長篇『かみそりの刃』(*The Razor's Edge*)出版．ベストセラーとなる．戦争の体験を通じて人生の意義に疑問をいだいたアメリカ青年が，インドの神秘思想に救いを見出す求道の話だが，宗教的テーマはモームの手に余るのか，主人公ラリーの姿は充分には生きていない．むしろ端役の俗物エリオットの性格描写に作者の筆の冴えを感じる．1937年末から1938年にかけてのインド旅行の経験が織り込まれている．飲酒その他で性格の破綻していたジェラルド・ハックストンが死亡．モームは一時途方に暮れる．

1945年(71歳)　アラン・サールが新しい秘書兼友人となる．

1946年(72歳)　長篇『昔も今も』(*Then and Now*)出版．マキアヴェッリをモデルにした歴史小説．アメリカ滞在中，彼および彼の家族に示されたアメリカ人の親切への感謝のしるしとして，『人間の絆』の原稿をアメリカ国会図書館に寄贈．カップ・フェラの「ヴィラ・モーレスク」へ帰る．邸は戦時中にドイツ兵

に占拠されたため英軍の攻撃を受け，後には英米軍が駐屯した．大修理が必要であった．

1947年(73歳)　**短篇集『環境の動物』**(*Creatures of Circumstance*)出版．「大佐の奥方」(*The Colonel's Lady*)，「凧」(*The Kite*)，「五十女」(*A Woman of Fifty*)，「サナトリウム」(*Sanatorium*)，「冬の船旅」(*Winter Cruise*)など15篇を収録．

1948年(74歳)　長篇『カタリーナ』(*Catalina*)出版．16世紀のスペインを舞台にした歴史小説で，モームの最後の小説である．評論『大小説家とその小説』(*Great Novelists and Their Novels*)，ニューヨークで出版．トルストイ，バルザック，フィールディング，オースティン，スタンダール，エミリ・ブロンテ，フローベール，ディケンズ，ドストエフスキー，メルヴィルおよびそれぞれの代表作について論じたもの．シナリオ『四重奏』(*Quartet*)出版．「大佐の奥方」「凧」など4つの短篇のオムニバス映画の台本．

1949年(75歳)　『作家の手帳』出版．若い頃からのノートを年代順にまとめたもので，人生論や各地の風物，人物についての感想，創作のためのメモなどがあり，興味深い．モームの序文によると，このノートを発表する気になったのは，ルナールの『日記』を読んで，それに刺激された結果だという．誕生日を祝うためにサン・フランシスコの友人バートラム・アロンソンの家まで出かける．

1950年(76歳)　『人間の絆』のダイジェスト版をポケット・ブックの1冊として出版．ストーリーに重点を置いて編集してあるので，主人公の精神的発展の部分は抜けている．『ドン・フェルナンド』の改稿新版を出版．シナリオ『三重奏』(*Trio*)出版．「サナトリウム」など3つの短篇のオムニバス映画の台本．12月，三笠書房よりモーム選集刊行開始．最初は中野訳『人間の絆』上巻．

1951年(77歳)　シナリオ『アンコール』(*Encore*)出版．「冬の船

旅」など3短篇のオムニバス映画の台本.

1952年(78歳)　評論集『人生と文学』(*The Vagrant Mood*)出版.「バーク読後感」(*After Reading Burke*),「探偵小説の衰亡」(*The Decline and Fall of the Detective Story*)など6篇のエッセイを収録. 編著『キプリング散文選集』(*A Choice of Kipling's Prose*)出版. オランダへ旅行. オックスフォード大学より名誉学位を受ける.

1954年(80歳)　B.B.C.で「80年の回顧」と題して思い出を語る. この中で「第1次世界大戦が人びとの生活に大きな変化を与えたとは思えない」と述べた. 評論『世界の十大小説』(*Ten Novels and Their Authors*)出版.『大小説家とその小説』の改訂版. 誕生祝いとして『お菓子とビール』の1000部限定の豪華版がハイネマン社から出版される. イタリア, スペインを旅行し, ロンドンに飛んでエリザベス女王に謁見, 勲章(the Order of the Companion of Honour)を授かる. 10月, サマセット・モーム全集全31巻, 新潮社より刊行開始. 最初は中野訳『人間の絆』上巻及び龍口直太郎訳『劇場』.

1957年(83歳)　楽しい思い出のあるハイデルベルクを再訪.

1958年(84歳)　評論集『視点』(*Points of View*)出版.「ある詩人の三つの小説」(*The Three Novels of a Poet*),「短篇小説」(*The Short Story*)など5篇のエッセイを収録. 本書をもって, 60年に及ぶ作家生活に終止符を打つと宣言.

1959年(85歳)　極東方面へ旅行, 11月には来日, 約1カ月滞在し, 中野好夫氏などと対談. 内気な気配りの人柄を示したといわれる. 1週間に及ぶ京都滞在中に接待役を務めたフランシス・キング氏は, モームの礼節と親切に感銘を受けたことをその自伝で述べている.

1960年(86歳)　1月, 日本モーム協会が発足したが, 数年後に活動を休止.

1961年(87歳)　文学勲位(the Order of the Companion of Litera-

ture)を授けられる．

1962年(88歳)　『回想』と題する回想録をアメリカの『ショー』(*Show*)という雑誌に連載し評判を呼ぶ．解説付き画集『ただ娯しみのために』(*Purely for My Pleasure*)出版．

1964年(90歳)　序文を集めたエッセイ『序文選』(*Selected Prefaces and Introductions*)出版．

1965年(91歳)　年頭に一時危篤を伝えられ，その後いったん回復したが，12月16日未明，南仏ニースのアングロ・アメリカ病院で死亡．

2006年　5月，日本モーム協会が復活する．